이건숙 문학전집 1
팔월병

이건숙 문학전집 1

팔월병

이건숙 소설

문학나무

애착이 가는 단편들

마흔이 넘어 문단에 나와 부끄러움도 없이 많은 걸 읽고 생각하고 쓰느라고 내 인생의 사이클이 바뀌게 되었다. 40대에 쓴 작품을 다시 퇴고하며 그 시절이 떠올라 한참 멍하니 앉아있었다.

아내로써 어머니로써 대식구인 시댁의 며느리로써 또 목회자의 아내인 사모의 자리에서 완벽하게 그 역할을 감당하며 글을 쓰자니 모두 잠을 자는 시간대인 한밤중에야 내 시간을 가졌다. 자정을 지나 졸린 눈을 비비며 2시에야 잠자리에 들고 4시면 어김없이 일어나 새벽기도회에 나가는 그런 생활을 한 셈이다. 늘 잠이 부족했지만 그래도 글 쓰고 읽는 일을 좋아하기 때문에 완전 몰입하여 즐거움으로 감당한 셈이다.

이제 팔십 나이에 접어들어서야 건강이 나빠진 이유를

알게 되어 가능하면 일찍 자려고 노력하지만 지금도 새벽 2시까지 책을 읽거나 글을 쓰는 습성을 버리지 못하고 있어 식구들의 지청구를 많이 듣는다.

첫 단편집인 『팔월병』은 15편의 단편과 한 편의 중편으로 엮어 1987년도에 혜진서관에서 출간했다. 이번에 전집을 내며 누가 뭐래도 애착이 가는 내가 좋아하는 단편 11편을 골라 퇴고를 다시 보고 묶었다. 2020년대를 살아가며 첫 단편집을 읽어보니 이 나이에나 이 시기에 결코 얻을 수 없는 그 시절의 사회배경과 아픔이 글로 남아있어 이래서 소설이 필요하구나 하는 뿌듯함을 느꼈다.

2021년 4월 12일
나성의 서재에서
이건숙

팔월병

차례

1987년 조남현 교수의 『팔월병』 창작집의 소설평 중에서

「스승의 눈물」에서 박숙경은 전쟁중에 다니던 초등학교의 은사 손명복 선생이 교단에서 흘렸던 눈물을 '마스코트요, 부적으로' 삼아 온갖 고경(苦境)을 헤친 끝에 박사가 되어 미국에서도 이름난 학자가 된 반면, 정작 손명복 선생은 그 사이에 젊은 교사로서의 시절과는 달리 절망과 환멸의 감정을 키워가고 있었던 것이다. 손명복 선생은 대학에 다니는 하나뿐인 아들이 자살해버린 고통에 시달린 끝에 미국이민행을 결심하게 되었다. 박숙경의 초등학교 시절 손명복 선생은 '미국놈이 뭐고, 소련놈이 뭐냐 우리끼리 똘똘 뭉쳐야 한다'는 요지의 민족주의 정신을 일깨워 주었고 애정어린 매질을 아끼지 않는 가운데 무섭게 공부를 시켰다. 박숙경이 손명복 선생의 정신과 가르침을 자양으로 삼아 극기(克己)와 각고(刻苦) 끝에 성공적인 삶의 길을 걸어 온 반면, 손명복 선생은 고뇌와 짙은 아이러니의 효과를 안겨 준다. 선생을 정신적 지주로 삼고 있는 제자 박숙경을 큰 혼란으로 몰아갈 만큼 손명복 선생이 반전(反轉)하게 된 원인은 무엇일까.

이건숙은 이 작품에서 손 선생이 이민행을 결심하게 된 배경을 아주 간략하게 제시하였는데, 많은 사연을 단 두세 줄로 요약한 점에서 이 작품은 궁금증과 함께 오히려 더 큰 신선함을 안겨 주게 된다.

이렇든 여성적인 시각에서 잡아낸 문제들을 남성적인 터치로써 다루어 나간 소설들, 예컨대 「8월병」 「엄마의 미움」 「스승의 눈물」 「흩어진 사람들」 등의 소설들이 이건숙의 문학세계의 높이를 단적으로 잘 대변하고 있음은 꼭 우연의 결과만은 아닌 것이다. 달리 말하자면 「8월병」 「엄마의 미움」 「스승의 눈물」 「흩어진 사람들」 등은 한국소설계의 수작(秀作)의 반열에 넣어도 손색이 없는 것이라 하겠다. 이 작품들은 한 개인은 '현재' 뿐 아니라 '과거'도 함께 사는 존재임을 강조한 데서 공통점을 갖는다.

　귓속이 얼얼한 것은 고공(高空)을 나는 탓만이 아니었
다. 흥분과 설렘을 삭히느라고 두 시간 이상 긴 이어폰 때
문이다. 슈퍼맨이 되어 날뛰는 주인공이 무성영화 시대의
어색하게 빠른 동작을 화면에 실제로 옮겨와 시신경을 자
극했다. 채플린은 그 바보스런 몸짓에 철학과 해학을 담
아 긴 여운을 안겨주었건만 요즘 나온 영화는 말초신경을
피곤케 하는 소음을 달고 삭신까지 쑤시게 만든다. 총소
리, 질주하는 차들, 불타오르고, 옷을 벗고, 몸을 까불고,
동물처럼 죽어 넘어지는 사람들로 인해 정신이 없다. 신
나게 부수고 죽이고, 동물처럼 죽어 넘어지는 사람들, 신
나게 살생을 한 뒤끝에, 허탈하게 주저앉는 주인공의 맹
한 눈이 카오스에 빠진 개똥 철학자처럼 암울하다. 영화
로 인해 속이 쿨쿨해진 숙경은 두껍게 드리운 커튼을 열

었다.

　태평양 수면이 삼치의 등빛처럼 기름이 잘잘 흐른다. 두루마리를 펼쳐 놓은 듯 한없이 이어지는 바다 위로 잔물결이 한 방향으로 조글조글 밀려간다. 그 위에 한가롭게 떠있는 배들이 종이배처럼 우스워 보였다.

　이십 년만의 귀국이다. 그녀는 먹먹한 귓속을 몇 번 우비고 이어폰을 다시 낀 뒤, 의자에 부착된 라디오를 켰다. 힘찬 목소리의 유행가가 싱그럽게 튕겨 나왔다.

　'내 곁에 있어주, 내 곁에 있어주, 할 말은 이것뿐이야……' 격렬하게 몸을 뒤틀며 부르는 노래에 익은 그녀의 귀에 이 노래는 향수와 함께 언어가 주는 야릇한 평안함을 안겨주었다.

　왕십리 전차 종점이 떠오른다. 전차표를 파는 가게 옆에 엿 목판을 목에 멘 남동생이 서 있다. 정성들여 그린 아이라인이 지워질세라 그녀는 머리를 뒤로 젖히고 큰 눈망울을 두어 번 굴렸다. 일곱 살 어린 것이, 그 일이 싫어 흐느끼고 있다. 더 계속되려는 추억의 진행이 두려워 그녀는 세차게 머리를 흔들었다. 그래도 눈물이 멎지를 않자 늘 하던 버릇대로 그분의 눈물을, 부적을 가슴에 지니듯 얼른 움켜잡았다. 억제할 수 없이 울음이 복받쳐 오를 적에나 주책없이 웃음이 터져 나올 때 주문을 외듯 그분의 눈물어린 얼굴을 그려보면 수도꼭지를 잠그듯 신기하게 울음도, 웃음도 뚝 그쳐버린다.

입국 카드를 쓰라는 방송이 나오는 것을 보니 열 시간의 비행이 끝나려는 모양이다. 앨렌 숙경 박이란 이름의 스펠링을 입학시험 치를 때처럼 초근초근 확인해 보며 대입 때 바로 옆에 앉았던 남학생의 속눈썹을 떠올렸다. 코끝이 맵던 추운 아침이었다. 조개탄의 헐떡임이 지독한 냄새를 뿜어내서 골이 지끈댔다. 3년 전 중학교에 떨어져 본 경험이 그녀를 찍어 눌러 받아든 시험지의 글씨가 한 자도 눈에 들어오질 않았다. 그 교실을 빼곡히 채운 남학생들 중에 여자는 숙경이 혼자였다. 여자들 틈에서 자란 그녀에게 이런 자리가 너무 생경스러워 얼굴이 점점 달아올랐다. 우연히 옆에 앉은 남학생의 옆얼굴을 훔쳐봤다. 콧날이 오똑 서고 뺨이 붉은 청년이었다. 기도를 드리는지 눈을 꼭 감고 있었다. 그의 속눈썹이 어찌 긴지 서양인형을 닮아 보일 정도로 귀여웠다. 그 긴 속눈썹이 파들파들 떨리고 있지 아니한가. 청년의 속눈썹이 떨린다는 사실에 그녀는 키들키들 웃어버렸다. 모두의 신선이 그녀에게 향해도 웃음이 그치지 않자, 그분의 얼른 눈물 어린 얼굴을 끄집어냈다. 신기하게 웃음이 쏙 들어갔다.

합격자 명단이 두루마리로 펼쳐질 때 그녀는 벌거벗은 나무들 속에서 숨을 죽였다. 속눈썹을 떨던 청년의 번호를 빠뜨리고 휑하니 건너뛰어 눈에 확 들어오는 자신의 번호를 보고 울컥 울음을 터뜨렸다. 그 울음이 기쁨인 줄 알고 남동생은 미루나무를 타고 올라가 '우리 누나가 붙었다. 우리는 승리했다, 누나가 최고다.' 하며 두 주먹을 휘두르며 고함쳤다.

그러고 보니 바다 건너가 살아온 스무 해 동안 부적처럼 지닌 얼굴이 성도 이름도 모르는 속눈썹이 긴 청년의 것이었고 눈물만 그분의 것인 셈이다.

전쟁 중에 다닌 피난 초등학교는 흙바닥 위에 가마니를 깔고 무릎을 책상 삼아 공부한 시절이었다. 중학교 입시를 앞둔 아이들은 폭격으로 폐허가 된 공터를 싸질러 다니다가 시작을 알리는 종이 울리면 고슴도치들처럼 몸을 앙당그리고 가마니 위에 모여 앉았다. 불기 없는 겨울 교실은 허술한 창틈으로 비집고 들어오는 바람 때문에 손끝이 시려 호호 입김으로 손을 녹이는 아이들로 어수선했다. 참을 수 없을 정도로 발끝이 시려 손으로 주무르다 지친 아이들은 선생님이 잠깐 자리를 비운 사이 모두 뛰어나갔다. 햇볕으로 미지근해진 벽에 아이들은 한 줄로 늘어서서 기름짜기 놀이를 했다. 가장자리에 선 아이는 추위를 면하려고 힘을 다해 밀고 한가운데 선 아이는 거센 힘에 떠밀려 어쩔 수 없이 튕겨져 나와 다시 가장자리로 가서 몸을 비비며 밀어내는 그런 겨울 놀이었다. 몸과 몸이 부딪혀 생기는 열과 힘을 쓰는 바람에 속에서 뿜어 나오는 화끈함으로 추위를 잊은 아이들은 잿빛 폐허가 무안해질 정도로 행복한 웃음을 터뜨려서 하늘을 나는 새도 멈칫할 정도였다.

이때 나타난 담임, 손명복 선생님은 회초리를 휘둘렀고 어둡고 추운 교실로 쫓겨 들어간 아이들은 겁에 질려 모두 머리를 숙였다. 참깨가 달군 냄비 속에서 튀듯 불호령이 떨어지길 기다렸다. 수업 중에 뛰어나간 것은 아무리 생각해도 용서받지 못할 잘못이었기 때문이다. 그런데 선생님은 참을 수 없을 정도로 입을 열지 않았고 그 침묵은 매질보다 더 무서운 벌이었다. 슬그머니 머리를 든 숙경은 회초리를 겨드랑이에 끼고 소리 없이 울고 있는 선생님의 얼굴과 마주쳤다. 살갗이 검고 키는 작은데 몸에 비해 너무 큰 낡은 군화를 신은 선생님은 여자가 입는 왜 바지처럼 헐렁한 바지에 가슴을 옥죄는 윗옷은 군복을 물들여 입은 것이었다.

모두가 선생님을 따라 울기 시작했고 흐느낌 속에 토막 난 그분의 말들은 아이들을 더 서럽게 만들었다. 선생님의 울음 끝이 질겨 그 누구도 온종일 가마니 위를 떠나지 못했다.

보자기에 책을 싸서 허리에 동이고 언 손등을 비비며 웃음을 잃은 아이들이 아직도 야릇한 기분에 젖어서 전쟁으로 무너져 내린 폐허 한가운데를 걸었다.

"선생님이 왜 그렇게 서럽게 울었다니?"

"나도 몰라."

"그럼 넌 왜 그렇게 소리 높여 울었니?"

"모두 우니까 괜히 슬퍼져서 따라 울었지."

석양을 안고 귀갓길에 오른 아이들은 왜 울었는지 모르겠다고 모두 체머리를 흔들었다. 선생님은 우는 이유를 해명하지 않았지만 숙경은 선생님의 마음을 충분히 이해했기에 그 밤에 잠자리에서도 훌쩍거렸다.

그분의 눈물이 남의 나라 외딴 지역에서 스무 해나 되는 긴 고난의 길에 힘을 주는 그녀의 유일한 마스코트요, 부적이 되었다. 살갗의 빛깔이 다르다고, 머리 빛이 검다고, 차별을 두던 그들 사이에서 그 부적의 힘은 괴력을 지녔었다. 의사소통은 되지만 세미한 감정의 교류를 가로막는 언어장벽이 몰고 온 고독을 그분의 눈물이 달래주었고 오뚝이처럼 세워 주었다.

학비를 부쳐준 양부모의 초청으로 미국에 간 그녀는 그들의 몸에 밴 경건생활을 닮으려고 애를 썼다. 상류층 사람들로 주축을 이룬 성공회의 예배는 오랜 묵상을 강요했다. 눈을 감고 손을 맞잡으면 양부모의 하나님은 보이지 않고 속눈썹을 떠는 청년의 뺨 위로 흘러내리는 손명복 선생님의 눈물이 생생하게 클로즈업 됐었다. 그런 얼굴을 보면 이상하게 마음에 평안이 임했고 몸이 짜르르할 정도의 기쁨이 용솟음쳤으며 혼자가 아니라는 믿음까지 생겼다.

곧 착륙하겠으니 안전벨트를 매고 담뱃불을 끄라는 전광판 불이 켜졌다. 이명(耳鳴)이 오고 메슥메슥 울렁임이 일더니 비행기는 그녀를 낳아주고 길러낸 땅 위를 구르기 시작했다.

'앨렌 숙경 박사 환영'이란 플래카드를 든 젊은이들과 여러 번 만나 낯익은 김 교수가 그녀를 반겼다.

"제가 오는 걸 어떻게 아셨죠?"

"앨렌 박사의 귀국을 모른다면 그것이 오히려 이상하지요."

혼자서 살던 곳을 느긋하게 돌아볼 계획을 세웠던 숙경은 침해받은 사생활이 거북해서 잠시 입을 다물었다.

오신 김에 저희들 학교에 오셔서 특별 강연을 해주셔야 해요. 우리 연구원에 들르셔서 고견을 말씀해 주세요. 고국을 찾은 소감 한마디…… 번쩍번쩍 사진기들이 빛을 발하고 이리저리 밀려서 높은 자리에 앉았다. 미국인 박사 삼십여 명을 거느리고 주 정부에서 맡긴 프로젝트를 탱크처럼 몰고 가는 자랑스러운 한국여자라고 활자화된 신문엔 그녀의 사진이 큼직하게 실렸다. 그 신문을 흔들며 만족해서 웃고 있는 사람들 울타리에 갇혀 그녀는 이러려고 온 것이 아닌데 하는 자괴지심에 빠져들었다.

— 원자력 발전소에서 방출된 방사성 물질이 임산부에 미치는 영향이란 토픽으로 TV에 출연하셨다지요. 미국 전역에서 굉장한 반응을 보여 앨렌 박사의 인기가 대단했다더군요. 한국을 빛낸 여자, 한국이 낳은 자랑스러운 여자. 세계를 주름잡는 우리 민족 — 이런 칭찬 속에 선망의 눈빛을 감추지 못하는 사람들과 기자들에 둘러싸여 그녀

는 엉뚱한 말을 했다.

"전 전쟁고아였어요. 닥터 앨렌이 아니고 박숙경이에요. 전 그분의 눈물이 주는 힘으로 여기까지 왔어요."

아무리 힘주어 말해도 아무도 그녀의 과거엔 관심이 없었다.

'그 연구기관에 우리의 젊은이들을 데려다가 조국을 위해 훈련시킬 의향은 없으신지요?'라는 질문과 그녀가 현재 누리고 있는 명성에만 관심을 쏟았다.

밀어닥치는 사람들 뒤에 비켜서서 그녀를 지켜보던 소꿉친구, 영애가 공항을 막 벗어나려는 순간 다가와 손을 잡았다. 어깨까지 늘인 생머리와 긴장의 연속으로 삐죽해진 그녀의 얼굴과는 대조적으로 친구는 보글보글 에프로 스타일의 짧은 파마를 해서 얼굴이 풍선처럼 통통했다.

"고생을 하지 않아 어린 시절 모습 그대로구나. 처녀라고 해도 믿겠어."

"생머리라 그렇지, 눈가를 봐라. 주름투성이야. 얼마나 고생을 했는데."

"넌 성공했다. 부러워 죽겠구나."

"넌 성공 안했니?"

"솥뚜껑 운전을 하다가 세월이 다 갔어. 아이들이 크고 보니 허망해서 갈팡질팡하고 있어."

"난 아이를 낳지 못했으니 네가 성공했다."

"놀리지 마라. 너를 따라가자면 큰아들을 너처럼 성공

시키게 미국으로 보내야겠어. 네가 도와줄 줄 믿고 있다. 참, 초등학교 담임 손명복 선생님이 너에 관한 기사를 읽고 여기 나오셨어."

숙경은 친구와 조잘대던 대화를 뚝 그치고 경건한 자세를 취했다. 열세 살에 헤어진 스승을 마흔 줄에 만나다니, 가슴이 뛰었다. 그녀 앞에 다가와 어깨를 두드리는 오종종한 노인은 그녀가 부적처럼 지니고 다닌 눈물 젖은 스승임에 틀림없다. 그런데 그 빛나던 패기는 이제 어디 가고 삶에 찌들어 오그라진 얼굴엔 짜증과 분노로 얼룩져 넉넉한 구석이 조금도 없었다.

"저 이렇게 컸어요, 선생님."

"장하다, 장해. 너 같은 제자를 두었다고 이 신문을 들고 다니며 자랑했지."

"지금 뭘 하세요?"

"궛골이란 시골의 평교사로 있다. 내년이 정년퇴직이야. 인맥(人脈)이 없으니 바닥만 기었지."

노스승의 눈에 음울한 기운이 스치더니 절망적인 음성으로 숙경의 귀에 속삭였다.

"이 나라에선 모든 것이 틀렸어. 넌 미국으로 잘 나간 거다. 이 답답하고 작은 나라를 벗어났으니 성공한 거야. 날 도와줄 수 있겠니?"

"무엇을 도와 드릴까요?"

백화점 점원이 입에 익어 말하는 그런 식의 말치레가

불쑥 튀어나왔다. 그곳에서 받은 교육과 생활습관 탓이다.

"참말 도와줄 마음이 있는 거냐? 아아! 난 제자만은 기차게 잘 두었어. 언제 미국으로 갈 거냐? 그때 내가 공항에 나오마."

얼마나 열악한 환경에서 지냈으면 선생님은 저렇게 절망하고 있을까. 전쟁의 와중에서 배급 나온 옥수수 알이 그대로 배설될 때 느꼈던 그런 우울함이 되살아났다.

스승의 작은 몸 어디에 그런 뜨거움이 그 옛날엔 숨어 있었을까!

'미국 놈이 뭐고, 소련 놈이 뭐냐. 우리끼리 똘똘 뭉쳐야 해. 아아, 사랑하는 조국이여, 불쌍한 내 민족이여. 이 가여운 아이들을……'

스승의 잇새로 삐져나온 토막말들이 울음을 달고 또렷이 그녀의 귀에 새겨져 있었다.

그녀를 태운 차가 김포가도를 벗어나 도심지로 접어들었다. 작달막한 키에 까만 눈과 머리, 나지막한 코에 너부죽한 얼굴, 모두가 형제자매처럼 닮은 사람들이 와글와글 밀려간다.

'안녕하셨어요, 또 만났군요. 저예요, 숙경이가 왔어요.'라고 인사하면 모두 달려와 얼싸 안아주며 화들짝 웃어줄 그런 모습들이었다.

"닥터 앨렌. 밤낮이 바뀌어 힘드시겠지만 내일부터 시

간을 내주셔야겠어요."

앞에 앉은 김 교수가 아예 일방적으로 통고한다.

"P호텔로 가는 걸 알고 있겠지?"

김 교수가 기사에게 주의를 준다.

"친구 집에 머물 생각인데요."

이 말에 영애가 기겁을 해서 아가처럼 도리질했다. 귀엣말로 너처럼 위대해진 사람이 연탄내 나는 누추한 집에 어찌 묵겠느냐고 훈계까지 곁들인다.

중학교 입시를 앞둔 겨울밤, 다락방에 기어오른 둘이는 이불을 머리까지 뒤집어쓰고 촛불 밑에서 공부를 했었다. 식욕이 왕성한 그 시절엔 속이 숭숭 뚫린 스펀지처럼 게걸스럽게 음식을 삼켰다. 한밤중에 둘이는 숨을 죽이고 부엌에 들어가 찬밥덩이 위에 포기 배추김치를 죽죽 찢어 얹어 먹었다. 옹솥의 구수한 숭늉을 마시고 나면 몸이 덜덜 떨려 입술을 빨았다. 이 세상 어디에 그처럼 맛있는 음식이 있었던가! 바닐라 디럭스, 스트로 베리, 초콜릿 아몬드를 섞은 아이스크림 위에 앵두를 얹어 먹어도 그 찬밥과 배추김치, 숭늉의 맛에 견줄 수 없다. 남의 나라에서 감기라도 앓고 나면 그런 밥과 숭늉이 먹고 싶어 온밤을 뜬눈으로 샌 적이 얼마나 많았던가. 그 밤, 다락 안은 어찌 춥던지 걸레가 꽝꽝 얼어붙었다. 둘이는 추위를 견디지 못해 친구의 부모가 자는 이불 속으로 비집고 들어가 곤히 잠들었다. 늦잠에서 깨어난 숙경의 등을 두어 번 토닥이며 영애의 어머니는 피식 웃었다. 하필이면 그 밤, 친구의 부모 요 위에서 초조(初潮)를 시작한 것이다. 고아인 그녀에게 영애의 어머니는 개짐을 만들어 주었고 낯을 붉히며 도망쳐 나온 뒤엔 한 번도 그 다락방에 기어오른 적이 없었다.

"너의 집엔 지금도 다락방이 있니?"

"다락 없는 땅 집이 있다더냐?"

"거길 올라가고 싶다."

"설마 옛날처럼 다락에서 자겠단 말은 아니겠지."

영애는 그녀의 넓적다리를 꼬집으며 킥킥 웃었다.

왕십리의 전차종점은 사라졌고, 친구의 다락방엔 올라가 보지도 못하고 스승과 정다운 대화도 나누지 못한 채 숙경은 공항으로 나갔다. 박수갈채와 짐스러운 대접에 주눅이 든 그녀는 맥이 풀려있었다. 많은 사람들이 사준 선물 뭉치들을 뭉뚱그려 부치고 막 출국하려는 순간 그녀의 등을 두드리는 손이 있었다.

"아! 선생님, 죄송해요. 댁으로 찾아간다는 것이 그만 스케줄이 꽉 차서……."

"유명하신 분이 어찌 산골까지 찾아오겠어. 그나저나 날 도와준다고 한 말 잊지 않았겠지."

"네, 선생님."

지갑 속의 돈을 헤아려 봤다. 이백 달러 남짓 남아 있으니 이걸 사람들의 눈을 피해 전해주는 방법이 없을까 해서 숙경은 주위를 두리번거렸다.

"이 위에 다방이 있다. 출발 시간이 많이 남았으니 잠깐 나랑 대화를 하자꾸나."

"그러지요, 선생님."

커피를 홀짝이며 선생님은 종내 속마음을 퍼내지 않았다.

"자녀들은 몇이에요? 사시기 힘드시지요?"

"굶지는 않아. 돼지처럼 처먹으며 스포츠나 본다고 행복한 건 아니야."

감자나 죽을 먹는 배고픔이 아니라면 선생님은 돈을 달라는 것이 아니란 말인가. 그래도 제자답게 이백 달러를 꺼내 놓으며 선물을 못 사온 경망함을 용서해달라고 그녀는 머리를 조아렸다.

"돈을 달라는 뜻이 아니다. 내 일생, 하나뿐인 이 소망을 들어 줄 수 있는 사람이 너뿐이라 며칠 밤을 새우며 내린 결정이니 꼭 이행해줄 거라고 믿는다."

스승은 떨리는 손으로 윗옷의 속주머니에서 문고판 크기의 선물을 내놓았다.

"비행기가 이륙한 뒤에 혼자 조용히 읽어주기 바란다. 그 안에 적힌 내 연락주소를 잃어버리지 말거라."

가슴이 저렸다. 옛날의 눈물 젖은 얼굴 대신 손수 쓴 부적을 선물로 주시는 것일까. 역시 좋은 스승을 모셨다는 환희에 숙경은 가슴이 뿌듯했다.

시끌시끌한 작별의 말들을 뒤로하고 비행기에 오른 숙경은 선생님이 준 선물을 귀중한 보물처럼 무릎 위에 올려놓고 비행기가 뜨기를 기다렸다. 육중한 기체가 사뿐히 공중을 가르고 떠올라 수평을 잡았을 때 호기심과 기대로 부푼 가슴을 누르며 조심스레 선물을 풀었다. 겹겹이 싸인 포장지 속에 시집이 나왔고 그 안을 펼쳤을 때 백 달러짜리 열 장이 무릎 위에 떨어졌다. 얼떨떨해진 그녀는 책갈피에 접어 넣은 편지를 급히 읽어 내려갔다.

'나는 이제 이 나라가 싫다. 이곳을 영원히 떠나기 원한다. 대학에 다니던 하나 뿐인 아들이 작년에 고문을 못 이겨 자살해버렸다. 이 돈은 그간 넣은 적금을 몽땅 털어 바꾼 것이다. 이 돈으로 나를⋯⋯.'

아아! 사랑하는 조국이여! 불쌍한 사람들이여! 메아리쳐 들려오는 소리가 아니라 그녀의 깊은 곳에서 끓어오르는 절규였다.

구름 사이로 눈 덮인 산야가 어른거리고 그 위로 채플린 차림을 한 그 옛날, 스승의 모습이 오버랩 되어 다가오기에 앨렌 숙경 박사는 두 손으로 얼굴을 감싸 안았다. ✈

— 1986년 주간조선

1982년 《한국일보》 ─ 서강대 이재선 교수 평설

무거운 짐은 이미 그 표제가 적잖게 암시하고 있듯이 의식의 심연에 오랫동안 자리 잡고 있는 죄의식의 무게와 그 내인성(內因性) 및 속죄적인 양심의 문제를 환기하고 있는 가운데 이를 충격적 경험으로서의 역사상황과 연관시키고 있는 작품이다. 따라서 망각과 기억의 상반성이 문제되고 있다. 비교적 여유 있는 삶을 살고 있는 중년의 여인 '나'는 동창생의 남편이 교통사고로 횡사했다는 소식을 듣고 영안실로 문상을 간다. 거기서 망인의 이름을 확인함으로써 '나'는 그 망자가 바로 전쟁 때 화상으로 죽어가면서 가지고 있던 미화를 아들에게 전달해 달라고 하던 통역관의 아들임을 인지한다. 이런 인지와 기억의 충격을 통해서 '나'는 위약은 물론 배고픔과 죽음의 공포 때문에 어머니가 그 돈으로써 치부를 함에 동조적인 공모 행위에 결과적으로 가담했다는 죄책감을 떠올리고 이런 유죄성의 고해를 통해서 마침내 죄의 해소와 구제를 모색한다는 이야기다. 죄의 만성화현상을 일탈한다는 점에서 주목되고 있으며 또 악몽과 거울의 반사적 이중상(二重像)이 효율적으로 활용되고 있음이 돋보인다.

무거운 짐

"어머, 이거 얼마만이냐."

주위 사람들을 무시하고 내 오른팔을 아프도록 잡아 흔들며 호들갑을 떠는 낯선 여인이 있었다. 출근시간을 조금 벗어난 10시이긴 하지만 아직도 버스 안엔 서 있는 사람들이 많아 그 여인의 무례한 행동과 자배기 깨지는 듯 쩡 울리는 음성에 덩달아 나까지 우스갯감이 돼버린 듯해서 얼굴이 확 달아올랐다.

"누구신지 전혀 기억이 없는데……."

주위에 신경을 곤두세우고 기어들어가는 음성으로 받아주고는 고슴도치처럼 몸을 웅크렸다. 그녀의 억센 손에 잡힌 팔이 어찌나 아픈지 노골적으로 상을 찌푸리기까지 했다. 그래도 넉살좋게 느린 동작으로 고생 때가 덕지덕지 않은 다른 손을 들어 검은 기미가 쫙 깔린 뺨을 쓱 비비며 그녀는 픽 웃었다.

"나 영애다. 영진여고 소꿉친구야."

"어머머! 너 영애구나!"

난 몸까지 흔들어가며 조금 전에 그녀가 질렀던 탄성보다 더 크게 볼륨을 높여 버스 안의 시선이 온통 우리에게 꽂혔다.

"몇 년 만이냐? 가만 있자. 20년이 넘었구나!"

영애는 힘주어 잡았던 내 팔을 스르르 풀어주고 지하철 공사로 파헤쳐 고르지 못한 길을 달리는 차체의 요동에 넘어지지 않으려고 손잡이에 힘을 주었다.

"넌 부잣집 마님이 된 모양이구나. 옛 모습 그대로 고우니."

"그렇고 그렇게 살아가는 거지. 인생이란 다 그런 거야."

"내 꼴 우습지? 애 아빠가 사업에 실패해서 양키물건 행상으로 쏘다녀 이 꼴이다."

영애는 '양키물건'이란 단어를 내 귀에 입을 바짝 대고 속삭였다.

"동창들 소식은 종종 듣니?"

"그럼 넌 어디 숨어 살아서 한 번도 동창들 모임에 안 나오니?"

사십 줄에 만난 친구는 현재, 자신들의 처지를 초월해서 반갑기 마련이다. 나이 탓에 그만큼 이해의 폭이 넓어졌다고 할까.

"병골이니 늘 갇혀 살았고, 그간 오래 해외에도 나가 있었지, 지금도 모두 제복 입고 깡똥 머리 얼굴만 기억나니 어쩌지. 언제나 마지막 헤어질 때 모습이 중요한가봐."

"내가 대개 소개하마. 지연 이는 주벽이 심한 남편 때문에 정신분열증이고, 기애는 과부가 됐고, 숙영 이는 교수님, 문자는 사장 부인, 참! 너 우리 반 반장했던 애경이 기억하지?"

"그럼."

"어제 우연히 길에서 만났는데 참 안 됐어. 어제 남편이 교통사고로 죽었단다. 내일 세브란스병원 영안실에서 11시에 장례식이란다. 그 애의 눈물로 진물은 눈을 보니 난 행복한 편이야."

"저런! 쯧쯧……어쩌다가."

내려야 할 정류장이라며 친구는 내 전화번호를 받아 쥐고 손을 흔들며 무거운 양키물건 가방을 질질 끌더니 인파에 묻혀버렸다.

제복의 친구를 만난 얼떨떨함이 겹쳐 밤새 잠이 오지 않았다. 공기도 찌들고 나무들도 숨 막혀 오는 서울의 환경이 좀 나았던 신경쇠약 증세를 부채질하는 모양이다.

벌써 보름째 남편은 사업으로 지방출장을 나가있고 아이들도 모두 학교로 가버린 아침, 집안은 휑뎅그렁하게 비어졌다.

어제 오후부터 찌뿌드드하게 하늘이 내려앉더니 아침부터 눈발이 영글었다. 이런 날 남편을 땅에 묻어야 하는 친구의 마음은 어떨까. 듣고 그냥 지나치기도 민망해서 파출부를 불러놓고 병원으로 향했다.

영안실로 가는 길은 섬쩍지근했다. 시신들이 뉘인 곳으로 뚫린 길이란 선입감이 주는 편견이리라. 길목마다 하얀 화살표에 검게 쓰인 '영안실'이란 글자가 눈발 속에서 스멀스멀 벌레처럼 움직여 보여 뛸 듯이 걸음을 재촉했다.

영안실은 담배연기, 울음소리, 한숨소리, 또 잡담으로 시끌시끌 시장바닥처럼 복닥거렸다. 칸칸이 막아놓은 작은 방엔 망인(亡人)들의 퇴색한 사진과 이름이 피어오르는 향 연기에 싸여 이생과 저생의 갈림 길목 특유한 냄새를 풍겼다.

"옥경아, 여기다."

어제 만난 영애가 눈물로 벌게진 눈을 더 쥐어짜며 웃음인지 울음인지 모를 표정을 지었다.

"많이들 왔니?"

"글쎄, 엉망이다. 돈이 없어 관과 수의를 못 사서 내가 뛰어다니며 구해다가 이제야 입관 중이다. 똑똑한 계집애가 고아를 만나 살았으니 저도 외톨인데, 시댁도 없고…… 여자 팔자가 남자에 달렸다더니 사내 잘못 만나이 꼴이 뭐람."

얼떨결에 친구의 손에 끌려 주름커튼을 밀치고 입관실로 들어갔다. 딸들만 넷이 조용히 흐느끼고 있었고 소복도 못 입은 애경이 장승처럼 서서 남편의 시신만 뚫어지게 보고 있었다. 그 옛날 그렇게 초롱초롱 빛났던 눈이 눈동자까지 풀려버린 듯 멍한 눈으로 손을 가만히 잡아 준 나를 힐끔 보더니 머리를 떨구었다.

흰 천에 덮여 옮겨진 시체는 욕조 모양의 긴 스테인리스 통 안에 담겨 있었고 수의를 입히려고 들척일 때 뻣뻣한 다리가 밖으로 툭 튕겨져 나왔다. 벗은 발바닥이 샛노랗게 드러나고 생명이 걷힌 발가락에 새까맣게 때가 긴 발톱이 유난히 두드러져 보였다. 억지로 수의를 입히려고 굳은 팔을 꺾어 뚝 소리가 나자 옆에 서 있던 작은딸이 자지러지게 울었다. 덜렁덜렁 나온 시신의 손이 그 옛날 내가 본 각인된 영상과 겹쳐 나는 눈을 감아버렸다.

"어딜 다쳐 간 거니?"

영애의 어깨를 툭 치며 묻자,

"뇌진탕이란다. 쯧쯧…… 몸은 말짱한데."

관 뚜껑이 덮이고 못질을 할 때 딸들이 몸부림치며 울었지만 정작 제일 슬퍼해야 할 애경은 멀뚱히 서 있었다. 검은 옻칠을 입힌 관이 사람을 싼 짐이 되어 지정된 방으로 옮겨지고 검은 리본을 두른 고인의 사진이 관 앞에 놓여졌다. 사진 속의 망인은 조금 웃으려고 입을 씰룩이며 흐린 눈망울로 나를 무섭게 노려보았다. 향로 옆에 병원 직원이 달필로 쓴 고인의 이름패를 세웠다.

'안동호'

그 이름을 보는 순간 나는 감전된 듯 아찔해져서 몸을 가누지 못하고 휘청했다. 얼마나 오래오래 잊지 못했던 이름인가! 동호란 이름이 주는 충격으로 비틀거리는 나를 영애가 급히 받아 안았다.

"넌 몸처럼 마음도 약한 아이였지."

관 옆에 가족석으로 놓아준 긴 의자에 나를 앉히고 영애는 사이다를 권했다.

"일을 당한 애경이도 저렇듯 용감한데 왜 엉뚱하게 네가 이러니?"

난 사이다를 두어 모금 마시고 정신을 가다듬었다. 핸드백에서 조의금을 꺼내 냉정하도록 차분한 애경의 손에 쥐어주고 골이 몹시 아프다는 핑계를 내세우며 영안실을 빠져나왔다.

그 사람이 그 사람일까? 절대로 아닌데 왜 내가 이러지. 자꾸 또렷이 살아나는 그때 일들을 머리에서 떨쳐낼 수 없어 벌렁대는 가슴을 누르며 택시에 올랐다.

함박눈은 점점 기세를 부리며 퍼부어 앞이 몽롱했다. 훈훈한 거실에 들어서자 나는 소파에 무릎을 꿇고 엎드려 멍든 가슴을 쓰다듬으며 눈을 감았다.

전쟁 전에 나는 항상 당돌한 계집애, 간덩이 큰 아이란 잔소리를 들었다. 징그러운 지렁이도 처마 밑 낙숫물에 씻어 요리조리 뜯어보고 새끼지네와 돈벌레도 성냥갑에 넣고 다녀 늘 식구들의 지청구를 들었다.

이런 내가 소심해진 것은 전쟁이 준 상처로 피어나지 못하고 오그라든 탓이리라. 내가 여덟 살이 되던 그 해 겨울은 유난히 춥고 배가 고팠다. 두 살 아래인 남동생의 손을 잡고 팔달산을 등진 병원 주변의 마른 잡초를 헤집고 다녔다. 혹 말라붙은 까마중이라도 있나 싶어 눈을 땅에 박고 말라비틀어진 풀들을 열심히 뜯었다. 도립병원 식당에서 밥을 짓는 어머니는 간호사와 의사들의 시중을 들어주고 있어 그 전쟁 통에도 식당에 딸린 방에서 우리 세 식구가 붙어살 수 있었다. 그때 모두가 먹던 밥은, 밥이 아니었다. 미국서 준 멧수수를 삶아 먹었는데, 똥을 누면 수수 알이 뱃속을 구르다 그대로 똥으로 나왔다.

피난길에 지쳐 주저앉은 수원은 낯선 곳이었고 설령 친척이 있다 해도 쌀 한 톨 구하기 힘든 시절이라 모두 외톨이가 되어 살던 때였다. 머리엔 서캐가 하얗게 깔려 동생과 나는 똑같이 밤송이머리였다.

"히히히……. 누나! 이것 봐."

가파른 산길은 빗물이 흘러간 도랑이 되어 발목까지 쏙 빠지도록 푹 파였고 그 위로 마른 잡초들이 엉클어져 있었다. 까마중에만 눈독 들인 나는 동생이 시시덕거리며 따라오질 않자 신경질적으로 소리를 꽥 질렀다.

"여우가 잡아간다. 빨리 따라와."

그때 그 산엔 시체를 파먹는 여우가 득실거렸다.

"해골이 나왔다. 누나야, 어서 와 봐."

시체는 많이 봤지만 나도 해골은 처음이라 호기심에 차서 동생 곁에 바짝 다가앉았다. 동생은 막대기로 뻥 뚫린 해골의 눈을 쑤시며 킬킬 웃었다. 산길을 타고 길게 누운 해골은 산을 향해 뛰어올라가다 뒤로 넘어진 듯 머리를 비탈길 아래에 두고 두 발을 산 쪽으로 두고 거꾸로 박혀 있었다. 주먹이 들어갈 만큼 뚫린 눈구멍, 콧구멍, 입구멍이 무서워 난 마른 풀잎을 북북 뜯어 해골을 덮었다. 동생은 앙상히 드러난 갈비뼈를 세며 웃었고 배꼽이 없다고 구시렁거리기도 했다. 옷과 살은 빗물과 함께 흘러가버리고 발목엔 까만 양말 고무줄만 덜렁 매달려 있었다.

"누나야, 자지가 썩었으니 남자인지 여자인지 모르겠다."

"남자면 어떻고, 여자면 어때. 죽으면 고만인걸."

산소에 구멍을 뚫고 들어갔던 여우가 우리 말소리에 놀라 후다닥 뛰쳐나왔다.

"여우다. 엄마, 무서워!"

둘이는 젖 먹는 힘까지 다 쏟으며 산기슭을 뛰어 내려갔다.

도립병원은 붉은 벽돌건물이었으나 공습에 폭삭 까부

라지고 붉은 벽돌들만 처녀가 옷 밑 은밀한 속살을 드러
낸 듯 벌긋벌긋 갈라져 있었다. 폐허 주변에 임시로 세운
병동과 진료실이 ㄷ자 모양을 이루고 허물어진 옛 건물
잔해를 모아 안은 형상이었다. 그 한 모퉁이에 전쟁고아
만 모아놓은 임시 고아원이 자리를 잡고 있어 항시 울음
소리가 나는 곳이다.

우리가 숨을 몰아쉬며 멈춰선 곳이 바로 고아원 앞마당
이었다. 바퀴 둘 달린 나무마차에 어른 둘이 마주 서서 고
아들의 시체를 싣고 있었다. 눈이 휘둥그레진 동생이 내
손을 꼭 잡으며 비죽비죽 터져 나오는 울음으로 입을 오
므렸다.

"누나야, 죽으면 장작이 되나?"

동생의 말처럼 시체들은 장작개비처럼 빳빳해 보였다.
이쪽 사람이 죽은 아이의 머리를 들고, 저쪽 사람이 두 발
을 마주 들어도 아이의 몸을 휘지 않았다. 팬 장작을 싣듯
그들은 차곡차곡 고아들의 시신을 수북이 쌓아올렸다. 그
리곤 위에 가마니를 휙 덮어씌우고 새끼줄로 질끈 묶더니
끌고 밀며 병원 문을 빠져나갔다. 양말도 빼앗긴 조막만
한 발들이 삐죽삐죽 삐져나왔고, 아이들의 새카만 머리카
락이 가마니 밑에서 너풀거렸다.

짧은 겨울해가 팔달산을 타고 넘어가고 있어 병원 뒤뜰
은 땅거미가 기어들어 으슬으슬했다. 땅거미 색깔처럼 둘
이는 마음도 몸도 착 까부라져서 어머니가 있는 식당을

향해 뛰었다.

열다섯 자 깊이의 우물가를 지나야 했다. 인민군들이 찔러 죽인 서른 구의 시체로 메워져 악취가 풍기는 우물이다. 밤마다 원혼들이 슬피 내지르는 곡성이 나팔 불 듯 울려 퍼진다는 곳이다. 동생은 두 눈을 질끈 감고 징징 울며 내 손에 끌려왔다. 금세 서른 명의 발 없는 유령이 휘휘 기어 나와 우리들의 어깨를 잡아낚을 것 같아 잔등에 땀이 송송 맺혔다.

우물을 지나면 바로 시체실이 연이어 있었다. 푸념 섞인 어른들의 통곡과 울다 지쳐 목쉰 애기 울음소리가 그곳에서 울려나왔다. 무섬증이 조금씩 가셔갔다. 울고들 있긴 하지만 살아 숨 쉬는 사람들이 가까이 있다는 사실이 우리를 무척 따스하게 해주었다.

뱀처럼 길게 늘어선 병실을 지나야 어머니가 일하는 식당이 나온다. 저녁식사 시간이 가까웠는지 폐병으로 죽어가는 맹식이란 청년이 꼭 이 시간에 부르는 바로 그 노래가 잿빛이 된 저녁노을을 타고 애처롭게 퍼져나갔다.

'이래도 인생은, 저래도 한 세상,

누구를 찾으러 여기까지 왔는고.'

밤과 낮의 샛길인 우울한 이 저녁, 울먹이며 청승맞게 부르는 청년의 노래는 전쟁으로 멍든 병원 사람들을 울리는 매운 고추 같았다.

"에구구! 불쌍해라. 그 나이에 전쟁을 당한 것도 서러운데 그 몹쓸 병까지 짊어졌으니, 에고고! 아까워라."

혀를 차는 어머니의 어두운 음성이 그 노랫소리와 얽혀 귓가를 스치는 듯해서 둘이는 꼭 잡았던 손을 풀었다. 식당은 의사들과 간호사들로 장터처럼 버글버글 했다. 구수한 된장국 냄새가 빈 창자를 꿈틀거리게 했다. 나와 동생은 까만 무쇠 솥에서 긁어 낼 누룽지를 기다리며 부뚜막에 올라앉아 팔랑개비처럼 분주히 움직이는 어머니를 지켜봤다.

"아직 수수밥을 다 푸려면 멀었어. 누나야, 지금쯤 병원 밖엔 코쟁이들이 코를 내민다더라. 껌이랑 초콜릿 얻어먹으러 가자."

바쁜 어머니를 남겨두고 우린 땅거미 속에 잠긴 병원을 돌아 아름드리 느티나무 옆문을 빠져 큰길로 나왔다. 폭격으로 군데군데 뭉개져 앉은 집들 사이로 휑하니 뚫린 골목으로 들어섰다. 손바닥까지 까만 군복차림의 검둥이 병사가 흰 이빨을 징그럽게 번뜩이며 다가왔다. 동생은 용기를 내서 그 깜상 앞으로 나섰다.

"껌, 껌, 껌, 참참참."

입맛도 다셔 보이고 배도 두드리고 상을 찌푸리며 동생은 배고픈 시늉을 했다. 히죽 웃던 깜상이 다듬잇방망이만한 큰 XX를 바지 밖에 내놓고 우리에게 다가왔다.

"색시, 색시."

검둥이는 멍한 눈을 나에게 박고 다가왔다. 이제 막 내

려앉은 어둠 속에서도 그 검둥이 병사의 고추가 어찌 커
보였던지 기겁을 해서 뛰기 시작했다.

"누나야, 같이 가자!"

동생도 징징 울며 따라 붙었다.

"새끼! 오줌 누고 자지도 넣을 줄 모르는 병신이야."

땀에 촉촉이 젖어든 내 손을 잡으며 남동생은 어른스레
히죽 웃었다. 어둠이 이젠 수녀의 치마폭처럼 사방을 푹
덮어씌워서 손톱달도 없는 밤은 둘이의 발끝에 신경을 곤
두서게 했다. 병원 문에 들어서자 폭격에 탈싹 내려앉은
본관이 죽은 구렁이처럼 느슨하게 누워있었다. 아름드리
느티나무 곁을 지날 때 '엥, 엥, 엥' 하는 아기 울음소리가
들렸다.

"애기 시체를 파먹은 도둑고양이가 사람 흉내를 내는
거야."

얼결에 내뱉은 내 말에 동생은 숨도 죽여 가며 내 허리
를 안았다. 느티나무 속에 숨은 고양이가 흉물스럽게도
이젠 큰 애 울음소리를 내며 우리에게 다가왔다.

"누나야, 이거 받아."

동생이 건네준 깡통은 아까 그 검둥이가 준 것이었다.
난 그 깡통을 가슴에 안고 동생의 어깨를 쓰다듬으며 간
신히 식당에 도착했다. 어머니는 땀과 공포에 절은 우리
를 등 뒤에 두고 산같이 쌓인 설거지로 여념이 없었다.

가마솥엔 누룽지 대신 물이 가득 고여 있고 식탁엔 먹

다 남긴 수수밥과 짠지 쪽이 썰렁하게 놓여 있었다. 동생은 게걸스레 수수밥을 입이 터지게 물더니 끄덕끄덕 졸았다. 자는 동생을 달래서 방까지 끌고 갔다. 가마솥과 국솥이 달린 식당 방은 하루 종일 나무를 때서 달군 냄비처럼 후끈후끈했다. 커튼으로 큰방의 중간을 막아 아랫방은 간호사들이 자고 윗방에선 우리 남매를 데리고 어머니가 잤다.

어머니는 우리에게 관심이 없었다. 전쟁은 어머니를 혼자 깊이 생각하는 여자로 만들어버렸다. 식당에 어머니를 버려두고 다락으로 올라갔다. 곯아떨어진 동생 옆에서 아까 검둥이에게서 얻어온 깡통을 혼자 마셨다. 싸하고 콕 쏘는, 매운 물이 입안을 얼얼하게 만들었으나 캑캑거리며 다 마셨다. 노리끼리한 물이 씁쓸하지만 코쟁이가 준 것이 분명해서 한 방울도 남김없이 다 마셔버렸다. 술에 취한 나는 다락의 짐들 틈바귀에 끼어 곯아떨어졌다. 산꼭대기 위를 향해서 또 고양이이가 울던 느티나무 위로 나는 새처럼 훌훌 날아다녔다.

해가 중천에 떴을 때 기어 나온 나는 종아리가 얼얼하도록 매를 맞았고, 깜상 이야기를 털어놔서 어머니를 토끼처럼 팔짝팔짝 뛰게 했다.

"계집애가 지금 어느 세상이라고 밤에 양갈보 촌에 가니. 코쟁이들이 치마 입은 여자만 보면 아이고 어른이고 가리는 줄 알아, 보자기를 반으로 접어 뒤집어 쓴 여자들

봤지? 그것들이 갈보야. 거기 또 갈 거냐. 안갈 거냐?"

갈보들이 어떤 여자인지 모르지만 느티나무 속에 숨은 고양이보다 더 무서운 귀신일 것이라고 생각했다. 장난감도 하나 없는 방에 둘이는 갇혔다. 바쁜 중에도 어머니는 가끔 문틈으로 우릴 감시했다.

"피난 국민학교가 곧 선다니 오는 봄엔 둘이 다 학교에 보내야겠다."

할 일 없이 흐느적이는 우리가 딱해서 어머니는 수수누룽지를 한바가지 넣어 주었다. 둘이는 하루 종일 마주앉아서 턱이 아프도록 딱딱한 누룽지를 깨물었다. 이빨까지 아파 일찍 잠자리에 든 그 밤에, 나는 무서운 소리를 듣고 깨어났다. 내 옆의 동생이 코를 샐샐 골며 세상모르고 자고 있고, 어머니도 입술을 푸푸거리며 곯아떨어진 것을 보니 꽤 깊은 밤인가 보다.

일정한 간격을 두고 사내의 울부짖음이 문풍지를 울렸다. 느티나무에 숨어서 우는 고양이 울음소리라면 이불을 머리까지 끌어 덮고 자련만 어른이 오장육부를 쥐어짜듯 울어대니 잠이 오지 않았다. 문득 옆방 간호사들이 주고 받던 대화가 떠올랐다.

"그 통역관 살 가망 없지?"

"그런 끔찍한 사고가 어떻게 일어났지?"

"미군부대 안에서 일어난 일이니 알 수 없지만 휘발유 통에 붙은 불을 뒤집어쓴 모양이야."

"쯧쯧……. 아까운 사람이야. 공부도 많이 한 어느 대학 교수였다는데."

"이 전쟁에 살아남을 사람이 있겠어. 우리도 언제 죽어 나갈지 모르지."

"차라리 고통 없이 죽게 할 수 없을까?"

"그런 약도 여유가 없어. 죽기만 기다리는 거야."

주변엔 늘 죽어가는 사람들뿐이니 죽음의 이야기가 귀설은 것은 아니지만 이 밤중에 부르짖는 어른의 울음은 여우울음소리보다 더 섬쩍지근했다. 귓가로 흘린 간호사들의 대화 속 인물이 그 통역관일까? 아무튼 간격을 두고 절규하는 그 울음소리는 사나운 짐승이 잃은 새끼를 찾아 애타 하는 것 같기도 하고, 한 달 전 수류탄에 허벅지가 잘려나간 노인의 신음소리 같기도 했다.

나는 속에서 치밀어 오르는 의구심을 누를 수 없어 살짝 이불 속을 빠져 나왔다. 까만 유똥치마에 하얀 솜저고리를 더듬어 찾아 입고 짐승울음보다 더 요란한 그 울음소리를 더듬어서 가운데 자리 잡은 동(東)병동으로 향했다. 영하의 추위로 얼어붙은 병원 뜰과 복도는 동그마니 비어 있고 겨울바람은 살아 움직이는 듯 내 머리카락을 쓰다듬었다. 소리 나는 병실까지 다가간 나는 얼마간 그 앞에서 멈칫거리다가 병실 문을 가만히 열고 머리만 살짝 디밀었다. 희미하게 밝혀둔 벽등불 밑에 문제의 사나이가 드러났다. 나는 악! 외마디 소리를 지르며 병실 문을 닫

아버렸다. 찬 공기가 폐까지 시리도록 가슴 속을 파고든 탓도 있겠으나 눈앞에 나타난 그 사내의 모습에 질려 우욱 숨을 몰아쉬었다. 키가 구척같이 헌칠한 사내는 전쟁 전에 할머니가 화롯가에서 들려주었던 그 귀신의 모습이 었다. 짐승처럼 응응거리는 사내의 입술은 불에 타 없어져 하얀 이빨만 소름끼치도록 알알이 드러나고 검게 탄 얼굴에 두 눈만 번들번들 윤을 내뿜으며 번쩍였다. 눈물이 흐르는 것일까. 옷 여기저기 점점이 타서 불에 그슬린 살이 툭툭 불거져 나왔다. 옆에 침대가 있건만 눕지도 못하고 그 통역관은 두 다리를 쩍 벌리고 서서 응응, 헉헉울고 있었다. 내 기척에 울음을 그친 그가 말했다.

"뉘시오, 게 누구 있소? 내 말 좀 들어주오."

병실 문을 사이에 두고 그 통역관은 애처롭게 인기척을 낸 나를 찾았다.

"뉘신지 제발 마지막 소원을 들어주시오."

화상을 입은 남자의 울음 섞인 애원을 차마 뿌리칠 수 없어 가슴 속이 저릿저릿해 왔다. 느티나무 속의 귀신 고양이도 아니고 방망이만한 고추를 내흔들고 다니는 미군 병사도 아닌 진짜 사람인데, 그냥 이대로 돌아설 수 없다는 생각이 들었다. 석쇠에 구운 생선처럼 탄 살을 가진 사람이긴 하지만 살아서 말을 하는데 무엇이 무섭단 말인가. 나는 용기를 내서 큰 호흡을 하고 난 뒤에 병실 안으로 들어갔다. 타버린 눈에 내가 보였을 리 없지만 소리만은 듣는 모양이다. 그는 두 팔을 휘휘 내두르며 나를 잡으려 했다.

"아저씨 무슨 소원이에요?"

"내 바지 뒷주머니에 그동안 모은 미국 돈이 있어. 이 돈을 식구들에게 전해줘. 이 돈이 없으면 그들은 굶어 죽어."

사내는 익어버린 살갗을 씰룩이고 간간이 쉬어가며 힘들여 말을 이었다. 맨발에 어머니의 코고무신을 끌고 나왔지만 난 춥지도, 무섭지도 않았다. 여덟 살 나이답지 않게 키가 작은 나는 그 통역관의 진물 나는 눈을 올려다보며 엊그저께 팔달산 비탈에서 본 해골을 떠올렸다. 뼈만 앙상히 남은 해골보다 말할 수 있는 불에 그슬린 이 사내의 애원이 얼마나 더 실감이 나는가.

"어느 호주머니에요?"

나는 조촘조촘 그에게 다가서며 물었다.

"뒷호주머니야. 타지 않았는지 모르겠어. 우후후······. 어쩌지 난 어쩌지."

손가락도 탔는지 아파서 그러는지 그는 몸도 못 가누고 엉거주춤 서서 후들후들 떨었다. 얼룩얼룩 타버린 앞쪽의 옷에 비해 뒷옷은 형체가 깨끗했다. 전쟁 중 임시 가설한 병원에서 환자복도 얻어 입지 못하고 바람에 잉잉대는 전선줄 소리를 내며 그는 울어댔다. 뒷주머니에 도톰히 든 돈을 발돋움해서 몽땅 꺼냈다.

이건숙 문학전집 1 팔월병

"아저씨, 아저씨, 울지마요. 여기 돈이 있어요."

"그 돈을 내 식구들에게 전해다오."

"식구들이 누구에요? 내가 불러 오지요."

"피난을 남양 근처 귓골로 간다고 했어."

난 돈을 두 손에 받쳐 들고 그를 올려다보며 큰 소리로 물었다.

"동호 어머니에게 전해 줘. 안양댁, 동호 엄마야."

"동호가 누구에요?"

"내 아들이야 열 살 난 내 아들, 흑흑……."

그 통역관은 탄 살이 옥죄고 아픈지 몸과 목을 끼룩끼룩 틀어가며 섧게 울었다.

"걱정 마요, 아저씨 내가 이 돈을 꼭 동호 엄마에게 전해줄께요."

"고맙다. 꼭 전해줘. 그 돈이 없으면 그들은 굶어 죽어. 우후후……."

끝없이 흐느끼는 그는 임시 엮어 만든 불기 없는 병실에서 해골이 되기 싫어 자꾸 울었다. 의사가 발라준 하얀 약이 녹아내려 탄 살갗은 더 번뜩이고, 아무도 그를 돌봐주지 않았다.

'난 크면 꼭 의사가 돼서 저렇게 아픈 사람을 혼자 두지는 않을 거야.'

그 겨울밤 나는 엄청난 비밀을 안고 식당 방으로 돌아와 엄마와 동생 사이에 누워 훌쩍였다. 그의 돈을 가슴에

안고 쓰다듬으며 그 통역관이 가엾어서 눈물을 찔끔찔끔
짜냈다.

눈을 뜬 것은 해가 꽤 높이 솟은 후였다. 후다닥 뛰어
일어나 잠이 걷힐 때까지 도리질을 하며 앉아 있었다. 생
선처럼 탄 그 통역관과 돈이 떠올라 가슴에 안고 자던 돈
을 찾으려고 이불을 들척거렸다. 없었다. 분명 꿈은 아닌
데 그 돈은 없었다. 유똥치마와 솜저고리를 그냥 걸치고
잔 것을 보니 꿈은 아닌데, 돈이 없어졌다. 식당으로 뛰어
갔다.

"엄마 그 화상 당한 통역관 말이야……."

"뭐 아침부터 웬 환자 이야기냐?"

어머니는 내 목소리에 화들짝 놀라 국을 푸던 손을 멈
추고 어정쩡한 얼굴을 했다. 간호사들이 둘러앉아 식사를
하다 나를 보며 말했다.

"호호……. 옥경이도 그 환자가 밤새워 울어대는 바람
에 잠을 설친 모양이지? 그 사람 오늘 아침에 죽었어."

"불쌍하지만 잘 죽었어. 그 타 문드러진 얼굴로 집에 살
아 돌아가야 식구들도 질겁할 걸."

간호사들은 죽음 이야기를 화장실에 가는 일처럼 주워
섬기며 수수밥을 게걸스럽게 먹었다.

"엄마! 그 미국돈 봤어?"

어머니는 발끝까지 끌리게 치마를 감싸 두른 앞치마에
손을 닦고 내 손목이 아프도록 잡아끌고 뒤뜰로 갔다.

"너 그 돈 어디서 났니? 훔쳐 왔지?"

어머니의 눈은 공포와 기대에 절어 히뜩히뜩 돌아갔다.

"아니야, 어젯밤, 화상 당한 통역관이 너무 울어서 보러
갔더니 식구들에게 전해주라고 내게 맡겼어."

"거짓말 마라 그 사람 몸이 거의 탔는데 어떻게 돈이 안
타고 남았겠니?"

"돈은 괜찮았어. 내가 뒷주머니에서 꺼냈대도."

어머니는 의심스럽다며 여전히 머리를 갸우뚱댔다.

"계집애가 독종이야, 무서워서 혼자 그 밤에 거길 어떻
게 갔니?"

"너무 곰처럼 징징 울어대서 잠이 오지 않았어. 그래서
가봤지."

오랜만에 인정을 받는 것이 으쓱해서 그때 본 그의 모
습까지 정확히 늘어놓았다.

"그 돈을 귓골에 사는 동호란 아들에게 전해주래. 열 살
이라니 아마 나만한 아이인가봐."

"이 전쟁 중에 거길 어떻게 가니?"

"갈 거야, 돈 내놔. 오늘 갖다 줄 거야. 불탄 사람이 식
구들이 굶어 죽어간다고 잉잉 울었단 말이야."

하루 종일 치마꼬리에 매달려 가자고 칭얼대는 내 고집
에 어머니는 당황한 음성으로 달랬다.

"알았다, 옥경아. 엄마가 보관했다가 이 다음에 전쟁이
끝나면 전해주자."

"이 전쟁이 언제 끝나나?"

"봄이 오면 끝나겠지."

"그 돈이 많은 건가?"

"쉬! 이런 말 누구에게 해서는 안 된다. 미국 돈이라 우리릴 도둑놈이나 간첩으로 몰면 다 죽는다. 전쟁이 끝나면 살짝 전해주자."

"그 사람이 울면서 부탁했는데, 너무 늦게 전해줘서 식구들이 다 배고파 죽으면 어쩌지?"

"이 전쟁 통에 피난민들이 이리저리 밀리는 와중에서 꼼짝 못한다. 이 돈 때문에 잘못하면 빨갱이들 세상이 된 후 총살당할지도 몰라. 이쪽이 이겼다, 저쪽이 이겼다 그러거든."

어머니의 얼굴은 이야기 중에 노랗게 질려 있어서 나도 겁이 더럭 났다. 어른인 어머니도 무서워하는데 내가 어찌 이 일을 하랴 싶어 꺼림칙했지만 묵묵히 어머니 의견을 따랐다. 그 시절, 어린 나에게 그 문제는 너무 어려운 숙제였다.

그 후 가끔 그 화상 당한 통역관의 흐느낌과 목 메이게 울며 떠맡긴 그와의 약속이 떠올라 어머니에게 칭얼대기도 했지만 항상 아직 전쟁 중이라고만 했다.

봄이 지나고 또 다음 해 봄이 왔을 때 어머니는 병원의 식모살이를 걷어치우고 서울로 이사를 했다. 하나뿐인 남동생이 부엌의 한 길이 넘는 수채통에 빠져 죽은 탓에 이

징한 장소를 떠야 한다는 어머니의 한 서린 푸념이 서둘러 서울 이사를 단행케 했다.

잠실 근교에 살고 있는 외할머니 댁으로 우리 모녀는 옮겨갔다. 전쟁에 남편과 아들을 잃은 어머니는 거기서도 타들어 가는 화병을 끄지 못하고 나만 떨구어 놓고 동대문 시장 포목점을 낸다며 훌쩍 떠나버렸다. 어쩌다 들르는 어머니는 멋쟁이가 돼 있었고 땅도 사들이고 집도 여러 채 사서 점점 부자가 돼갔다. 나도 어머니에게 업혀 기름진 풍요 속에서 차츰 그 꽁치구이처럼 탄 살갗을 씰룩이며 울부짖던 통역관을 잊어가고 있었다. 그러나 비 오는 날이나 눈 오는 날, 울적해지면 어김없이 그 통역관의 흐느낌이 귀울림으로 다가와서 밤엔 가위에 눌려 헉헉거렸다.

꿈속의 무대는 항상 피난시절 그 도립병원이었다. 팔달산 기슭, 산길에 거꾸로 누워 뼈만 남은 해골이 까만 고무줄을 발목에 매달고 튕겨 일어나 갈비뼈를 후들후들 흔들며 뛰어다니고, 병원 뒤란의 우물에선 서른 명의 썩어 문드러진 손들이 둥근 우물 난간을 나란히 휘어잡고 밖으로 나오려고 신음을 토해냈다. 그 옆엔 수레에 실려 가는 고아들의 시체들이 별안간 깡충깡충 뛰어 일어나 앙앙거리며 엄마 아빠를 찾아 헤매다가, 갑자기 모두가 몰려와서 누가 그들을 그렇게 만들었냐고 나를 향해 일제히 입을 벙긋거렸다. 수채통에 빠져 죽은 남동생이 시궁창 악취를

팡팡 풍기며 왜 혼자만 호사스럽게 잘 사냐고 징징 울며 걸어 나온다. 그 뒤에 방망이만한 자지를 두 손으로 받쳐 들고 히죽히죽 웃은 검둥이 병사도 끼어 있었다. 간간이 느티나무 속에서 죽은 아가 흉내를 내는 고양이 울음소리 가 들려와서 소름이 도드륵 돋아 전신이 닭살이 되었다. 그 소리들이 모두 뭉쳐서 점점 나에게 다가오더니 천둥처럼 큰 음성을 내는 괴물로 변신해 덤벼들었다.

"이년! 내 아들 동호에게 주라는 미국 돈을 떼어먹었지? 이 도둑년, 널 죽이겠다."

고양이는 괴물로 변했다가, 불에 덴 통역관이 돼서 숨이 막히도록 나를 덮쳐 눌렀다.

"아악! 아악!"

"아가, 아가, 옥경아, 왜 이러니? 아이쿠! 내 새끼야. 이 땀 좀 봐."

어머니는 포목점 때문에 집을 비우는 날이 많았고, 난 항상 외할머니와 살았다. 할머니의 바짝 마른 손이 내 젖은 이마에 얹혔다. 그래도 발발 떠는 내가 가여워 할머니는 앙상한 가슴이 으스러지게 껴안았다.

"아이쿠! 불쌍한 것. 모진 전쟁에 애비랑 동생 잃더니 네가 몹쓸 것들을 많이 본 모양이구나, 밤마다 땀을 흘리고 헛소리를 해대니……."

꿈에 시달려 난 차츰 수척해갔고 말이 없는 소녀가 됐다. 그래서 새침데기니, 괴짜니, 개똥철학자니, 문학소녀니 하는 친구들의 군소리를 들으며 소녀시절을 보냈다. 고맙게도 세월은 나를 무디게 만들어 놓았다. 어쩌다 징그러운 그 사건이 떠오르면 미친 듯이 요란을 떨며 화사하게 차리고 헤프게 웃어가며 더 많이 지껄여대서 광기어린 미치광이가 되기도 했지만 내 속에 깊이 자리 잡은 그 절대공간을 어찌하랴.

세월이 흘러가도 돈을 보관한 어머니는 그 일을 완전히 묻어버렸는지 한 번도 입을 벙긋한 적이 없었다. 긴긴 전쟁과 죽음의 동굴을 뚫고 나오며 사랑하는 남편과 외동아들을 잃은 어머니는 말수 적은 딸에게서 보람을 못 찾고 풍선처럼 부풀어 오르는 재산 부풀리는 재미에 젖어 살아갔다. 이런 어머니를 바라보며 어찌 옛 이야길 꺼낼 수 있으랴.

출세한 남편 만나 아들 딸 낳고 살아가며 외국 가서 사는 재미도 보고 먹고픈 음식 다 먹어보고 입고픈 옷 다 입어보고 그렇고 그렇게 살아가니 잔주름 늘고 그 사이 어머니는 풍선같이 모은 재산을 다 놓고 세상을 떴다.

갑자기 버스 안에서 만나 친구와 친구 남편의 죽음이 그간 덮어두었던 이 모든 것들을 몽땅 끌어내서 아우성을 친다. 골이 빠개지게 아파 와서 두 손으로 머리를 감싸 안았다.

눈도 그치고 어느덧 어둠이 정원을 덮었다. 나갔던 아

이들도 돌아와 집안은 떠드는 소리로 살아 움직였다.

"엄마, 저녁 메뉴가 뭐야?"

가정과에 갓 입학한 딸, 경숙이 열어젖힌 커튼 사이로 멍하니 밖을 보고 누워 있는 곁에 붙어 앉아 애교를 떨었다.

"엄마 몸이 안 좋다. 가정실습 좀 해 보렴."

"아빠가 보고 싶어 그러지?"

"이 앤 웃기는구나."

딸이 유행가를 흥얼대며 쌀 씻는 소리가 기분 좋게 들려왔다. 지금은 옛날이 아니다. 하얀 쌀이 쌀통에 그득하고 울부짖는 울음소리 대신 라디오와 TV의 흥겨운 노랫가락과 호화로운 옷들이 모두들 행복해 보이게 만든다. 전쟁으로 오는 배고픔과 죽음 대신, 미워하고 사랑하고, 욕심을 부려 토닥토닥 싸우는 소리가 사방을 진동시키고 있다. 벌써 오래전에 전쟁은 끝난 거야. 옛날옛날 그 옛날에 다 사라져버린 거야. 지금은 지금인데 왜 이렇게 옛날 속으로 휘젓고 들어가서 청승을 떨고 다니지. 흐트러진 머리를 단정히 빗고 거울 앞에 앉아 내 얼굴을 샅샅이 뜯어 봤다. 그러나 그 얼굴엔 여덟 살 때의 그 얼굴이 그냥 있었다. 혼자 된 어머니를 위해 비밀을 지켜왔다고 하지만 사실 그 깊고 깊은 구석엔 전쟁 때의 배고픔과 죽음이 무서워 너무 비겁했던 다른 얼굴이 옛 얼굴 위에 겹쳐 있었다.

"이 무거운 짐을 내려놔야 한다. 아! 어쩌자고 어머니는 이 큰 짐을 나 혼자에게 떠맡기고 돌아가셨을까."

집채만 한 바위가 내 어깨를 짓눌러 까부라져버리는 몸을 거울에 비춰보며 수없이 한숨을 내쉬었다. 애경을 찾아가리라. 그녀의 죽은 남편 이름이 동호이니 그 사람이 바로 통역관의 아들인 그 사람일 수도 있다. 생가지가 꺾어지는 아픈 과정이 있다 해도 매달린 짐이 점점 더 무거워지기 전에 어떤 동호든, 동호를 찾아 넘겨주리라.

행동의 사령탑인 두뇌가 혼선을 빚었는지 윙윙 귀울림을 울더니 안개가 걷히듯 차츰 밝아오기 시작했다. ✯

1984년 『월간문학』 9월호 이명재 평론가 평설

퍽 산뜻한 소재와 특이한 인물설정 등으로 눈길을 끄는 작품이다. 다소 고전적인 형태로 맺어진 남녀의 사랑이긴 하지만 그보다 더 본연한 고향을 기리며 이농현상을 탄하는 테마 의식을 지닌 단편이다. 내용에서 엿볼 수 있듯 무엇보다 전원적인 풍경과 고향을 아끼며 어릴 적의 그녀를 맞아들이는 오붓한 마음들이 아름다워 좋다.

처음 사랑

철봉리로 뚫린 샛길이 한여름의 짙푸름에 싸여서 둘이는 발끝에 신경을 모으고 조촘조촘 걸었다. 골짜기를 따라 흐르는 산개울이 돌돌 소리를 내지 않아 더욱 거북살스러워진 그들은 입을 꼭 다물고 앞만을 응시했다. 산 사이로 펼쳐질 질펀한 논도 어둠 때문에 까만 헝겊 같았다. 시골 버스가 고개를 오르며 내뿜음직한 그런 매캐한 냄새가 잡목들 사이사이에서 조금씩 스며 나왔다.

또도도, 또르륵, 또르륵……. 별안간 깜짝 놀랄 정도로 앙큼을 떠는 새소리에 둘이는 몸을 조금 움츠리며 숨을 죽였다. 그들의 발자국 소리에 풀벌레들도 다소곳이 침묵해 주건만 어둠에 자신을 얻은 새 한 마리가 청승을 떨며 울어댄다. 좁은 길을 바짝 붙어 걸으면서 둘은 손을 잡지 않았다. 얌전이가 돌부리에 걸려 앞으로 휘청하자 귀남이

엉겁결에 그녀를 끌어안았다. 손톱달 마저 구름에 걸려 산속은 칠흑이 되어서 둘이는 부둥켜안은 채 그림처럼 서 있었다. 콩콩 뛰는 서로의 심장소리를 들어가면서.

인기척에 입을 다물었던 풀벌레들이 하나, 둘 가만가만 입을 열더니 일제히 아우성치며 귀청이 터지게 울어댄다. 산속은 두 사람을 잊어버리고 새랑, 벌레들의 세상이 돼 버렸다.

귀남이 여자의 볼록한 등을 어루만지며 어깨를 다독거리자 그의 어깨 밑에 드는 여자는 서서히 그의 넓적한 가슴에 얼굴을 묻고 어깨를 잔잔히 들먹인다. 손톱달이 삐죽 얼굴을 내밀고 희미한 빛을 던지자 여자의 해쓱한 뺨에 눈물자국이 역력히 드러났고 땀에 절은 고수머리가 동글게 튀어나온 뒷박이마 위에 어지럽다.

바람 한 줄기도 인색한 한여름의 초저녁은 나뭇잎도 더위에 절어 축 늘어졌다. 둘의 침묵에 속아 넘어간 밤새가 그들이 서 있는 바로 옆 도토리나무까지 와서 간드러지게 목청을 높인다.

그는 서서히 가뿐한 여자를 왼팔에 안고 오른손으로 여자의 이마 위에 흐트러진 머리카락을 쓸어 올려준다.

긴 침묵.

풀벌레와 새만 살아있는 듯 소란을 떨어 산골짜기가 어둠 속에서 크게 일렁댄다.

"너 우는구나? 무슨 일이 있지? 그지?"

여자는 귀남의 말에 더 서럽게 울며 몸을 떨어서 벌레 소리와 그녀의 울음소리가 함께 녹아든다.

"저 새가 뭐라고 우는지 알아?"

짐짓 새 울음소리를 들춰내서 그녀의 눈물을 돌리려 했다.

"밤중에 울면 쪽-박 바꿔줘, 쪽-박 바꿔줘 하며 운다는군."

여자는 '쪽-박'에 억양을 주어 끝을 희미하게 끌어주고 '바꿔줘'는 빨리 발음해가며 새소리를 흉내 낸다.

"새 이름을 알아?"

"어머닌 쪽박새라고 우기고 할머닌 두견이라고 우겼어. 난 한 번도 그 새를 본 적이 없어서 그냥 울새라고 부르지."

"밤에 우니 슬픈 사연이 있을 터이고 그러니 네 말대로 울새가 맞아."

"울새란 내가 지은 이름이고 따로 이름이 있을 거야."

눈가장자리에 잔주름이 자리를 잡는 나이지만 그녀의 오똑한 코가 어둠 속에서 하얗게 드러나 어릴 적 코보다 더 예쁘다는 생각이 들 정도였다. 둘이는 길가의 풀숲에 나란히 앉았다.

"손도 없는 새가 물도 떠먹지 못할 쪽박으로 뭘하려고 자꾸 바꿔 달래지?"

"닳아서 줄줄 새는 쪽박이 서러워 새것으로 바꿔달라는

거래."

"아하하…… 재미있군."

그의 너털웃음에 밀려서 조심스럽게 울던 풀벌레들도 깜짝 놀라 입을 다물고 하늘만이 살아나서 구름이 가는지 달이 가는지 모르게 흐느적였다.

얌전이가 두어 번 메기 같은 그의 입을 곁눈질했다.

"밤마다 쪽박을 바꿔달라고 우니?"

"아니, 새벽녘엔 다른 걸 달라고 해."

"무얼?"

"보리쌀 대껴줘, 보리쌀 대껴줘, 그런다는군."

"우흉?"

귀남이 답답하다는 듯 긴 한숨을 쉰다. 사람들 소리에 익은 풀벌레가 하나, 둘, 용기를 내더니 이젠 풀숲이 들썩이도록 요란하다.

"농사짓기 점점 힘들지?"

"……"

"비료 값은 비싸고, 힘들인 만큼 들어오는 것이 없다는데 맞아?"

"농약을 해마다 더 뿌려야하고, 일손은 모자라니, 큰일이야. 이젠 땅도 정직하질 않아."

"고향을 떠나야겠지?"

얌전이는 발 앞에 강아지풀꽃을 꺾어 코끝에 대고 대답을 않는다.

"왜 왔느냐고 묻지를 않는군."

그래도 그녀는 대꾸를 않고 풀꽃의 솜털이 강아지 털처럼 보드랍고 간지러워 연신 코언저리를 찡긋거렸다. 그들이 앉은 곳은 병풍처럼 척척 접힌 산들 때문에 앞이 가리워서 마을이 가깝건만 깊은 산중에 들어와 있는 듯 호젓하기까지 했다.

"돈은 얼마나 벌었어?"

"……."

이번엔 귀남이 딴전을 부리며 머리를 뒤로 쭉 젖히고 하늘을 우러러본다.

"왜 왔어?"

"고향에도 못 오나."

"우린 여길 뜬다. 집까지 다 팔았어."

"그으래."

"옆집 순덕이네와 우리가 뜨면 여긴 궁궐 같은 음식점이 들어선다고 해."

"이 산골에 누가 와 사 먹는다고?"

버스 정류장서 이 마을까지 험한 산이 가로질러 있는데 왜 하필 여기까지 도시 사람들이 쳐들어오는지 귀남은 속이 타들어 갈 정도로 화가 치밀었다.

"여기까지 길도 없이 어떻게 자가용이 들어와?"

"길이야 뚫으면 되지, 요즘 장비가 얼마나 좋다고."

"히야, 점점 돈 많은 사람들 놀이터가 늘어나는군."

귀남은 풀잎을 따서 자근자근 씹어 뱉고 얌전이는 툭 불거진 등을 펴려는 듯 허리에 힘을 주어 가슴을 곧추 세웠다. 우두둑 소리를 내며 등뼈가 쭉 펴진다면 얼마나 좋을까! 구겨진 옷을 당기며 다리미질 하듯 굽은 척추를 꼭꼭 눌러 다려서 펴낸다면 울새보다 더 요란을 떨며 울어버릴 기분이었다. 거울 앞에 앉을 때마다 이런 기적을 그려 보지만 굽은 등은 언제나 그렇게 매달려 있어 꼽추라는 이름을 혹처럼 붙여주었다. 그러나 거울 깊은 곳에 서 있는 사람, 쪽 째진 실눈에 기름기 덮인 벌렁코를 가진 귀남이 두터운 입술을 헤에 벌리고 히죽이 웃으며 그녀를 응시하기에 그 기다림이 그녀를 끌어주었다.

쪼그리고 앉은 발이 저려와 그녀는 슬며시 일어섰다. 두 팔이 무릎까지 철렁이고 짧은 허리는 뭉뚝그려 위로 올라붙고 펑퍼짐한 궁둥이가 바로 밑에 있어 유난히 두 다리가 길어 보였다. 노로꼬롬한 바탕에 빨간 줄이 십자로 간 원피스를 걸친 그녀의 모습은 어깨부터 헹글헹글 돌아가는 큰 옷 때문에 가슴을 꺾어 엉거주춤 세워놓은 인형처럼 보였다.

귀남의 눈길이 꼽추 등에 멎는 것을 피부로 느끼는 순간 그녀는 거북살스러워져서 숨을 제대로 쉴 수가 없었다. 오늘 밤 안으로 결정을 내려야 한다는 조급함에 비해 그녀의 몸은 조막만 하게 자꾸 오그라들었다. 어느새 자신의 몸은 손발이 근지럽고 온몸이 흐물흐물한 새파란 배추벌레로 변해있어 사람이 무서워진 그녀는 몸을 감추려고 배추고갱이로 파고드는 몸짓을 했다. 거울을 보듯 타인의 속마음을 꿰뚫어 볼 수 있다고 장담하는 그런 눈을 그녀가 갖게 된 것은 순전히 그녀에게 싸구려 눈빛을 던져주는 경박한 사람들 탓이다. 서로 비슷한 외모를 지녀야 헤헤거리며 어울려 살아가는데 등이 튕그러졌으니 썩은 콩을 집어내듯 팽개쳐져서 무리에 낄 수 없는 신세다. 바가지처럼 튀어나온 등을 상처나 검은 점처럼 옷으로 감출 수 있다면 그녀도 거침없이 무리에 끼어들어 살아갈 텐데, 아무리 살펴봐도 자신의 모습은 실패작이었다. 그렇지만 귀남만은 타인이 아닌 자기 몸의 한 부분처럼 또는 가장 가까운 오빠처럼 생각해 왔는데 꼽추 등에 꽂힌 그의 눈길은 여느 사람들과 다를 바 없었다.

잠자리 걸음으로 옴질거려 산길로 내려선 그녀는 그의 눈길에서 벗어나자 잽싸게 걷기 시작했다. 그러나 귀는 줄곧 뒤에 가 있었고 귀남이 따라오는 소리를 듣고부터 더 빨리 몸을 놀렸다. 뒤 치맛자락에 풀물이 들어 얼룩진 것이 지도처럼 드러났어도 그녀는 아랑곳없이 집을 향해 산허리를 돌아섰다.

마을 어귀에 이르자 음식점 터를 닦는 불도저의 윙윙거리는 소리로 고향은 옛 소리를 버렸다. 여기쯤 오면 항상 컹컹 짖던 개들도 전부 떠나고 퀴퀴한 냄새를 울컥 뿜어내는 돼지우리도 텃밭에 쌓인 거름더미랑 모두 자취를 감춘 뒤였다. 여기저기 켜놓은 임시가설등의 밝음이 열두 집이 살던 이 마을을 운동회처럼 화려하게 치장시켰다. 논밭이 일그러져 불그레한 흙이 처녀의 속살처럼 드러나 있고 시골 아낙들이 재재거리며 몰려 앉았던 동네 우물은 파헤쳐진 흙더미 가운데 주둥이를 뻐끔히 벌리고 있다. 빨래터도 일그러졌고, 미나리꽝도 파헤쳐져 옛 모습을 지 닌 것은 산 밑에 남은 집들뿐이다.

"제네들 어쩌자고 밤까지 극성을 떨어?"

얌전이 뒤에 바짝 따라선 귀남이 퉁명스레 묻는다.

"가을부터 갈빗집을 열자면 시간이 모자란다고 야단이 야."

"아니 부자들 갈비 먹자고 농사짓는 사람들 다 쫓아내. 어떻게 퍼질러 앉아 갈비를 뜯기에 한 마을, 십여 채 집이 다 헐리니?"

귀남이 불도그처럼 씩씩거리며 불도저하고라도 싸울 듯이 으르렁거렸다.

"공원을 겸한 호화스런 갈비집이래, 연못도 파고, 물레 방아도 돌리고, 공작과 꿩을 기르는 우리를 동물원처럼 만든다고 하더라. 장미를 심어 기막힌 정원도 가꿔서 시 멘트에 지친 도시인들에게 먹는 동안만이라도 자연을 안 겨주자는 원대한 이상을 품은 사업가가 여길 다 사들인 거야."

"혹 복부인들이 서울서 가까우니 땅 장사도 할겸 요령

부리는 거 아니야?"

"서울서 가깝긴."

"바보야, 자가용으로 한 시간이면 충분히 올 수 있는 거리야. 돈은 얼마나 받았니?"

"몰라. 선산과 논밭은 벌써 팔아 써버렸고 미나리밭하고 집은 며칠 전에 넘어갔어."

"내가 너의 오빠라면 죽어도 고향땅은 지킨다. 난 도저히 네 오빠를 이해 못하겠어."

어깨높이의 돌담을 돌아 대문 앞에 섰다. 귀남이 쭈뼛거리며 마른 침을 삼키더니 옷매무새를 고쳤다.

귀남이랑 얌전이는 같은 날 아침, 저녁에 돌담을 사이에 두고 태어났다. 귀남이 새벽녘에, 얌전이가 초저녁에 세상에 나왔으니 그가 오뉴월 볕을 한나절 더 받은 셈이다. 그의 아버지가 얌전이네 머슴이었으니 주인마님과 머슴댁이 똑같이 배가 불러 같은 날 아들 딸을 낳은 셈이다. 둘이는 커가면서 항시 붙어 다녔다. 돌담 밑의 흙을 파서 밥이라고 사금파리에 담아놓고 괭이밥은 조가비에 담아 물을 조금 부어 신 김치라고 했다. 인형은 아가가 되고 귀남은 아빠, 얌전이는 엄마가 됐다. 아침에 정성 드려 빗어 묶은 머리가 숱이 적어 까치 꽁지처럼 뒷통수에 삐죽 나오고 무릎 위로 깡충 올라간 까만 치마와 하얀 저고리를 입은 그녀는 큰 인형처럼 보였다. 코가 뾰족한 고무신엔 물이 담겨 소꿉 그릇이 되고 열심히 부엌일을 흉내 내는

얌전이 옆에 앉은 귀남은 국방색 반바지에 맨발이다. 손
등까지 시골 볕에 타서 아프리카 깜상을 닮았고 눈곱이
눈물에 퉁퉁 불어 눈가에 매달린 조그만 사내아이가 소꿉
놀이에 반해 연신 벙긋거린다. 흙을 파서 물에 개어 떡도
만들고, 국수도 만들고 죽도 쑤고, 풀도 쑤고 나면 할 일
이 없어지고, 재미도 없다. 그땐 쇠비름을 뿌리째 뽑아 들
고 열심히 뿌리를 비벼댄다.

색시 방에 불 켜라.

신랑 방에 불 켜라.

색시 방에 불 켜라.

신랑 방에 불 켜라.

엄지와 집게손가락이 퍼렇고, 꺼멓게 물들도록 그들은
쇠비름 뿌리를 쓰다듬었다. 누구 뿌리가 더 빨갛게 되는
지 경쟁하느라고 입과 손가락을 너무 빨리 놀려서 콧등에
땀이 엉글었다. 나중엔 너무 지쳐 궁둥이만 들썩이며 색
시 방에, 신랑 방에, 색시 방에, 신랑 방에를 중얼거리며
입가에 하얀 침을 뒤발랐다.

"봐, 내 뿌리가 먼저 불을 켰지."

귀남이 얌전이의 코끝에 쇠비름 뿌리를 바짝 들이댔다.
찹쌀 풀처럼 끈적끈적한 액체가 손에 묻어나고 쇠비름 잎
은 뭉개져 형체도 없다.

"아니야, 내 것이 더 빨갛지. 똑 같이 놓고 봐."

"아니야, 내 것이 먼저 불을 켰어."

둘이는 강아지들처럼 머리를 맞대고 밀어붙이다가 얌전이의 손목을 잡아 비틀었다.

"아얏! 아이쿠 아파, 와와왕……."

쨰지는 울음소리에 부엌일을 하던 곰보 아줌마가 뛰어오고, 주인마님도 딸을 안아 쓰다듬으며 허겁지겁 야단이다. 귀남이 엄마도 고꾸라질 듯이 달려와 아들의 등을 쥐어뜯으며 가슴을 친다.

"네가 어떤 처지인데 이러니, 이 소갈머리 없는 자식아."

얌전이는 엄마 품에 안겨 볼기를 두어 차례 얻어맞는다.

"그래 네가 귀남이 각시가 될 상 싶으냐? 머슴 아들하고 어떻게 신랑, 각시가 된다고 이런 놀이냐."

주인마님은 소꿉들을 발로 뭉개고 절대로 머슴 아들하고 놀지 말라고 몇 번을 타이른다. 이런 소란 속에서 울다 지쳐 대청마루에서 한숨 늘어지게 자고 나면 모두가 논밭으로 나가버린 텅 빈 오후가 냇가에선 미루나무의 우듬지 위에서 존다. 끼고 자던 헝겊 인형을 가슴에 꺼안고 부엌이랑 뒷간을 둘러 봤다. 아무도 없다. 누렁이도 마루 밑에서 잠이 들었고, 씨암탉은 한가롭게 마당에서 모이를 쫀다.

쎄에롱, 쎄에롱, 미엠, 미엠.

미루나무 가지에 달라붙은 매미들이 합창을 해서 귀가

멍멍해 온다. 살금살금 귀남이가 사는 바깥채로 갔다. 봉
당에 털썩 앉은 그는 손에 든 것에 정신이 팔려있다. 무얼
까? 다가선 얌전이 눈에 새끼손가락만한 방아깨비가 들
어왔다.

"쿵덕, 쿵덕, 아침 방아 찧어라, 저녁 방아 찧어라, 쿵덕
쿵덕."

방아깨비는 긴 뒷다리가 잡혀서 도망가려고 열심히 몸
을 놀려 방아 찧는 흉내를 냈다. 얌전이도 곁에 붙어 앉아
쿵덕쿵덕 합창을 했다.

"야단맞으려고 왜 왔어?"

"아무도 없어."

"넌 크면 정말 내 색시가 되는 거지?"

"피!"

"꼭 내 색시가 돼야 해. 내가 공부 많이 해서 훌륭하게
되면 넌 내 각시야."

"크면 난 뭣이 될까?"

"넌 내 색시면 돼."

"싫어, 나도 색시 말고 다른 것이 될 거야."

"아니야, 넌 내 색시가 되는 거야."

둘이는 방아깨비 뒷다리를 굵은 무명실로 묶어 문고리
에 매달아 놓고 인형을 흙 봉당에 뉘고 대바늘로 배를 쿡
쿡 찔렀다.

"아프다, 살살 찔러라."

"인형이 아파?"

"아프다, 왜 안 아파."

어디를 얻어맞았는지 얌전이가 자지러지게 울음보를 터뜨리게 되고 다급해진 귀남은 흙 묻은 손으로 눈물을 닦아주며 입을 틀어막는다.

"울지 마, 너 엄마 오면 또 같이 못 놀아."

같이 놀지 못한다는 두려움으로 얌전이는 비죽비죽 입술을 오므리고 눈물만 떨군다. 흙으로 앙괭이 칠을 한 얼굴이 가여워 귀남이가 앞장 서 달리며 소리 지른다.

"개울 가서 얼굴 씻어줄게, 피라미도 잡아주고."

"그래, 그래."

귀남이 앙감질로 논둑을 따라 뛰고 얌전이는 그의 뒤에서 흉내를 낸다. 개울에도 논에도 사람의 그림자는 없다. 너무 햇볕이 뜨거워 수풀 그늘을 찾아가 얕은 잠을 즐기는 모양이다. 뜨뜻미지근한 냇물에 발을 담그고 고동을 잡아 풀밭에 모아놓고 피라미, 치리, 모래무치, 메기, 실미꾸라지에 눈독을 들였으나 둘이는 옷만 적실 뿐 허탕이다. 매작지근한 물에 맥이 풀려 잠자는 듯 꼼짝 않던 고기들이 그들의 손이 닿으면 기겁을 해서 숨어버린다. 손끝이 조글조글 해지고 발가락이 퉁퉁 부풀어 오르면 고기들처럼 졸음이 오고 그때야 그들은 개울을 벗어난다.

"멍석딸기 따 먹을까?"

귀남이 턱으로 개울 옆의 가파른 산을 가리킨다.

"그래, 그래."

산 밑의 딸기는 오가는 사람들의 손길에 남아나질 않아서 둘이는 장사굴이 있는 산중턱을 기어올랐다. 너무 가파른 데다 미끄러운 돌들이 삐죽삐죽 박혀있어 어른들도 잘 오르지 않는 곳이다. 그러나 설익은 멍석딸기에 비해 뱀딸기처럼 삼빡하게 익은 멍석딸기가 꽃이 핀 듯 굴 주변에 널려 있어서 귀남이 앞장서서 다람쥐처럼 뛰어오른다. 얌전이도 질세라 그의 뒤를 바짝 따라붙으며 미끄러질 때마다 풀포기나 나무뿌리를 움켜쥐었다. 장사굴 어귀에 가지가 휘도록 빨갛게 매달린 멍석딸기를 입이 메어지게 따먹고 난 귀남은 뒤에 오는 얌전이 몫으로 제일 예쁜 딸기 가지를 꺾었다. 너무 익어 더러는 부슬부슬 떨어져 나가기도 했지만 탐스러운 딸기들이 빨간 물을 잔뜩 머금고 있는 그런 가지를 자신의 팔뚝보다 더 길게 잡아끊어서 몇 발자국 뒤에 기어오르는 그녀에게 가지를 흔들어 보이고 휘익 던져주었다.

"자, 받아라."

두 손을 올려 빨간 멍석딸기가 닥지닥지 매달인 가지를 잡으려고 몸을 뒤로 젖히는 순간 얌전이는 산 밑으로 구르기 시작했다.

"아악!"

귀남은 잉잉 울어가며 굴러 떨어진 그녀를 향해 허우적이며 내려갔다. 땀과 눈물, 콧물로 앞이 흐려오고 머릿속은 멍멍했다. 솔개가 그들 주변을 날며 던지는 그림자 때문에 그는 더욱 서럽게 울었다. 얌전이는 개울가 돌무더기 위에 나무토막처럼 누워있었다. 입가와 이마에 선지피가 흘러내려 꼭 죽어버린 것처럼 보였다. 웅성거리는 사람들, 한약 끓이는 냄새 그리고 아버지의 호된 꾸지람, 이런 날들이 지루하게 지나가고 얌전이는 더욱 얌전하게 방 안에서만 꼼지락이더니 차츰차츰 등이 불거지기 시작했다. 다섯 살 되던 어느 여름날 일이었다.

"무얼 그리 생각하니?"

"옛날."

"싱겁긴."

"오빠랑 올케는 곧 서울로 이사 간다더라."

"따라갈 거야?"

"오빠네만 살 방, 한 칸을 얻었다니 난 어떡하지?"

빨리 결말을 내려고 은근히 암시를 주었지만 그는 돌담가에 훤칠하게 자란 댑싸리를 만지작거릴 뿐 말이 없다. 흙을 퍼내는 포클레인의 큰 손이 으르으르르 신음을 토해내며 둘이 서 있는 대문 앞까지 바짝 다가온다. 빗장이 느슨한 대문을 밀치고 둘이는 앞마당 가운데 섰다. 대문이 열리는 삐걱 소리가 웅웅이는 기계 속에 녹아들어서 안에선 밖의 인기척을 모르는 모양이다. 부엉이 곳간 문이 활짝 열려 있다. 먹을 것이 잔뜩 쌓였기에 동네 사람들이 그렇게 불러 왔는데 지금 그 안엔 낡은 삼태기랑 올이 상한 대소쿠리, 귀퉁이가 잘린 함지박 또 아궁이 재를 긁어내는 고무래가 쓰레기처럼 팽개쳐있다. 뒤주와 누룩 틀까지 함께 범벅이 되어 흐트러져 서낭당 앞을 지날 때처럼 으스스했다. 광 문설주엔 빛바랜 부적이 옛날처럼 붙어 있었다. 얌전이의 등에 붙은 원혼을 쫓느라고 무당과 중들이 집안에 마구 붙여놓은 것들 중 하나이리라. 돌담 밑엔 고사(枯死)한 앵두나무가 여전히 제자리를 지키고 있고 우물가엔 족두리 꽃이 허리가 휘도록 꽃망울을 맺었다. 무꽃 빛깔을 닮은 족두리 꽃은 색시의 머리에 얹는 족두리 모양이라 동네 사람들은 즐겨 족두리 꽃이니, 색시 꽃이니 해가며 생각나는 대로 이름을 지어주었다.

계집애가 태어나는 날부터 세상의 모든 잡귀를 몰고 와서 조실부모하고 전쟁도 몰고 오고 재산도 새어 나간다고 술에 절어 푸념만 늘어놓고 살아온 한 살 위의 오라버니는 요즘 재너머 작부와 좋아 지낸다. 서른 고개를 넘긴 꼽추 여동생 때문에 장가도 못 간다고 찡그리고 살던 그는 살짝 곰보인 연상의 여인에게 홀딱 빠져있다. 불도저와 포클레인의 윙윙거림에 밖의 인기척을 무시해버린 방안의 남녀는 창호지에 영상을 던지며 꼭 붙어 있었다. 안방의 동정에 얼굴이 달아오른 얌전이가 문간방의 툇마루에 걸터앉자 귀남도 그 곁에 앉았다. 이런 상황에서 속사정을 말함직도 하건만 그는 팔짱을 끼고 앉아 말이 없다. 조각달이 중천에 떠올라 솜털구름 사이를 빠져간다. 안채에선 헉헉 이는 거친 숨소리가 높아가고 가늘게 지르는 여자의 비명이 기계소리보다 더 예리하게 툇마루에 앉아 있는 두 사람의 귓속을 파고든다. 얌전이는 빨개진 얼굴을 감추려고 그에게 등을 보이고 앉았으나 콩콩거리는 심장소리에 맞춰 숨을 죽이다보니 가슴이 답답해 왔다.

내일이면 이 집을 떠나게 되고 기계들이 내 살처럼 가꾸던 집 구석구석을 퍼내버리게 된다. 교회 사찰이 얼마나 돈을 버는지는 모르지만 귀남은 아직도 돈을 벌려고 허둥대는 모양이다. 그러기에 어쩌다 한 번씩 찾아와선 둘러보고 휭 가버리니, 그 속마음을 알 수가 없다. 이제 내일 여길 떠나면 그와도 마지막이 되는 것이다. 창호지문 위에 새겨진 그림자들이 서서히 떨어진다.

"늙어 죽도록 꼽추 동생을 데리고 살판이에요?"

방안의 여자 목소리가 암팡지다.

"내일 버리고 가자. 방 한 칸 얻었으니 어쩔 수 없지."

"서른이 넘도록 오빠를 붙어 다니며 사는 법이 어디 있어."

"맞았어. 나도 지긋지긋해. 병신 그 특유한 얼굴을 보며 사는데 질렸다니까."

"근데 집값으로 돈은 얼마나 받았소?"

별안간 사근사근해진 여자의 목소리엔 애교가 넘쳐흐른다.

"장사 밑천은 넉넉하니까 걱정 말아."

"헤헤헤……."

얌전이가 일어설 듯 말 듯 불안하게 몸을 비비꼰다. 귀남은 안방의 대화를 귓가로 흘리며 우물가로 가서 제일 탐스러운 족두리 꽃을 밑동에서 뚝뚝 꺾어 한 아름 안아다가 툇마루 위에 놓는다.

"건 왜?"

"너무 예뻐서."

얌전이는 일부러 헛기침을 컹컹하고 신을 짝짝 끌며 댓돌 위에 올라섰다.

"들어가도 돼?"

"으응."

새언니 될 사람은 옷매무새를 고치고 갈퀴손을 해서 머리를 빗는다.

"귀남이가 왔어."

"들어오렴."

윗목에 앉는 귀남은 벌 받는 사람처럼 무릎을 꿇으며 머리를 숙인다. 두 손을 가지런히 무릎 위에 올려놓고 있는 그를 멸시하듯 턱으로 가리켰다.

"이 청년이 내가 말하는 머슴 아들이야. 그 머슴이 황소처럼 일을 잘해 주었지."

귀남의 귓불이 벌겋게 달아오르고 고개를 너무 깊이 숙여 앞머리가 이마와 눈을 덮도록 늘어졌다. 떡 벌어진 가슴에서 숨소리가 거칠게 새어 나오더니 뭣이라고 한마디 할 듯 고개를 들다가 그대로 떨군다. 얌전이는 애가 탔다. 부모 없이 오뉘만 남았으니 결혼승락을 오빠에게 받아야 하는데…….

그녀를 버리고 떠나려는 오빠가 절호의 기회인 이 자리에서 왜 머슴살이한 옛날을 들먹인단 말인가. 하얀 와이셔츠의 긴 팔소매를 세 번 척 접어 입은 것도 오빠보다 더 세련돼 보이고 어느 모로 보나 나아 보이는데 왜 귀남은 용기가 없는 것일까? 머슴 아들이라 주인 아들 앞에서 주눅이 드는 것일까. 아무튼 그는 쓰디쓴 한약을 막 비우고 난 표정이다. 얌전이와 결혼하겠다는 선언을 이제나 저제나 꺼낼 것 같아 그녀는 슬금슬금 곁눈질을 했다.

"밤도 깊었는데 오늘은 문간방서 자고 가게."

"아니에요. 가야합니다."

"그럼 밤도 깊었는데 어서 가보게."

그는 그대로 방문을 나선다. 애가 탔다. 이렇게 헤어지다니! 귀남은 뒤도 돌아보지 않고 댓돌 위에 벗어놓은 구두를 신더니 툇마루에 놓아둔 족두리 꽃다발을 가슴에 안고 나는 듯이 대문을 벗어났다. 막차를 타려면 뛰어야하나 보다.

"저 사람 머슴살이에 그리움을 느끼는지 저렇게 불쑥불쑥 나타나난다니까. 서울에 가야 별 볼일 있나, 으흠!"

"다 고만둬, 오빠 너무해."

"아니, 너 왜 그러니?"

"몰라서 물어?"

눈을 하얗게 흘기며 돌아선 그녀는 귀남을 찾아 대문을 나섰다. 어디를 봐도 그는 없다. 건넛마을로 뚫린 샛길도 비어있고 산길 초입도 휑하다.

"바보, 바보, 바보야!"

여름밤의 후덥지근함과 끓어오르는 분노가 뒤엉켜 옷이 살갗에 척척 휘감긴다. 그녀의 눈이 벌겋게 충혈되어 히뜩히뜩 번쩍인다. 둘이서 걸어 내려왔던 산길로 접어들자 울새가 멀리서 울기 시작한다.

또도도, 또르륵, 또도도, 또르륵

불쌍타, 불쌍해, 죽어라 죽-어

또도도, 또르륵, 또도도, 또르륵

울새가 '쪽박 바꿔줘'라고 우는 대신 그녀를 향해 이렇게 이기죽거린다.

머릿속에 섬광이 지나가듯 번쩍했다. 왜 진작 그 생각을 못했지. 그녀는 집을 향해 줄달음질했다. 어머님이 가보라고 늘 귀히 간직했던 은장도를 삼층장에서 꺼내 젖무덤 사이에 찔러 넣었다. 이렇게 영원히 헤어질 바에야 죽어버려야지. 꼽추를 아내로 삼을 남자가 이 세상엔 없는 법이다. 귀남이만 해도 그 나이에 이미 벌써 장가들어 처

자식을 데리고 행복하게 살면서 향수를 달래기 위해 간간이 여길 들려 그녀의 병신 모습을 보고는 슬그머니 위로를 받고 기쁨을 느끼러 오는 것인지도 모른다. 순진하게 그런 남자 앞에서 찔찔 울었으니, 창피와 분노가 끓어올라 몸이 와들와들 떨렸다. 사랑을 쉽게, 짧게, 주고받고 버리는 이 시대에 병신을 아내로 맞을 바보는 없다. 흔한 TV 연속극에서도 꼽추를 색시로 맞는다는 이야기는 한 번도 없었다. 화면에 나오는 연속극의 주인공들은 한결같이 곱고 예쁘게 생겼거나 개성미가 돋보이는 선택받은 자들뿐이지 않는가.

초등학교 다닐 적에 꼭꼭 쉬어오던 장사굴의 뒷길이 떠올랐다. 막차 시간에 맞추자면 어차피 이 험한 길을 그는 택할 수밖에 없을 것이다. 그 길에도 그가 없다면 시체도 찾지 못하게 굴속 깊이 들어가 은장도를 물고 죽으리라. 육이오 때 동네 사람들의 피신처가 된 적이 있는 이 굴 속은 너무 깊고 어둔데다가 쉴 새 없이 떨어지는 물방울로 바닥이 홍건히 젖어있는 곳이다. 아기가 엄마의 뱃속을 가르고 나오듯 옛날 옛적에 키가 구척인 장사가 이 돌산을 뚫고 나왔다고 해서 장사굴이란 이름이 붙어 있다. 어차피 갈 곳이 없어지고 한 가닥 잡은 소망의 줄이 끊어진 이상 마지막 갈길은 장사가 나온 그 모태 속으로 기어들어가는 수밖에 다른 도리가 없었다.

장사굴 뒤로 뚫린 가파른 산길을 오른팔을 물레처럼 휘

두르며 미친 듯이 달리기 시작했다. 헬리콥터의 날개처럼 점점 힘이 가속화되어진 팔 때문에 그녀는 씽씽 산길을 달렸다. 울새의 처량한 호소도 들리지 않고 풀벌레의 시끌한 합창도 사라진 그녀의 머릿속엔 위잉 지나가는 마음 울림뿐이다. 밉게 일그러진 얼굴 위로 눈물, 콧물, 땀이 섞여 눈이 쓰려오고 틩그러진 등뼈 안에 갇힌 심장이 무섭게 뛰었다.

자색 꽃이 만발한 싸리줄기를 미끄러질 때마다 휘어잡았다. 그녀의 허리를 넘게 자란 쐐기풀에 종아리와 팔뚝이 스쳐 따끔거렸다.

'난 꼽추 병신이야. 벌레처럼 징그럽게 생겨 모두 피해가는 걸 알고도 왜 여직 살아있었지, 진작 죽어버려야 했는걸, 왜 그걸 몰랐을까.'

죽겠다는 확고한 결정을 내리고 그렇게 결심을 하니 떨림도 슬픔도 분노도 사라지고 높은 곳에 서서 인생을 관조하는 그런 심정이 돼서 가슴도 서서히 가라앉았다. 돌부리와 나무뿌리에 걸려 넘어져도 오뚝이처럼 발딱 일어나 위를 향해 걸었다. 장사굴 어귀에 희끗 귀남의 셔츠가 보인다. 가슴이 철렁했다. 걸음을 늦추고 깊은 숨을 몰아쉰 뒤 은장도가 제자리에 있는지 확인하려고 오른손을 젖무덤 사이에 넣었다. 몸의 열기로 뜨거워진 칼자루를 쓰다듬으며 안도의 숨을 쉬었다. 달려오던 속도를 완전히 죽여 천천히 그를 향해 걸었다.

"왜 그렇게 뛰니, 성치 않은 몸에."

구름을 빗긴 달빛에 그의 잔잔한 미소를 읽을 수가 있었다. 그의 발밑엔 족두리 꽃다발이 탐스럽게 놓여있다.

"꼽추 병신이 왜 뛰느냐고 그러는 거야."

고무줄처럼 튕겨나가는 그녀의 목소리엔 차갑도록 섬뜩한 냉기가 서려 있다.

"내가 여기서 기다릴 줄 몰랐어?"

할딱이며 무섭게 토라진 그녀를 그는 빙긋 웃으며 맞는다. 병신을 피해 도망치다 마주치니 겸연쩍어 어물쩍이는 그런 비밀스런 웃음을 알아낸 그녀의 마음에서 미칠 듯한 증오의 빛이 서리서리 뿜어 나왔다. 꼽추인 그녀를 동정해서 일부러 웃어주는 가리어진 억지 사랑을 수없이 봐왔기에 그동안 참아왔던 역겨움에 게울 듯 메슥거리기까지 했다. 죽이고 죽어야지. 이를 악물고 전신에 힘을 모았다. 병신이라는 거추장스런 장식이 떨어져 나가려면 삼십 년이 넘는 긴긴 세월 수억 개의 세포로 축적된 소외감과 슬픔을 난도질해 버려야 한다. 한 가닥 붙잡아 온 소망이 끊어지는 마당에 그 모든 것들을 몽땅 뭉개버리고 함께 죽는다는 결심이 서고 나니 머릿속이 맑아 오고 냉정하도록 차분해졌다.

"그렇게 서 있지만 말고 내 곁에 앉으렴."

그가 무릎까지 자란 풀잎들을 뉘이며 앉을 곳을 방석처럼 다독거려주어서 그녀는 거침없이 그 자리에 털썩 앉았다.

"왜 여직 시집을 가지 않았니?"

"……."

"이제 내일이면 고향에서도 발붙일 곳이 없어지는데 어쩔 셈이냐? 고향이 있다는 것이 참 좋았는데. 여기 오면 엄마 품에 온 것처럼 마음이 놓이고 널 보면……."

"알아, 불쌍하다 이거지. 병신 꼽추가 시집가는 것 봤니? 진작 칵 죽어버릴 걸."

이렇게 포악스레 내뱉고는 그녀는 두 무릎 사이에 얼굴을 묻었다. 그리고 귀남이 모르게 젖무덤 사이에 감춰온 은장도를 오른손을 넣어 꼭 잡았다. 그러고 앉은 모습이 꼭 뱀이 몸을 튼 형상이다.

"병신 꼽추라고!"

귀남이 그녀를 와락 껴안더니 뜨거운 입술을 포개왔다. 그의 몸 열기가 뺨과 가슴을 타고 그녀의 가슴에 찌르르하게 전달됐다. 병신 꼽추는 오늘 밤 죽어버릴 거야. 꼭 죽는다고. 혼자 죽지 않고 죽음의 나라까지 같이 갈 귀남이 있으니 마지막 순간 이렇게 안기는 것이 당연하지. 그녀는 뻣뻣해 오는 몸을 그에게 맡기고 밤하늘에 눈길을 던졌다. 손톱달이 마귀처럼 풀어헤친 머리를 나부끼며 히히덕이는 형상의 구름 속으로 빨려들어 가고 있다. 두 팔로 남자를 안고 그의 등 뒤에서 은장도의 칼집을 빼고는 칼자루를 힘 있게 잡았다. 그녀의 뺨과 이마에 입술을 꾹 꾹 누르며 꼭 안은 팔에 힘을 주며 그는 중얼거렸다.

"신문배달, 쥐포장사, 도로공사, 공사장, 안 가본 곳이 없고 안 해 본 일이 없어. 돈도 못 벌고 공부도 못하고 몸에 병까지 들어 교회 사찰로 들어가 있지만 왜 이 고생을 했는지 너만은 알거야."

뜨거운 눈물이 눈꼬리를 타고 찌적찌적 흘러내린다. 돈만 따라 허우적이고 도시의 환락에 젖은 사내가 죽을 결심을 한 병신의 심정을 헤아릴 수 없으리라. 온몸의 힘을 모아 은장도를 높이 들었다.

"우리 도망가자."

그는 여자를 더 힘주어 안으며 속삭였다.

"도망가?"

"으응."

"……"

"널 편안히 해줄 돈은 못 벌었지만 내 마음만은……."

온 몸의 힘이 쭈욱 빠져나갔다. 오른손에 잡은 은장도가 풀숲으로 스르르 떨어지고 긴 팔이 풀 위로 척 늘어졌다. 별안간 얌전이가 이름 지어준 울새가 호들갑을 떨며 울어 젖힌다. 귀남은 오른팔로 그녀를 감싸 안고 왼손을 꼼질거려 그녀의 앞가슴 속으로 밀어 넣더니 젖꼭지를 톡톡 쳤다. 그녀는 부끄럼도 타지 않고 가만히 그의 품에 안겨 젖을 만지는 그의 얼굴을 올려봤다. ✻

1985년 5월호 『월간문학』 장문평 평론가의 이달의 작품

주인공 앵화는 겉보기에 화려하고 남편과도 원만하게 지내는 유복한 중년 여인이다. 하지만, 한 많은 중년 이후를 보낸 모친의 영향으로 해서 마음속은 그 모친에 대한 연민의 정, 친척들에 대한 원한과 복수 의식 그리고 주로 사변 당시와 그 직후의 비극적인 체험 등으로 자못 착잡하고 어둡게 얼룩져

엄마의 미움

있다. 그 얼룩이 중년여인의 착잡한 마음속이 꽤나 섬세하고 감성적인 터치로 잘 표현되어 있다. 가장 흥미로운 것은 주인공과 모친 이들 두 여성의 뿌리 깊다 할까 참으로 집요하고 매서운 보복의 감정, 그 잔혹함이다. 또한 바로 이런 것이 작품의 주제로 비교적 뚜렷이 부각되어 있기도 하다.

엄마의 미움

이산가족도 아니요, 게다가 남과 북에 각각 헤어져 있
는 처지도 아닌데 서른네 해 만에 외사촌들을 만나는 아
침, 나는 수면부족으로 눈알이 빠져나올 듯 아파 왔다. 사
십 가까운 나이에 아름다워지는 비결은 충분한 수면과 넘
치는 사랑을 가져야 한다는데 잠 못 이루며 밤새워 뒤척
였더니 덕지덕지 바른 영양크림이 버석버석 피어 올라왔
다.

배추색 저고리를 입은 엄마의 사진을 흘낏 올려다봤다.
금세 두 눈을 동그랗게 뜨고 너 참말 이 어미의 말을 안
들을 작정이냐, 이 싸가지 없는 것아, 하는 호통이 울려올
듯해서 두 번 다시 사진을 올려다볼 수 없었다.

기막히게 잘 차려입어야 한다. 평상시 잘 끼지 않는 다

이어반지에다 귀걸이까지 하고 진주목걸이에 밍크코트를 입고도 마음이 놓이질 않아 거울 앞에 수없이 서 보고 구두도 모두 꺼내 요것조것 신어보느라고 아침 내내 부산을 떨었다.

엄마 시대는 갔어요, 나까지 엄마 시대를 살 필요가 없지 않아요, 그렇지요, 엄마. 그래도 엄마가 싫다면 오늘 그냥 살짝 가서 사는 꼴만 보고 올게요. 이렇게 중얼대며 대문을 나선 나는 연신 뒤를 돌아보았고 땅속에 계신 엄마도 나의 이런 만남을 억지라도 웃어줄 거라고 얼렁뚱땅 몰아붙이고는 기운차게 골목을 빠져나왔다.

오후 세 시, 결혼식장은 안양에서도 한참 들어간 외진 곳에 있었다. 회사 일이 바빠 내줄 수 없다는 차를 남편에게 온갖 아양을 떨어 얻어냈다. 어딜 가느냐고 그의 다그침에 적조했던 옛 친구를 만나느니 어쩌니 해가며 얼버무리는 순간적인 거짓말에 자신도 모르게 얼굴이 붉어져 혼이 났었다. 반들반들 윤이 나는 까만 자가용에 어울리지 않게 너무 초라한 예식장이라 차를 세울 곳이 없어 시장 주변을 몇 바퀴 돌다가 엉뚱한 곳에 간신히 차를 세워놓고 예정시간보다 십 분이 늦어서야 겨우 한사랑예식장의 비둘기실에 들어설 수 있었다. 서른네 해가 지난 지금 일곱이나 되는 외사촌들의 얼굴을 떠올렸으나 하얀 적삼에 까만 치마를 입은 여자아이들이거나 짧은 상고머리에 빛바랜 고의적삼을 입은 사내아이들의 모습 이외에 아무 것도 상상할 수가 없었다. 한사랑예식장, 비둘기실에서 세 시에 결혼식이 있다는 간단한 전갈을 받았을 뿐 신랑과 신부 중 어느 쪽이 사촌뻘이 되는지조차 알지 못하는 상황이었다. 며칠 전 느닷없이 걸려온 전화만 아니었다면 빙산처럼 묻혀버린 내 과거와 엄마의 한이 이렇게 슬금슬금 떠오르지는 않았을 터이다. 주부 란에 몇 자 실린 글과 사진, 그리고 앵화란 특이한 내 이름 탓에 신문사에 전화를 해서 전쟁 통에 잃어버린 이모가족을 찾았노라고 다섯 살 위인 사촌언니는 이산가족이 텔레비전에서 만나 징징거리듯 흐느껴 울었다. 그 울음에 끌려왔을까, 아무튼 나는 서른네 해만의 용단을 내린 셈이다.

버글대는 사람들 사이를 헤집고 걸으며 문득 엄마의 임종자리가 선명하게 살아났다. 하나뿐인 엄마의 혈육, 이모를 찾을까 했을 때 엄마는 혼수상태에 빠져들면서도 너무 완강하게 손을 흔들었기에 쓸쓸한 장례식을 치렀는데 이제 와서 그들을 찾아나선 것이 께적지근하고 꺼림하여 아무래도 큰 잘못을 저지르고 있다는 죄책감마저 들었다.

세 시, 비둘기실의 신랑은 이명수, 신부는 김민숙이니 성으로 봐서 신부가 사촌여동생이 되는 셈이다. 그렇다면 이 동생은 전쟁이 지난 후 태어난 아이일 것이다. 시골 장터를 빼박은 듯 식장의 통로엔 촌로들이 많았고 진달래색이나 산호색 치마저고리를 입은 검은 살결의 여인들이 껌을 짝짝 씹으며 귀머거리끼리 만난 듯 목청껏 떠들어 댔다. 그들의 몸에서 메주 뜨는 냄새가 퀴퀴하게 뿜어나와 나는 상을 살짝 찡그리고 약간 도도한 자세로 통로의 사람들을 흘겨봤다. 세 시 전에 식을 치른 신랑 신부의 가족들이 아직도 사진을 찍느라고 웅성거렸고 다음 차례의 손님들이 밀려오며 자리를 잡느라고 식장 안은 한껏 소란했다.

"앵화지, 맞아 맞아 너 앵화야, 내가 전화를 건 길자언니다. 와줘서 정말 고마워. 이제 누가 있니 어른들은 다 돌아가시고 우리들뿐인데."

그녀의 손에 끌려가서 일시에 서른네 해만의 상봉을 했다. 콧속이 상했는지 흘러나온 피로 얼룩진 뺨을 닦지도 않은 사촌오빠는 나를 보고 근육을 실룩이며 울먹였고 셀 수도 없이 연이어 인사를 하는 이모의 식구들 틈에서 나는 완전히 그들의 구경거리였다. 앞서 치룬 결혼식 하객들이 드디어 썰물처럼 빠져나간 뒤 신랑이 입장했고 주례도 마이크 앞에 엄숙하게 서 있었다.

"아주 의젓해졌구나."

나보다 일곱 살 위인 사촌오빠가 어느새 다가와 내 등을 두드린다. 아까 사람들 틈에선 몰랐는데 오빠의 몸에선 독한 술 냄새가 역하게 풍겨왔다. 바짓가랑이는 토해낸 찌꺼기로 얼룩져 그가 몸을 움직일 적마다 오물 냄새가 피어올랐다.

"이이가 이런 날 이 지경으로 술을 마시다니 어이쿠!

이 원수야, 내가 못 살아."

고생으로 흉하게 일그러진 손이 우악스럽게 오빠를 끌어냈고 그 힘에 휘말려 비실비실 뒤쪽으로 그는 사라졌다. 유행가처럼 흔해 빠져 조금도 감흥을 주시 못하는 결혼행진곡이 울려 퍼지고 곧 신부가 입장할 순간이었다. 별안간 우우하며 사람들이 일어서더니 쯧쯧 혀를 차기 시작했다. 신부 대신 오빠가 어정어정 통로로 들어서더니 꼽추처럼 팔다리를 덜렁거리며 춤을 추고 있지 아니한가.

대포는 정확히 쉰을 세야 떨어졌다. 이쪽에서 쿠웅 하며 애기 숨소리만큼 울리더니 점점 커져서 나중엔 집 기둥과 땅까지 와르르 콰르르 울려 놓다가 저쪽으로 꾸우웅 떨어지는 것은 정확히 쉰을 세어야 끝나는 것이었다. 어른들 모두 뒷산 어디엔가 숨어버렸고 집안엔 이모와 엄마, 그리고 사촌들만 남아 있었다. 문전옥답을 바라보며 대문으로 뚫린 방들을 비워놓고 산을 등진 골방에 우리, 어린아이들은 오그르 모여 있었다. 어른들이 아이들의 생명을 위해 일곱 층으로 펴 놓은 이불 밑에서 다섯 살인 나는 신바람이 나 있었다. 서울에서 자란 내게 암키와와 수키와 사이에 소복이 자란 풀들이 신기했고, 처마 끝에 매달린 풍경이 바람을 타고 그윽이 딩동거리는 것도 재미있어서 피난 온 것이 마냥 신났고, 전쟁난 것이 소꿉놀이만큼이나 즐거운 시절이었다. 외동딸인 내가 이렇게 많은 사촌들 사이에 끼어 히히덕이는 것이 어찌나 행복했던지 어른들 사이에서 무슨 일이 일어났는지 까맣게 모르고 있었다. 날마다 무거운 이불 밑에 나란히 나란히 누워서 이쪽에서 쿠웅 하면 사촌들과 함께 하나, 둘, 셋, 넷…… 마지막 쿠웅 소리에 "쉿" 하고 합창을 해댔다. 하루 종일 대포알은 이모네 지붕 한가운데를 지나갔고 땅거미가 밀려올 즈음에야 잠잠해졌다. 오줌이 마려워도 참아야 했고 목이 말라도 꼼짝 못했으며 더구나 점심까지 굶은 우리는 대포소리가 멎은 뒤 모두 비틀비틀 이불 밑에서 기어 나왔다. 그때마다 우리 모두를 웃기는 사람은 나보다 일곱 살이 위인 사촌오빠였다. 모두가 여자인데 유일하게 남자였던 오빠는 그 당시에 허리를 구부리고 어깨를 쓰윽 올리고는 팔다리를 덜렁이며 멋들어지게 꼽추춤을 추어댔었다.

웨딩마치가 다섯 번이나 되풀이돼도 신부가 등장하지를 않는다. 그 집안에 하나뿐인 오빠가 신부를 데리고 나와야 할 터인데 꼽추춤을 추다 끌려 나갔으니! 그러고 보니 신부 측엔 남자가 없는 모양이다. 진달래색 치마저고리와 산호색 옷을 입은 여자들뿐이고 나는 까만 밍크에 왕다이어반지를 끼고 구경이나 하러 온 참이니 묵묵히 앉아 있을 수밖에 없었다. 장내에 얼마간 웨딩마치만 울려 퍼지자 차츰 하객들이 수런거리기 시작했다. 막내 처제를 데리고 나갈 형부들도 한 사람 없단 말인가! 얼마를 이렇게 소란을 떨더니 신부와 나이가 비슷한 남자가 잠바차림으로 신부를 데리고 나왔고 사람들은 조금 수군대긴 했지만 이내 평정을 되찾았다. 주례가 써가지고 온 주례사를 지루하도록 읽어 내려간다.

내 결혼식 때에도 날 데리고 나갈 사람이 없어 며칠 밤을 고민한 적이 있었다. 이북서 넘어온 친척이라곤 이모 한 사람뿐이니 이렇게 기쁜 날 남한 땅 어딘가에 있을 이모와 사촌들을 찾아보자고 은근히 엄마를 종용했지만 언제나처럼 완강히 엄마는 머리를 흔들었다. 쿵쾅거리는 대포소리가 멎었을 때 큰 눈을 논두렁에 세워놓은 허수아비처럼 맹하게 고정시키고 너울너울 춤을 추었던 사촌오빠를 떠올린 것은 우리 친척 중 유일한 남자라는 점 이외에 나는 그를 엄청 좋아했기 때문이리라.

"이렇게 세월이 흘렀으니 이젠 모든 걸 용서하고 잊어버려요"

"이웃에 사는 사람에게 부탁할지언정 그 사람들 찾을 마음은 씨알조차 없으니 그리 알아라."

날선 칼로 무를 토막치듯 분명한 태도를 밝히며 엄마는 획 돌아앉아버렸다.

"엄마의 여생이 얼마 남았다고 그런 고집을 부리세요. 늘그막에 서로 왔다 갔다 하면 얼마나 좋아요. 이산가족

찾기에선 육촌, 팔촌까지 만나 얼싸안고 우는데 이모하고 엄만 제일 가까운 언니동생 사이 아니에요."

엄마의 한이 얼마나 큰가를 매일의 생활에서 봐온 탓에 나는 돌아앉아서 젖은 머리를 빗으로 톡톡 쳐서 파마 결을 동글동글 살리며 태연하게 말했다.

"너도 잘 들어두거라. 내가 죽은 후에라도 아예 그 집 사람들 만나선 안 된다. 그런 독한 것들은 동물보다 못하니 가까이하면 상처만 입게 될 것이니라. 개새끼를 쓰다듬을지언정 그것들과 얼굴 맞대고 이야기를 해서도 절대 안 되느니라."

엄마와 나, 둘이는 거울을 맞보듯 서로 바라보며 그렇게 숨어서 살아왔다. 특히 엄마는 병적으로 사람들을 만나기를 꺼려했고 더욱이 군인이라면 먼발치에서도 침을 뱉으며 욕지거리를 했다.

결혼식장에서도 우리는 둘뿐이었다. 친구들이 와그르 몰려오지 않았더라면 시댁에서 우리 집안을 어떻게 여겼을까 싶게 조마조마한 날이었고 지루한 시간이었다. 태어나고 죽을 때처럼 결혼식도 어쩔 수 없이 지나야 하는 관문처럼 무덤덤하고 냉랭하게 치루지 않았던가! 그날도 엄마는 주문을 외듯 입을 오물거리고 있었다.

"보나마나 그 집안은 작살이 났을 거다. 자고로 남의 가슴에 그런 못을 박고도 편안히 산다면 이 세상은 끔찍한 세상일 뿐이지. 그 집안에 하나뿐인 아들도 내 저주의 독화살에 맞아 세상에서 제일 추한 꼴로 몰락해서 미치광이처럼 길거리를 헤매야 해. 암! 그래야 이 세상은 공정한 것이지."

미움은 사자의 이빨보다 더 사납고 뱀의 독소보다 더 독한 것이라지만 그 결과를 보려들지도 않고 엄마는 끝없이 미움을 하늘처럼 쌓아 올리며 살아갔다. 들어도 들어도 변함없는 엄마의 한숨이 지겨워 유일한 탈출구로 여기고 빠져나온 내 가정에까지 엄마는 우리 둘만 살았던 그 암울한 공간을 지고 와서 풀어놨다. 그래서 내가 힘써 길러내는 스위트 홈이 엄마의 독소로 무겁고 어둡게 변해 숨이 막혀왔었다. 남편이 끼어들어 가끔 신선한 바람을 일으키고 아이들이 태어나서 큰 바람도 불어주었지만 엄마가 이고 들어온 그 큰 어둠은 무지룩하게 집안 구석구석을 메우고 있었다.

자, 이제 부부가 된 신랑 신부가 여러분께 인사를 드립니다. 장내에 만장하신 여러분들은 햇병아리 부부에게 축하의 박수를 보냅시다. 주례의 말이 떨어지자 식장 안은 장터처럼 술렁였고 지루한 예식이 끝나 숨통이 트인 사람들은 필요 이상으로 박수를 치며 환호하고 휘파람을 불었다. 이어 신랑 신부 위로 강렬한 빛이 쏟아져 내린다. 검은 양복에 하얀 나비넥타이를 맨 신랑이 멋쩍은 미소를 띠며 엉거주춤 서서는 양쪽 볼을 발그무레 물들이고 흰

드레스를 입은 신부를 흘금흘금 훔쳐본다. 신랑의 오뚝한 콧날하며 시원한 이마, 지나치게 갸름한 얼굴, 바로 그 얼굴은 너무나 낯익은 얼굴이다. 쏟아져 내리는 촉광에 눈이 부셔 황홀한 미소를 흘리는 신랑의 얼굴은 하루 이틀 봐온 그런 얼굴이 아니어서 나는 얼마 동안 기억을 더듬느라고 멍청히 앉아 있었다. 맞다! 그건 엄마의 장롱 밑에 깊이 감춰둔 스물네 살 아빠의 얼굴이다. 이제 누렇게 퇴색해서 죽은 이의 혼처럼 희끄무레해진 사진 속의 남자는 삼십 년이 지나서도 항시 청년으로 남아 있었고, 엄마는 주름이 오그르한 할머니로 변해 있었다. 사진 속의 아빠는 늙지도 않건만 엄마는 자꾸 늙어가자 언제부터인지 엄마는 사진을 접어서 장롱 깊이 넣어버리지 않았던가!

토담을 끼고 한참 걷다가 오른쪽으로 돌아서면 정자가 나오고 바로 옆에 세 갈개 길이 나온다. 마을을 등진 길은 왼쪽으로 뚫렸고 그 길을 따라 질펀한 논들이 한없이 펼쳐져 있고 나머지 길 하나는 산으로 뚫려 있어 이 마음에선 심장부를 이루는 지점이다. 산으로 향한 길은 깎아지른 산을 따라 점점 좁아져서 가팔라지고 연이어 울창한 숲이 턱 가로놓여 있어 대낮에도 아이들은 무섭다고 피하는 길이다. 이런 삼거리에 내가 나오게 된 것은 참으로 우연한 일이었다. 일곱 겹의 이불 밑에서 하나, 둘……. 세는 것도 진력이 날 무렵 신기하게도 이날 갑자기 대포소리가 뚝 멎은 것이다. 다섯 살짜리인 내게 그런 얽매임은 코뚜레를 꿴 생활이었는데 갑자기 주어진 자유에 황홀한 나는 사촌들 몰래 혼자 빠져나와 토담을 끼고 달리다가 두엄냄새에 코를 막기도 하고 힘들여 잡은 방아깨비를 까만 유똥치마에 감싸 안고 길가에 그들먹하게 핀 토끼풀꽃을 꺾어 반지도 만들며 흥얼댔다. 노랑나비가 한가롭게 들꽃 사이를 날아 다녔고 눈부신 햇빛과 느끼한 황톳길을 따라 이따금 송장메뚜기들이 후드득 날았다.

　바로 그때 두런거리는 소리가 들렸고 너무나 희한한 광경에 당황한 나는 산으로 뚫린 길을 바라보며 논둑 밑 들풀 사이에 몸을 숨겼다. 불과 몇 미터 앞에서 벌어지는 어른들의 연극은 이유를 알 수 없지만 그 분위기 때문에 손가락을 움직일 힘까지 앗아가버렸다. 두 사내가 꿇어앉아 있었고 국군 한 사람이 권총을 그들에게 겨누고 있었다. 앞에 앉은 사람은 부처님께 빌 듯 두 손을 맞잡고 머리를 조아렸으며 나중엔 닭의 목이 비틀릴 때처럼 끼룩끼룩 버둥거렸다. 그 주변에 동네 어른들이 몰려 서 있었으니 누구 한 사람 항의하거나 변명해주는 이는 없었다. 소란을 떠는 앞사나이에 비해 뒷사나이는 조금도 자세를 흐트리지 않고 있어서 오히려 차가운 태도에 질린 사람은 총을 겨눈 쪽과 둘러선 사람들이었다. 그 무거운 공기를 제거하려는 듯 두 방의 총성이 귀를 찢었고 두 사람은 공이 튕기듯 몸을 드세게 휘더니 피를 황토길 위에 뿜어내며 땅

위에 쓰러졌다. 바로 그때 엄마의 절규가 내 고막을 찢었고 어린 나는 속이 매슥거려 멀건 물을 풀꽃 위에 쏟으며 하늘을 안고 누워버렸다. 슴벅슴벅 아려오는 가슴 가득히 아빠의 얼굴이, 슬픔도 기쁨도 아닌 거룩하도록 냉정해서 초연한 빛을 가득히 담은 그 모습이 그 넓은 하늘에 구름처럼 떠다녔다. 엄마의 울부짖음과 할머니의 통곡, 사람들의 웅성거림이 추수를 끝낸 뒤 푸짐히 벌였던 농악소리로 둔갑해서 나는 멍청히 풀을 베고 누워 무중력 상태에 빠져들었다. 북, 소고, 날라리, 꽹과리, 장고, 징을 들고 흐느적이는 군상들이 구름이 된 아빠를 바라보며 미친 듯이 포효했고 대포소리보다 더 징그러운 그들의 훤화에 지쳐 나는 눈을 감아버렸다.

"신부 측은 예식장 밖의 돼지집으로 가시면 푸짐한 식사가 준비돼 있고, 신랑 측은 그 옆의 머슴집으로 가시면 됩니다요."

젖빛 두루마기를 입은 신랑 측 노인이 피로연 자리를 알려주자 우르르 사람들이 일어서고 다음 차례 결혼식 손님들이 몰려들었다. 신부 측은 돼지집이란 말만을 몇 번 뇌까리며 기념사진을 찍는 대열 속에 나는 엉거주춤 끼어들었다. 자, 자, 뒤쪽 사람들 중 키가 작은 두 분은 발돋움을 하셔야지요. 앞사람 중 키가 유별나게 크신 두 분은 엉거주춤 서보셔요. 곡마단의 지휘자처럼 촐랑대는 사진사의 손끝을 따라 몸을 도사리고 히죽해죽 웃으며 다음 예식을 치르려 밀려온 낯선 사람들 앞에서 포즈를 잡았다. 이모네는 삼십 년이 넘는 동안 도대체 몇 배로 불어난 것일까. 엄마의 하나뿐인 핏줄인 내가 두 아이를 낳아 겨우 네 식구로 불어난 데 비해 이모네는 열 배도 넘게 불어나서 사진사가 쩔쩔맬 정도로 앞줄은 꼬마들로 버글거렸다.

사촌여동생들의 남편은 한결같이 몰골이라 열악한 노동에 찌든 티가 완연했고 사촌들도 모두 땅이나 파먹는 무지렁이 시골뜨기들의 모습이었다. 엄마의 그 많은 재물을 어디에 던져버리고 이들은 이렇게 궁상을 떨며 찌그러진 표정을 짓고 있단 말인가.

일본 적산가옥의 다다미방은 휑뎅그렁 넓었으나 여자의 치맛자락처럼 펼쳐진 지붕 밑으로 기어드는 눅눅한 습기와 야릇한 냄새는 그간 수없이 이 집을 거쳐 간 사람들의 몸내 같기도 했다. 하찌란 진돗개는 주둥이가 몽톡하고 꼬리가 둥그르 위로 말려 올라간 것을 보면 순종임에 틀림없었다. 비가 오나 눈이 오나 하찌는 노리끼리한 몸매를 유연하게 놀리며 언제나 내 곁을 지키는 둘도 없는 친구였다. 우리 집엔 하찌 이외에도 독일산 사냥개가 두 마리나 더 있어 낮에 묶여 있고 밤엔 풀어놨었다. 그 뿐인가! 할머니가 시골 친척 네서 얻어온 삽살개, 또 내가 똥개라고 싫어하는 검둥이인 순둥이까지 합치면 넓은 울안은 개들로 우굴우굴했었다. 아빠는 무엇이 무서운지 밤만 되면 이 모든 개들을 수목이 우거진 넓은 뜨락에 풀어놨었다. 이른 봄 초록색 한 점 없이 볼그레한 보라 꽃망울을 터뜨린 목련은 팔작지붕 한 귀퉁이를 덮어버렸고 담을 따라 늘비한 앵두나무며 늘 푸른 도장나무, 엄마와 할머니가 해마다 가꾸는 꽈리 밭과 봉숭아와 백일홍이 만발했던 꽃밭이 키 큰 나무들과 어울려 지금도 눈앞에서 어른댄다. 백설공주가 난장이들과 살았던 집이 이랬을까. 아무튼 그 집은 이 세상에서 가장 아름다운 집으로 내 마음에 살아있다.

이런 집에서 아빠는 무엇이 무서운지 불안에 떨었다. 한밤중 풀어놓은 개들이 우리가 사는 안채를 맴돌며 컹컹 짖으면 아빠는 어느새 요 밑에서 권총을 꺼내들고 뛰어나갔다. 잠결에 바라본 아빠의 눈은 도둑고양이의 눈처럼 강렬한 빛을 발해서 이불 밑으로 얼굴까지 감춘 나는 새우등을 하고 훌쩍였었다.

"짖어라 짖어. 들어온 놈이 있으면 목덜미를 칵 물어버려."

컹컹, 캉캉, 콩콩……. 독일산 사냥개의 날카로운 짖음이 오랫동안 내 귓속에 머물고 아빠의 독기어린 목소리가 내 아름다운 정원 속으로 녹아들 즈음 나는 스멀스멀 몰려오는 잠의 나락에 빠져들었다.

그림자도 살아있는 것일까. 흰머리를 엉덩이까지 느린

그림자 잡아먹는 귀신이 내 그림자를 잡아먹으려고 바짝 바짝 따라온다. 다른 사람의 그림자를 두르르 말아 어깨에 메고 내 그림자마저 잡으려고 쫓아오면서 이따금 멈춰서서 시퍼런 비수를 꺼내 메고 있는 그림자를 쓱쓱 썰어먹었다. 잘려진 그림자에서 뚝뚝 떨어지는 핏방울로 그림자 귀신의 입과 손이 온통 핏빛이었다. 아무리 도망가려해도 두 발이 마음을 따라오지 못해 허우적일 뿐이었다. 그림자 귀신의 손이 내 그림자를 걷어가려고 막 엎드리는 순간 으악! 소리를 지르며 눈을 떴다. 이 늦은 시간에 엄마, 아빠는 윗목에서 짐을 꾸리느라고 부산하게 삼층장과 버선장까지 뒤져서 패물함을 챙기고 있었다. 버드나무 줄기로 만든 동고리에다 문갑에 넣어둔 귀한 것들을 옮겨넣느라고 엄마의 치맛자락이 내 얼굴을 스칠 적마다 그림자 귀신이 던져주는 똑같은 찬바람을 내 얼굴에 쏟아 부었다.

"얼마나 기다렸던 국군이에요. 왜 짐을 싸야 하지요"

"어서 어서 옮겨야 해. 국군이 들어오면 이 모든 것이 몰수되고 내 생명도 보장 못해."

"당신은 빨갱이가 아니잖아요."

"방송만 믿고 도망 못 간 것이 내 실책이었어. 단 며칠이지만 목숨을 건지려고 어쩔 수 없이 저들에게 말려든 것을 어떻게 이해시켜야 할지. 우선 피해 있다가 소용돌이가 지난 뒤 내 처지를 호소해야겠어."

"어디로 가요?"

"남쪽으로 갑시다. 한 발짝이라도 남쪽으로 가야지 북쪽은 무서워 죽겠어. 그러니 날 감춰줄 사람은 당신 언니뿐이 더 있겠소."

"패물들은 제 가방에 넣지요."

"안 돼. 지금이 어느 때라고, 여자가 패물을 몸에 지녀. 동고리에 넣어 할아범 시켜 시골로 옮기면 안전할 거요."

"이 난리에 누굴 믿어요. 제발 비녀들과 반지들은 내가 보관할래요."

"어쩜 당신까지 잡혀갈 수도 있어. 이 마당에 믿을 건 큰 처남뿐이야. 그 집만이 이 물건들을 이 난리에 잘 보관했다 줄 거요."

엄마의 눈물 어린 간청이 자는 척 눈만 감고 있는 내 귀에 애절하게 들려왔으나 아빠는 매정하게 몰아붙이고 먹감나무로 만들어 나뭇결이 고운 백동장식의 함에 모든 패물을 몰아 넣어버렸다. 가문이 좋았던 아빠의 집안은 대물림으로 내려온 산호나 호박 수정 대모 따위로 만든 패물 류가 꽤 많았나보다. 아들을 일본 유학까지 시킨 집안이고 할아버지 대엔 중국 사신까지 다녀왔기에 가위랑 뒤꽂이, 동곳, 비녀, 노리개, 반지 등이 흔히 볼 수 있는 그런 것들이 아니었다. 사십대인 이 나이엔 값나가는 보석류를 고르겠지만 그 당시 내가 가장 갖고 싶었던 것은 앙증맞게 생긴 중국 가위였다. 엄마는 항시 바느질을 하며 그 가위를 자랑했다. 봐라, 이 끝은 지남철이라 바늘을 잃어버리고 이 가위 끝을 이렇게 슬슬 끌고 다니면 잃어버린 바늘이 끌려와서 철컥 붙어버린다. 이건 내가 시집온 날, 할머니가 엄마에게 대물림 한 것인데 이다음 네가 크면 너에게 주마, 그래서인지 엄마의 그 많은 귀한 패물들보다 앙증맞은 그 가위를 나는 지금도 잊지 못하고 있다.

철 따라 엄마는 이모네에 먹을 것을 실어 보냈다. 엄마는 대학까지 나온 부잣집의 외동며느리가 되었고 이모는 소작농인 가난뱅이에게 시집을 갔기 때문에 엄마는 이모를 위해 항상 많은 것을 싸 보냈다. 김장철이면 배추와 무에 옷가지를, 겨울이면 장작을, 보릿고개 땐 쌀가마니를 실어 나르는 엄마는 동기간에 사랑 많은 동생으로 널리 알려져 있었다. 어쩌다 엄마와 내가 이모가 사는 시골에 다니러 가면 동네 아낙들이 토담 너머로 머리를 내밀며 구경을 했고 다정한 미소를 보냈었다. 하긴 엄마의 모든 친척이 함경도 산골에 집성촌을 이루고 함께 모여 살고 있는데 두 자매만 뚝 떨어져 남쪽 땅에 살고 있으니 그럴 수밖에 없었으리라. 이런 관계에 있는 이모네로 집안의 귀중품 짐을 보내면서도 엄마는 자꾸 값진 패물을 몇 점이라도 빼내려 했다.

"만약의 경우에 대비해서 이 금비녀 하나만은 제가 갖고 있을게요."

누런 금비녀를 놓고 엄마는 아빠와 짐을 꾸리며 투덕투

덕 싸우고 있었다. 아빠의 고집에 금비녀 하나도 빼내지 못한 엄마의 귀중품은 그 밤에 재봉틀과 함께 이불에 싸여서 야음을 타고 우리 집의 충실한 할아범 등에 지어져 이모네로 옮겨졌다.

돼지집은 도시계획으로 곧 헐려 나갈 판이라 오랜 세월 보수를 하지 않아 천장과 벽은 땟국이 줄줄 흘렀으나 꽃무늬도 찬란한 비닐장판만은 그날의 화려한 예식장에 익은 손님들의 눈을 즐겁게 해주었다. 방 셋의 칸막이를 탁 터서 넓어진 홀엔 이모네 식구들로 빠끔히 찼다. 한결같이 차려입은 한복 저고리 섶이 유행을 떠난 것이어서 텔레비전에 눈이 익어 획일화된 내 눈에 그들의 옷은 찌든 생활로 아로 새겨진 무언의 소개장 구실을 했다. 돼지집서 내놓은 설렁탕은 예상치 않게 늘어난 사람 수를 맞추느라고 맹물을 섞어 밍밍해서 욕지기가 났다. 그들이 싸들고 온 인절미와 삶은 돼지고기, 생선전이 한 모퉁이에 둘러앉아 몇몇 아낙들의 손에 의해 연신 상으로 날라졌다. 큰 잔치라고 오랜만에 꺼내 입은 진달래색 옷들이 여기까지 오느라고 사람들 사이에서 비비적거린 탓인지 구겨지고 요상한 빛으로 변해버려 천덕스럽기까지 했다. 밍크코트에 콩알만한 다이아반지를 낀 내 세련된 모습이 아무리 봐도 이들과 어울릴 수 없는 부류의 사람이라 조금은 어색했지만 일부러 도도한 자세로 그들을 내려다 봤다.

　엄마는 잠자리에서 눈을 뜨자마자 또 한낮에 집안을 치우면서도 이모식구들에 대한 저주를 계속했었다. 금반지를 가져간 그 집 식구의 손가락이 문둥이처럼 썩어문드러져야지, 노리개를 가져간 놈의 가슴은 폐병으로 포삭 곪아야 해, 옥비녀를 가진 자식은 머리가 돌아 일생을 미치광이로 길거리를 헤집고 다닐 것이고 재봉틀을 가진 새끼는 재봉틀 바늘이 찔러 대서 두 눈이 멀어 빌어먹는 거지가 되었을 걸⋯⋯. 아무튼 그 집 식구 모두가 깡그리 병신이 돼서 길거리에 나동그라진 꼴을 봐야 내가 눈을 감으련만, 엄마의 이런 끝없는 저주와 미움의 한숨은 어릴 적부터 머리맡에서 들어 온 것들이었고 엄마가 눈을 감기 전까지 더 이상의 언어기교가 없어 말로 표현해 못 뱉어낸 무서운 한의 덩어리였다. 숱한 아편이나 독주로 그 집안을 집어삼키라고 엄마가 빌더니 과연 이들은 독한 소주를 끝도 없이 마셔댔다.

　"아이쿠, 너무 의젓해서 말붙이기가 곤란하지 않니."

　사촌오빠의 코끝이 매독으로 내려앉은 코를 연상시킬 만큼 징그럽게 술독으로 붉게 물들어 있었다. 몸도 못 가누게 취한 그가 어렵사리 내 앞까지 기어와서 나와 마주앉았다. 나는 아주 우아한 자세로 그를 흘겨보며 비릿한 냄새가 나는 엽차를 홀짝 마셨다.

"아야, 이리들 와서 절해야지, 이 애가 하나뿐인 이모 딸, 앵화다. 어이어이 와서 절들 하지 않고 뭘 해."

올케와 나는 맞절을 했고 절이 끝나자 그녀는 작부처럼 천하게 찍어 바른 새빨간 입술을 씰룩이며 금세 해라를 연발했다. 연이어 밀려와 절을 하는 그들 앞에서 나는 그저 멍청히 앉아 있을 따름이었다.

"아야, 앵화야! 어쩜 그렇게 떠나곤 한 번도 안 왔냐. 한 핏줄끼리 설령 한 맺힌 일이 있다 해도 핏줄인데 어쩔 거냐. 봐라, 너도 우릴 못 잊어 이렇게 찾아왔고 만나니 얼마나 반가우냐. 이모님도 참말로 너무 하셨어. 독한 여자라고 울 어머니도 숨 거두며 한처럼 뱉어내더라."

"누구 한이 더 깊었는지 아실 텐데."

"우리는 어렸으니 뭘 알겠냐만 네가 울면서 이모 등에 업혀 우리 집을 빠져나가던 날, 나는 새벽까지 베갯잇이 푹 젖도록 울었단다."

아빠가 총살당하던 날, 할머니는 아버지 옆에서 몸부림 치다가 그 자리에서 돌아가셨고 엄마는 기절한 채 이모 집으로 업혀왔었다. 빨갱이 집안을 끌어들이면 우리 집까지 박살날 거라고 으르렁대는 이모의 쇳소리가 공포의 분위기를 자아냈고 이런 상황에서 엄마는 빨갱이가 뭐고 흰둥이가 뭐냐며 울며 매달렸다.

"언니, 전쟁에 휘말려 억울하게 죽어간 앵화 아범을 변명은 못해 줄망정 이렇게 나가면 어떡해요. 내가 빨갱이가 뭔지도 모르는 걸 언니도 잘 알지 않아요."

"흐응, 빨갱이는 색시까지 다 뻘겋다더라. 이때까지 배부르게 먹고 살았으면 한이 없지 뭘 그래, 관호 아범이 땅 파먹는 것이 지겨워 취직자리 부탁하러 수없이 널 찾아갔을 때 너의 집은 우릴 우습게 봤지. 이따금 실어다 던져주는 장작과 쌀, 또 옷 나부랭이랑 마른 생선들이 내 오장육부를 얼마나 뒤집어 놨는지 알아. 그런 높은 지위에 있으면서도 도와주지 않은 것은 내 남편이 취직해서 너처럼 살아가는 것이 넌 싫었던 거지."

"언니, 그게 아니었어. 형부는 초등학교도 안 나왔는데 어떻게 그런 기관에 취직을 해."

"흐응, 그럼 네 남편은 대학 나와 그렇게 보기 좋게 개죽음을 했구나, 그런 변명은 집어치워. 그때 도와주었더라면 이번 일도 누가 아니."

"언니 말이면 다 하는 줄 알아요."

"아무튼 우리 집안은 너의 집안처럼 빨갱이는 아니다. 그 더러운 빨갱이는 아니란 말이야, 어서 내 집에서 썩 나가지 못해, 너 때문에 우리 식구들까지 몰살당할까 무섭다."

"내 남편이 빨갱이라면 북쪽으로 가지 왜 하필 남쪽인 언니네로 피신해 왔겠우, 우린 정말 빨갱이가 아니야, 그냥 사람이야."

엄마는 서럽게 흐느끼며 나를 업고 며칠 전 할아범이

날라다 놓든 짐쪽으로 갔다. 그때 이모가 눈에 불을 켜고 엄마 앞을 가로막았다.

"그런 짬이 어디 있어. 어서 가지 못해. 지금 당장이라도 널 잡으러 사람들이 몰려온다면 우리 집안도 살아남지 못해. 어서 떠나, 어이 어서."

"언니 맨손으로 어딜 가요. 여기 내 패물만이라도 꺼내가지고 가려우. 바느질이라도 해먹고 살려면 재봉틀도 이고 가야하고."

"빨갱이 재산은 모두 압수당하는 줄 몰랐니? 길에서 빼앗기느니 여기 놓고 가지 그래."

"우리 짐이 여기 있는 줄 아무도 몰라."

"그거라도 갖다 바쳐야 우리 식구 모두가 살 텐데, 왜 그것이 아까우냐. 남편 잡아먹더니 우리 자식들 죽이려고 환장했군. 다시는 이 집에 나타나지 마라. 내 친척 중엔 빨갱이는 없다."

취직을 시켜달라고 한 달씩 두 달씩 우리 집에 머물렀던 이모부는 울안의 낙엽도 쓸어내고 장작도 팼으며 안마당에 쪼그리고 앉아 아빠의 눈치를 봤으나 어쩐 일인지 아빠는 이모부를 취직시키지 않았었다. 그 시절 간간이 나를 번쩍 들어 올려 어깨 위에 올려놓고 장난을 치던 이모부가 아닌가. 이런 때 도움을 청해 엄마와 나는 그를 쳐다봤지만 모른 척 뒤란으로 사라져버렸다.

"그 패물을 끌러보고 탐이 났던 모양이군. 독사의 굴에 굴러들어 왔지. 여기가 어디라고 내 생명 같은 남편이 믿고 찾아와 이 변을 당하는지 모르겠어. 그 재물을 가지고 몸에 고름이 나도록 잘 살아라. 어디 두고 보자, 네 년의 집안이 어떻게 망하는지 이 눈으로 똑바로 볼 테다."

엄마의 악다구니와 이모의 냉소가 온 집안을 무겁게 짓누르더니 엄마는 날 등에 업고 그 집 대문에 침을 뱉으며 뛰어나왔다. 사촌오빠가 소매 끝으로 눈물을 닦으며 살구나무 밑에 서 있었고 언니와 동생들은 토끼눈을 하고 툇마루에 모여 있었다.

신부와 신랑이 신혼여행을 간다며 인사를 했고 점점 술기운이 퍼져 오른 좌중은 해묵은 유행가를 걸쭉하게 불러 댔다. 서른네 해를 하루도 한순간도 거르지 않고 엄마의 마음속에 자리 잡았던 저주의 대상인 그들을 만나 본 것이 너무 떨떠름해서 화장실을 가는 듯 가만히 빠져나왔다.

코끝이 매운 찬바람이 매연까지 실어다 내 얼굴에 울컥 뿌려놔서 나는 밍크털깃을 세워 목과 귀를 가렸다. 몇 발자국 걸었을까, 뒤에서 나를 거세게 잡아당기는 손이 있었다.

"앵화야, 나 이만 원만 다오. 외상값을 갚지 못해 말라 죽겠다."

갑작스런 상황에 핸드백만 만지작거리며 잠시 멈춰서

있었다. 무심코 내려다 본 사촌오빠의 발은 구두도 신지 않은 양말 발이었다. 지나가는 사람들이 우리들을 구경하느라고 흘끔댄다.

"아버지, 이러고 나오시면 어떡해요, 구두를 신으셔야죠."

스무 살이나 되었을까, 오빠의 아들은 구두를 가지고 뛰어나와 그들 꽁꽁 얼어붙은 길 위에 앉히고, 걸음마를 배우는 아가에게 신을 신기듯 정성스럽게 끈까지 매주고 있지 아니한가. 그동안도 오빠는 헤헤 웃으며 연신 두 손을 내게 내밀었다.

"돈을 주시면 큰일 나요. 아버진 알코올중독이라 보는 사람마다 매달리며 돈을 달라고 하지요."

초롱초롱한 조카의 맑은 눈이 내 동공에 가득히 들어왔다. 동태의 썩은 눈을 하고 애처롭게 쳐다보는 오빠의 시선을 피해 나는 천천히 돌아섰다. 아빠는 빨갱이였고 엄마는 빨갱이의 아내였으며 난 빨갱이의 딸이라 한들 삼십여 년이 흐른 지금 그것이 어떻단 말인가. 누명을 벗길 능력이 없어 일생 숨어 살며 뿜어낸 엄마의 한숨과 저주가 엄마의 소원대로 사촌오빠의 얼굴에 화인으로 찍혔으나 그것이 과연 무엇이란 말인가. 코끝이 쌩하도록 밀려오는 요상한 기분을 억누르려고 희뿌연 겨울 하늘을 향해 머리를 뒤로 젖혔다. 엄마가 태산보다 높게 쌓아 올린 눈물과 한숨을 절대로 잊어서는 안 된다. 또 아빠가 죽음을 앞에 두고도 서릿발처럼 냉정한 자세로 임했듯이 나도 여물게 따라붙어야 한다. 무슨 일이 있어도 억겁을 두고두고 이들 앞에선 칼날처럼 차갑도록 송충이를 발끝으로 싸악 문질러버리듯 그들을 야멸차게 으깨야 한다. 이렇게 삼십사 년을 엄마를 따라 외치며 살아왔는데 아아…….

그 순간 아빠의 죽음을 앞에 놓고 풀숲에 누워 들었던 그 농악소리가 귀청이 찢어지도록 올려 왔다. 북, 소고, 날라리, 꽹과리, 장고, 징들이 하늘을 쪼갤 듯 무섭게 소리를 내서 머리가 아파온 나는 잠시 멈춰 서서 눈을 감았다. ✻

1986년 『현대문학』 12월호 白承喆 평론가 소설평

……그 현장성이 강렬하고 시대적 진통에 대한 구체적인 내용과 프로그램을 담고 있다. 80년대 특유의 진통을 국소적인 현상으로만 관찰하지 않고 보편적 실체로 파악하고 사회적 진통으로 확산 전개시키려는 작가의 안목은 새로운 데가 있다……. 지금 이 땅의 젊은이들에 대한 작가의 애정과 통찰력은 남다른 데가 있다.

팔월병

유월 저승을 지나면 팔월 신선이 돌아와 동동팔월을 맞는다고 하지만 나는 언제나 팔월을 지루하게 보내며 몸서리를 친다. 마치 여름 생태의 여린 살속에 켜켜로 둥지를 틀고 살아가는 벌레들이 더위를 견디지 못해 기어 나와 옴실거리는 것을 목격한 뒤와 같다고 할까. 다시 말해 나의 뇌리에 인각된 그 잔상이 구더기로 둔갑해서 끊임없이 머릿속에서 재생돼 욕지기나게 하는 그런 유의 괴롭이었다. 팔월을 맞기 전인 칠월 하순부터 나는 물기 걷힌 연꽃처럼 축 늘어져 매가리 없는 눈을 굴리며 달팽이처럼 몸을 도사린다. 팔월의 설레는 벌레소리가 두려운 것이 아니고 무청처럼 짙푸른 녹음이 싫은 것도 아니다. 어려서부터 이 나이가 되도록 이 계절이 오면 나는 주기적으로 이런 우울증을 겪고 있다.

십사 층 아파트의 중간에 살고 있어 웬만한 더위나 추위에 잘 보호받는 육층이지만 이 팔월의 무더위는 장마 끝의 습기까지 동반해서 깊은 수렁에 빠진 나를 괴롭혔다. 항시 그래왔지만 오늘도 가만히 앉아 있을 수가 없어 나는 종일 병든 강아지처럼 머리를 두 무릎 사이에 박고 옹크리고 있었다. 가족들도 나의 이런 계절병에 만성이 돼서 부담 없이 잘 적응해 나갔다. 엄마의 병은 더위 때문이니 에어컨을 설치하자고 나댔던 딸, 정미가 이해의 더위에는 예년처럼 짜증을 부리지 않고 콧노래를 부르며 베란다에 내놓은 스위디쉬 아이비의 순을 다듬고 있었다.

　"좋은 일이라도 있는 모양이구나."

　"맞아요, 아주 멋진 남자 친구가 생겼어요."

　"그냥 친구냐, 아니면 결혼할 생각까지 한단 말이냐?"

　"아주 날카로운 아이예요. 이것도 저것도 아닌 맹한 그런 멍청이들관 달라요."

　"네 눈에 든 친구라면 우리 집에 한 번 데려오려무나."

　"정말이에요? 역시 엄마가 아빠보다 멋지단 말이야. 당장 오늘 저녁에 초대할게요. 저녁 식사엔 엄마의 십팔번 아마존 쉬림프를 해줄래요?"

　아들도 없이 딸 하나만을 너무 귀하게 기른 탓도 있겠지만 남편이 벌여놓은 사업체를 이어받아 이 집안의 대를 이으려면 웬만한 사윗감으론 어림없을 것이란 부모의 뜻을 아는지 졸업반이 되도록 정미는 교제하는 친구가 없었다.

　일부러 가락동 수산시장까지 가서 싱싱한 새우를 사고 민어전거리를 고르며 나는 묘한 기분에 빠져들었다. 오십을 바라보며 굳어진 줄 알았던 새로운 감각의 신선한 사랑이 보지도 못한 사윗감을 향해 가슴을 설렐 정도로 피어오르는 것이 아닌가. 사위 사랑은 장모사랑이라는데 어쩌면 딸보다도 더 그를 사랑할 수 있으리란 자신감마저 생겨 아들이 없어 무지근했던 삶이 팔월인데도 활기를 띨 정도였다.

　바빠서 그 시간에 못 들어오겠다는 남편에게 애교를 떨어가며 몇 차례 전화를 한 끝에 겨우 들어오게 해서 마음을 졸이며 딸이 선택한 신랑감을 함께 기다렸다. 이 계절이 오면 늘 몸이 아프다고 우거지상을 하고 있던 내가 아파트 동네에서는 구할 수 없는 싱싱한 꽃을 사러 꽃마을까지 가는 극성을 떨었다. 한 아름 사온 흑장미를 정성스레 꽂는 정미의 이마에 땀이 흥건히 괴었다. 의도적으로 딸의 나이 수만큼 사온 흑장미를 흰 백자항아리에 타원형으로 꽂아 거실 탁자 위에 놓았더니 한결 우아한 기풍이 집 안에 감돌았다. 액자 가장자리도 닦고 등갓 위에 내려앉은 먼지도 훔쳐내고 깨끗한 물수건으로 때가 살짝 묻은 거실 벽지도 매만졌다. 유리탁자가 완벽하게 투명하질 않다고 남편은 손수 윈덱스를 들고 나와 정성껏 유리를 닦느라고 복더위의 끈끈한 불쾌감이 우리 집 안에서 완전히 걷힌 감마저 들었다. 크리스마스 때마다 백화점을 돌며 사들인 장식양초를 정미는 어린 시절 인형을 아끼듯 유리장 안에 소중하게 진열해놓았다. 나는 그중 제일 멋진 것을 골라 촛불을 밝히자고 제안을 했다. 이 더위에 무슨 촛불이냐고 펄쩍 뛰던 남편도 별식으로 가득 찬 상 한가운데 토끼 모양의 양초를 놓자 그게 앙증스러운지 빙긋이 웃으며 머리를 끄덕여 만족한 시늉을 했다.

여덟 시에 온다는 그가 십 분하고도 오 분이 지나서야 겨우 모습을 나타냈다. 초인종소리에 장난기 어린 아이처럼 전깃불을 꺼버린 정미 때문에 환한 복도의 등불에 눈이 익은 그는 현관에 들어서자 조금 비틀거리며 현기증이라도 난 듯 어정쩡하게 우리 앞에 한참을 움직이지 못하고 서 있었다.

"어서 들어 와."

정미가 쪼르르 나가 그의 팔을 잡아끌었다. 그녀의 힘이 세었는지 그는 구두를 신은 채 마루 위로 올라와 우리 부부는 요란하지 않게 웃었고 당황한 그는 허둥대며 신을 벗느라고 얼굴을 붉혔다. 마루에 올라와서도 못올 곳을 온 아이처럼 사위를 둘러보며 한참을 주저했다. 육십 평이 넘는 아파트인데다 지저분하게 이것저것 늘어놓는 걸 싫어하는 내 성격 탓에 누구든지 처음 들어서면 그 휑뎅그렁한 공간에 놀라는 경우가 많았다. 엉거주춤 서 있는 그가 보기에 딱했는지 정미가 소탈하게 앞으로 척 나가 그의 팔을 끌었다.

"형, 인사해 우리 엄마, 아빠야."

"정연호입니다."

그는 딸보다 머리 하나는 더 컸고 역도 선수처럼 가슴이 떡 벌어져 건강한 사윗감을 보게 된 기쁨에 나는 남편을 보며 의미있는 눈웃음을 보냈다. 먹물을 듬뿍 머금은 대필의 황모를 연상케 하는 그의 눈썹이 식탁 가운데 켜 놓은 촛불 밑에서 강렬한 인상을 풍겼다. 우리 세 식구가 먹는 양의 세 배를 순식간에 게걸스럽게 삼키는 그를 나는 대견해서 남편은 부러워하며 흐뭇하게 바라봤다. 상위의 음식이 김치를 남기고 말끔히 없어지자 설거지를 할 겸 전깃불을 켰다. 환한 불빛에서 보는 연호는 통통하게 익은 토마토처럼 볼이 볼그레했고 청바지에 새빨간 티셔츠를 입은 그는 한창 짙푸르게 살이 오른 싱싱한 나무를 닮아 보였다. 깃 사이로 삐져나온 러닝서츠가 때에 절어 있어 그 풍채에 어울리지 않는다는 생각에 이르자 갑자기 사랑이 뭉클 내 가슴에서 피어올랐다. 나는 정미를 가만히 안방으로 불러 어제 새로 사다 놓은 남편의 러닝서츠를 건네주었다. 꾀죄죄한 연호의 속옷이 나와 그를 더 친근하게 만들 구실이 된다고 생각되어서 오히려 나는 감격했다. 둘이는 정미 방으로 들어가 킥킥거렸고 간간이 그의 거슬거슬한 음성이 듣기 좋은 바리톤으로 변해 방문 밖까지 튀어나왔다. 갑자기 정미의 간지러운 웃음이 미풍이 스며들 듯 집 안에 퍼져서 우리 부부는 흐뭇한 기분에 사로잡혔고 나도 무의식의 세계 속에서 거부해오던 팔월을 처음으로 웃음으로 채울 수가 있었다.

연호가 우리 집을 다녀간 뒤 정미는 눈을 반짝이며 밤중에나 들어왔고 사랑 병이 중한지 새벽까지 책상불이 켜져 있었다. 고전무용을 전공하는 정미는 탈춤에 심취하여 주로 그 계통의 서적을 읽거나 전신(全身)거울 앞에 서서 몸놀림을 연구하는 것이 고작인데 연호를 사귄 뒤엔 문을 걸어 잠그고 있어 어쩌다 간식을 들고 문을 두드리면 신경질적으로 문을 열고 음식만 받아들이고 어미인 나를 거부했다. 모녀라기보다 친구처럼 헤헤거리며 탈들의 특징을 논했고 공연이 있을 적마다 입을 옷들을 나에게 전적으로 맡기며 자문을 구했던 딸이 변해버린 셈이다. 둘 사이가 꽤 깊이 들어간 것을 발견한 우리 부부는 먼저 연호의 부모를 만나자고 제의했다. 홀어머니만 나온 다방에서 양가는 선선히 결혼을 허락했고 약혼식 날짜까지 잡았다. 남동생이 밑으로 셋이 있다니 데릴사위 겸 데리고 살 수 있다는 가능성이 내겐 여간 기쁜 일이 아니었다. 아버지가 없다는 점이 우리 쪽에선 오히려 다행이라고 생각됐고 가난을 큰 문제로 삼을 만큼 옹졸한 편도 아니었다. 그만큼 우리 부부는 이 사윗감이 마음에 들었다.

딸자식을 가진 어머니로서 사윗감이 자란 가정환경을

보고 싶은 유혹을 누구나 받는 법이다. 나도 그 유혹을 누르지 못하고 팔월 더위도 아랑곳 하지 않고 예고도 없이 안암동에 산다는 그의 집을 집배원 뒤를 따라가는 요령까지 부려 불쑥 찾아갔다. 흙이라고는 찾아볼 수 없을 정도로 시멘트로 골목과 마당을 단장한 고만한 크기의 한옥들이 밀집한 곳에 연호는 살고 있었다. 외양을 한결같이 깨끗하게 치장한 집들이 즐비해서 나는 엉큼하게도 약간 실망했다. 다방에서 만난 사돈댁의 몸에 밴 가난의 냄새가 쓸데없는 기우임을 알았기 때문이다. 그러나 집배원의 일러준 한옥은 산 밑에 자리 잡은 허름한 것이었다. 세월의 이끼를 한 번도 거부하지 않고 그대로 받아들여 너무나 후락한데다 제멋대로 자란 정원의 나무들이 볼품없이 집을 감싸 안고 있었다. 담을 빈틈없이 에운 담장이가 팔월의 독기를 뿜어내서 지붕이 없었다면 산의 일부로 착각할 정도였다. 깨어진 기와 사이사이와 암키와와 수키와 사이로 이름 모를 들풀들이 무성해서 버려진 집이거나 흉가일 것이란 망측한 생각이 들어 가슴이 철렁 내려앉았다. 다른 집들에 비해 울안이 널찍하고 반쪽이 고사한 키 큰 감나무가 있어 옛날엔 당당했을 부잣집의 골격을 지니고 있었다. 집이 헐었다고 예까지 와서 그냥 돌아설 마음이 아니었기에 초인종을 눌렀다.

  십여 분이 넘도록 기다려도 대답이 없어 뒤로 약간 자빠진 대문을 밀었다. 기름이 마른 나무문처럼 대문은 깜짝 놀랄 정도의 삐걱 소리를 내는 바람에 나는 슬그머니 뒤로 물러섰다. 연륜이 깃든 사철나무도 다듬었다면 상당히 값이 나갈 것이지만 그냥 방치해서 멋대가리 없이 제멋대로 울퉁불퉁했다. 목단이 듬성듬성 그 특이한 빛깔의 잎들을 늘어뜨린 정원 한가운데, 푸른 이끼 긴 돌들 사이에 물이 자작하게 괴어 있었다. 사람이 살 수 없어 버려진 집처럼 문짝도 일그러졌고, 마루도 기름기가 걷혀 나뭇결들이 와삭와삭 피어올랐다. 마치 하회마을의 가장 오래된 고가에라도 들어선 듯했다. 이렇게 마냥 서 있을 수도 없어서 나는 조촘조촘 안쪽으로 걸음을 옮겼다. 툇마루가 있는 건넌방의 앞마당에 사람 손길이 닿은 흔적을 보고 나는 그쪽으로 갔다. 흰색과 붉은색의 유두화 잔가지를 옆 큰 나무에서 잘라내어 컵라면이나 분유깡통에 담아 뿌리를 내리려는 세심한 손길이 눈길을 끌었다. 고가의 특이한 음습한 냄새가 비릿하게 울컥 풍겼다. 유두화가 심어진 흙이 어찌나 기름진지 나는 한참을 멍청히 서서 힘차게 뿌리를 내린 싱싱한 유두화잎들을 감탄을 하며 바라봤다. 그 비릿한 냄새의 출처는 부토를 만들기 위해 넣은 생선 썩는 냄새였다.

"유두화가 탐나는 모양이구려, 원한다면 하나 집어가구려."

등 뒤에서 나는 노인의 음성에 나는 소스라치게 놀라 반사적으로 돌아섰다.

"유두화를 얻으러 온 것이 아닌데요. 여기가 정연호라는 청년의 집이 아닌가요?"

"아, 내 손자 놈을 찾아온 손님인가보군."

그리곤 그는 천천히 연분홍 바탕에 빨간 앵두가 수놓인 내 원피스에서 얼굴로 눈길을 던지다가 놀랍다는 표정을 지었다. 손자의 여자 친구로 생각했다가 늙은 여자가 서 있으니 놀라는 모양이다.

"연호와 제 딸이 곧 약혼을 한답니다. 그래서 한번 들른 것이에요."

내가 귀먹은 노인에게 말하듯 언성을 높이자 그는 멋쩍게 웃으며 오른손으로 이빨들이 빠져 오므라든 입을 가렸다. 엄지손가락 옆에 손가락이 하나 더 붙은 육손이었다. 엄지새끼처럼 달라붙은 작은 돌기는 혹처럼 매달려 노인의 콧구멍을 막았다. 아아, 저 손가락! 나는 그 순간 속이 느글거렸다.

"그럼 연호의 장모님 되실 분이구만, 어서 들어와요, 이를 어쩌나! 식구대로 나가 돈을 벌어도 살기 힘든 세상이라고!"

제일 살이 찌고 탐스러운 잎을 가진 것으로 봐 틀림없이 뿌리를 단단히 내린 분홍 유두화라고 노인은 억지를 부리며 녹슨 우유깡통에 담긴 어린 것을 내 손에 쥐어 주었다. 깡통의 녹이 나의 깨끗한 옷에 묻을까봐 어벌쩡하게 서 있는 나를 보면서 노인은 이 더위에 아직도 아랫목에 깔아놓은 이불을 개느라고 불편한 왼쪽 다리를 육손으로 끌어가며 힘들게 움직였다.

"아주 부잣집 색시를 며느리로 맞는다고 식구들이 무척 좋아하더군. 연호에게 맞는 신붓감인지 난 잘 모르지만 이런 어려운 집에 들어와 살겠소. 그 녀석이 그렇게도 비판하는 부유층을 택하다니 난 이해가 안 가."

노인은 꼭 내가 그의 말을 들어야 한다는 그런 의도가 아닌 중얼거림에 가까운 목소리로 말했다. 어차피 집 안엔 이 노인밖에 없으니 불편한 몸으로 친절을 베푸는 그를 무시하고 나갈 수도 없었다. 노인이 깔아준 방석은 때에 절어 본래의 색이 무엇인지 가늠하기도 어려웠다. 노인 앞에 앉아 나는 그 기괴한 냄새의 출처를 찾느라고 두리번거렸다.

"내 책들을 보여드릴까."

노인은 광대가 줄 위에서 부채춤을 추듯 그렇게 위태하게 몸을 놀려 아랫목에 쳐진 커튼을 열었다. 벽을 가리기 위해 단 커튼으로 알았던 나는 휘휘하게 뚫어지는 그 큰 공간에 놀랐고 그다음엔 그 방을 빼곡히 채운 장서에 놀라 노인 앞에서 슬그머니 일본여자처럼 무릎을 꿇었다. 유리창이 아닌 누런 창호지 문 탓으로 어둑한 방에 희미하던 눈이 한참을 더듬다가 그 책들이 모두 일본어로 쓰인 법률서적임을 알아냈다. 파리똥이 점점이 박힌 책들은 헌책가게에서도 구하기 어려울 그런 빛바랜 것들이었다.

책들보다 나를 더욱 압도한 것은 서가의 층마다 매달아 놓은 탈바가지였다. 정미가 고전무용을 전공하고 있어 탈춤에 관심이 많았던 나는 이 분야에 상당히 조예도 깊었고 어려서부터 이 탈바가지에 대해 친근감을 갖고 있는 터였다.

"탈바가지 컬렉션을 하시나보지요."

"암, 내 일생 모아온 것이지. 이것들이 없었다면 난 벌써 죽어버렸을 거야. 혼자 있어 외로우면 난 이것들을 쓰고 중얼거린다구."

노인은 탈들을 하나하나 얼굴에 써가면서 광대들의 목소리를 흉내 내고는 탈 뒤에서 킬킬댔다. 내가 익히 아는 하회지방의 양반탈을 썼을 땐 점잖게 앉아 있던 나는, 그가 양주별산대의 미얄할미를 쓰고 익살을 떨 땐 하도 우스워 참지를 못하고 깔깔 웃었다. 일그러진 입에 치켜 올라간 눈하며 검은 바탕에 점점이 박힌 흰 점들이 노인의 나이를 가려주고 세대 차를 당겨주었기 때문이다. 그가 송파산대의 신 할아비를 썼을 땐 이마와 뺨에 깊숙이 그려진 주름살로 인해 그 나이에 어울리게 연기를 완벽하게 해서 나는 그 연기를 따라 표정을 바꿔야 했다. 봉산의 취발이를 썼을 땐 나 혼자 그것을 본다는 것이 미안할 정도로 몸 둘 바를 몰라 했고 양주별산대의 소무와 당녀의 헤벌어진 밍밍한 탈을 썼을 땐 너무 많은 탈들을 본 끝이라 나는 그저 덤덤하게 앉아 있을 뿐이었다.

"내가 감춰놓고 제일 귀한 손님이 왔을 적에 보여주는 탈이 있는데……."

너무 많은 탈에 지친 나는 그가 숨겨둔 탈이란 말에 귀가 번쩍해서,

"아주 희귀한 것인가 보지요. 한번 보고 싶네요."

"이건 비밀인데 알려지면 국보로 내놓으라고 날 들볶을지 모르니 비밀을 지키겠다고 먼저 서약을 하시오."

탈 하나를 가지고 서약까지 내세우는 노인이 우스워 나는 그러마고 고개를 주억거렸다. 중풍으로 한쪽 다리를 못 쓰는 그가 허우적이며 다락에서 꺼내온 탈은 그 크기가 가슴 가득히 안아야 될 성 싶은 늙은 호박의 크기였다. 많은 탈춤을 구경했고 탈을 좋아하는 나였지만 그렇게 기이하게 생긴 탈을 본 적이 없었다. 노인이 그 탈을 얼굴에 대고 떨어지지 않도록 위아래를 붙들었을 때 탈의 하얀 이빨들이 튀어나온 눈알과 어울려 무섬증을 안겨주었다. 노인은 걸쭉하고 배고픈 슬픈 음성으로 탄식을 늘어놓기 시작했다.

"아이들이 날 보고 문둥이라고 놀리고 돌을 던지거나 기차게 울다가도 울음을 뚝 그치지만 나는 한때는 부자요, 정승이었다구……."

그 순간 나는 벼락에라도 맞은 듯 전신을 휩싸는 전율에 입의 침이 말랐다. 어린 시절 배꼽이 빠지도록 웃으며 본 바로 그 탈이었기 때문이다.

"혹시 정만기 검사가 아니신가요?"

나의 갑작스런 물음에 그는 잠시 놀라는 듯 어리어리한 눈을 부시게 떴다.

"지금도 나를 기억하는 사람이 있다니!"

나는 너무 놀라서 어떻게 해야 한다는 생각도 없이 아이들처럼 그 방을 후다닥 뛰어나왔다. 발가락이 훤히 드러난 여름신이 급할수록 잘 신을 수가 없어 멈칫거리는 동안 노인은 친정아버지를 찾아온 딸에게 말하듯 수다스러웠다. 이봐, 왜 그렇게 갑작스럽게 가. 아까 내가 선물한 분홍 유두화가 제일 좋은 놈이니 죽이지 말고 고목처럼 크게 길러 울 안 가득 꽃이 피거든 날 초대하라고. 나와 이야기 좀 하다 가지 그래. 내가 늘 혼자 지내자니 말이 하고 싶어 그러는데. 안타깝게 나를 응시하는 노인 앞에서 내 손에 들려진 분홍깡통에 담긴 유두화 모종을 팽개칠 수가 없었다. 이건 내가 방안에 들어서기 전 그가 가지라고 방 안에서 내게 지시해서 얼떨결에 집어 들고 있던 것이었다.

내 코에 숨이 붙어 있는 동안 절대로 보지 않겠다고 피해 살아왔고 또 만날 수도 없었던 그 가족을 내 두 발로 찾아왔다니! 그것도 사돈을 맺으러 말이다. 이 집과는 절대로 인연을 가질 수 없어. 정미를 노처녀로 늙히는 한이 있어도 이 집과는 결코 사돈이 될 수 없다는 말을 수없이 중얼거리며 정신없이 나는 큰길을 따라 걷고 있었다. 흥!

얼마나 괴로웠으면 탈을 써야 살 수 있을 정도가 되었을까. 그러면 그렇지. 맨 정신으로 살 수 있다면 그건 동물일 수밖에 없지, 지금의 그 몰골로 노상 고 시늉으로 살아라. 해가면서 나는 씩씩거렸다.

내가 앓고 있는 팔월병의 근원이 여기에 있었다는 사실에 놀라 나는 방향감각도 잃은 채 무작정 자동차의 물결을 따라 걸었다.

장마가 걷힌 직후였다고 생각된다. 아침을 밤톨만한 감자 세 알로 때운 탓에 뱃속은 벌레들이 우글거리는지 연신 이상한 소리를 냈다. 앞산 봉우리에 내려앉은 희뿌연 안개가 오늘 하루도 지독히 더우리란 징표를 일러주는 그런 아침이었다. 우물 속이 너무 깊어 아직 두레박질을 못하던 나는 대야를 안고 한참을 기다렸다. 누군가가 물을 길러 오면 한 두레박 얻을 심산이었다. 빈 대야에 손을 넣고 앉아 있는 내 꼴이 측은했던지 엄마 나이의 여자가 물을 퍼서 내 대야에 부어주었다. 손끝이 알알하도록 차가운 물에 나는 오줌을 눈 뒤처럼 진저리를 쳤다.

"아나, 너 오 검사 딸이 아니냐?"

여자가 놀라서 큰 소리로 물었다. 다행히 우물가엔 우리 둘만 있어서 그녀의 자배기 깨지는 듯한 소리에 놀랄 사람은 나밖에 없었다. 배가 고프다는 것은 이 세상에서 제일 슬픈 일이라 그녀의 그런 외침이 내겐 아주 하찮은 것처럼 여겨졌다. 그래서 물을 퍼주고 놀라 소리치는 여자를 아주 담담하게 올려다봤다. 아빠와 제일 가까운 친구의 부인이었다. 배꼽 친구요, 게다가 같은 길을 걸어서 아버지와 정 검사는 집도 나란히 사서 담 하나를 사이에 두고 살아온 사이였다. 열 살의 내게 정 검사 부인은 우리 가정의 구세주로 보일 정도로 반가워서 잽싸게 달려가 그녀의 품속에 안겼다. 햇고구마나 하지감자를 쪄도 담 너머로 오락가락하던 사이였다. 특히 정 검사 부인은 매작과를 잘 만들기로 유명해서 그녀를 본 순간 나는 기름이 자르르 흐르고 잣가루가 듬성듬성 얹힌 다갈색의 과자를 떠올리며 침을 꼴깍 삼켰다. 아들만 다섯 있고 딸이 없는 정 검사 댁은 나를 인형 다루듯 어루만지며 귀여워했었다. 아주 어릴 적부터 나는 그녀의 등에 업히거나 품에 안겨 잠든 적이 많아 달큰하게 풍길 그녀의 살 냄새를 더듬으며 눈을 감았다. 그러나 뺨이 젖가슴에 닿기도 전에 그녀는 무섭게 나를 떼밀었다. 마치 내가 징그러운 지네라도 되는 듯 몸서리를 치면서 말이다. 마침 그때 나와 동갑나기요, 그 당시 귀족학교로 소문난 을지로 육가에 있던 사범부속국민학교를 줄곧 같이 다녀, 오뉘거나 이란성 쌍둥이라고 놀림을 받던 정 검사의 아들, 광호가 나를 보고 반가와 내 이름을 부르며 뛰어왔다. 나는 돌변한 그녀의 냉혹함에 잠시 멈칫했으나 광호를 보는 순간 반가움에 달려오는 그를 향해 두어 발자국 걸었을까, 독수리가 먹이를 낚아채듯 그녀는 광호의 팔을 우악스럽게 움켜쥐더니 내가 더러운 짐승이라도 되는 듯 물러서서 독기를 품은 분명한 어조를 말했다.

"이 애는 빨갱이의 딸이야, 절대로 이 애와 놀아서는 안 된다, 알았지?"

광호는 목을 잡힌 닭처럼 비트적이고 끌려가면서도 연신 목을 외로 꼬고 나를 쳐다봤다. 그의 눈엔 눈물이 호수처럼 어른거렸다. 우리의 눈이 마주치는 순간 광호 어머니는 찰싹 소리가 나도록 목을 외로 꼬고 있는 아들의 뺨을 때렸다. 그리고 두 아이가 다 알아들으라는 듯 호령조로 말했다.

"빨갱이와 놀면 너도 총살당하고 니 어미, 아비도 죽게 돼. 다시 그 애를 만나서도 안 되고 길에서 만나도 피해야 돼."

그들이 사라져가는 집 모퉁이를 바라보며 나는 소리 없이 흘러내리는 눈물을 닦을 생각도 않고 한참을 망부석처럼 그렇게 서 있었다.

대전 병원의 팔월 아침은 내 일생 처음 겪는 무서운 어른 세계를 내게 선물했고 이해 못할 이데올로기의 미궁을 어린 가슴에 멍이 들도록 안겨주었다.

그 밤에 어머니는 나를 끌어안고 '세상에 이럴 수가!'를 연발하며 밤을 지새워 울었다. 병원의 수술 빨래를 해주며 우리 모녀는 전쟁의 배고픔을 달래고 있던 시절이었다. 나를 매정하게 밀쳐버린 정 검사 댁은 급성맹장수술로 입원해 있는 정만기 검사에게 우리의 존재를 알리고 주의를 주는 그 순간 어머니가 빨랫거리를 가지려 들어간 것이다. 어머니가 그들을 알아보기도 전에 정 검사 댁은 땀에 전 환자복과 대변이 담긴 변기를 불쑥 내밀고 등을 밀어내고는 신경질적으로 문을 꽝 닫아버렸다.

"엄마, 빨갱이는 어디서 사는 거야?"

"이북에서 산단다."

"그럼, 엄마는 이북으로 가지 왜 이남에 남았어?"

"하지 장군의 변덕 때문이지, 처음부터 좌익은 안 된다 하지를 않고 좌, 우익 모두 인정하다가 갑자기 태도를 바꾸니까 이남에 있던 지성인들 중 무고하게 희생된 사람들이 많았단다."

"하지는 나쁜 사람이구나."

"미국사람이 이곳의 실정도 모르고 끼어들어 겁이 나니까 일본 앞잡이들을 그냥 눌러앉게 하고 독립투사들을 몰아내는 등 이 나라는 비극의 운명을 타고난 거다. 너나 나나 이 시대의 희생물이다."

엄마의 말은 그 나이의 내게 너무 어려워 잘 이해가 되지 않았지만, 나라가 처한 상황과 어른들의 세계는 무서운 곳이란 막연한 공포감을 안겨주었다.

"정만기 검사는 너와 나의 원수다. 동료의 질투가 그리 끔찍한 일을 저지르다니! 이제 양심의 가책으로 오히려 우리를 몰아치는 것이다. 정 검사 네가 잘 되나 외동딸인 네가 잘되나 어디 두고 보자."

어머니는 그 밤으로 이삿짐을 꾸려 도강이 어려운 한강을 넘어 서울로 가자고 했다. 어머니가 등에 지고 머리에 이고 갈 짐을 챙기는 동안 나는 어른들이 없는 데서 내 소꿉친구를 만나려고 정 검사의 입원실 주변을 맴돌았다. 영근 팔월의 모기들이 내 팔뚝을 물어뜯어 군데군데 두드러기처럼 부풀어 올랐어도 나는 목을 늘이고 내 동갑내기의 진실을 보기를 원했다. 희미하게 켜진 병원 복도의 불빛에 금방 한 귀퉁이에서 머리 풀어헤친 귀신이 나올 듯했다. 화장실이라도 가려는지 내가 그렇게 기다리던 그 친구가 바지춤을 움켜쥐고 병실 문을 여는 것이 아닌가. 나는 반가움에 껴안을 듯이 그애 앞으로 달려갔다. 우리 사이가 좁혀졌을 때 그 애는 못 볼 것이라도 본 듯 고개를 움츠렸다. 그리고 겁에 질린 눈을 뜨더니 문을 꽝 닫고 안으로 사라졌다. 그때 그 아이가 보여줬던 그 맹한 겁먹은 바보의 눈빛이 항상 이 계절이 오면 어김없이 내 곁을 찾아오는 것인지도 모른다.

그 뒤부터 쉽게 물이 드는 아이의 세계와 어른의 세계가 무서워 길이 잘 든 사냥개처럼 팔월병을 혼자 속으로 앓을지언정 드러내놓고 내색을 한 적이 없었다. 건널목의 신호등을 한 번도 어긴 기억이 없으며 내라는 전기세와 물세, 재산세, 오물세, 심지어는 월부로 붓는 책값에 이르기까지 매달 하루라도 날짜를 어길까 봐 마음을 졸이는 지극히 윤리적이고 도덕적인 삶을 나는 영위하게 된 셈이다.

삼십여 년의 과거를 뛰어넘고 찾아온 사건을 혼자 속으로 삭이며 두근거리는 가슴을 억제할 방법으로 정미가 즐겨 먹는 고구마 줄기를 사다가 아욱 줄기를 다듬듯이 겉껍질을 죽죽 벗겼다. 일찍 귀가한 남편이 샤워를 하며 부르는 콧노래와 호박잎쌈을 먹으려고 끓이는 된장찌개 내음으로 가슴의 고동이 상쇄되는 것 같아 나도 짐짓 행복한 것처럼 남편이 부르는 그 케케묵은 유행가를 따라 부르기 시작했다. 템포가 빠르고 몸을 흔드는 동작에 길든 젊은이들이 들으면 졸음이 온다며 하품을 할 그런 노래였다. 깊은 강물이 소리 없이 흘러도 거기에 충만한 기쁨이 서려 있듯이 우리 부부는 우리 나이의 사람들이 누릴 그런 잔잔한 평안에 빠져들었다. 그때 신경질적으로 초인종이 울렸다. 차갑도록 지성미가 넘치고 좀처럼 감정의 변화를 쉽게 들어내지 않는 정미는 초인종을 눌러도 그 소리 속에 다분히 성격을 담고 있어 절대로 이렇게 방정맞게 벨을 누를 리가 없었다. 술김에 아파트 문을 잘못 찾은 이웃일 것이란 생각에 나는 조금 화난 표정으로 문을 열었다. 놀랍게도 정미가 인사도 없이 울어서 아이라인이 엉망인 채 볼 부은 얼굴로 들어섰다.

"웬일이냐?"

"몰라요."

나는 가슴이 다시 뛰어 호흡이 곤란할 지경이었다. 속에서 끓어오르는 열기가 얼굴로 번져서 귀밑까지 붉어졌다. 이 애가 벌써 내 비밀을 눈치 챈 것일까. 그래도 할 수 없지. 절대로 이 결혼은 성립될 수 없어. 그나마 팔월에만 앓던 내 병이 잘못하다가는 하루도 거르지 않고 일 년 내내 고통을 겪어야 하는 판에 알고는 그럴 수 없는 일이 아닌가. 정미가 이해가 가도록 잘 설명하면 되겠지 하는 생각이 들다가도 알 수 없는 불안이 온몸을 찍어 눌러 나는 어눌한 표정을 지으면서 딸의 방을 훔쳐볼 뿐이었다.

밥상을 앞에 놓고 얼마를 기다린 뒤에야 정미는 먼 길을 떠나려는 옷차림으로 나타났다.

"전 이렇게 사는 것이 너무 부끄러워요."

"그게 갑자기 무슨 뜻이냐?"

"가난해서 우는 사람들이 즐비해도 우린 상관치 않고 이러고 사는 것이 창피하다니까요. 오늘 연호가 잡혀갔어요."

"가난한 사람들하고 우리가 무슨 관계가 있다고 그러니. 그 사람들이 가난한 것은 다 이유가 있단다. 육이오 때처럼 일거리가 없어 굶는 시대가 아니다. 하다못해 파출부를 나가도 하루에 쌀 한 말 벌이가 되는 데 게으르니까 배고픈 거야. 사촌이 땅을 사도 배가 아프다고 하지 않더냐. 수고는 않고 잘사는 사람들 욕하고 끌어내리려 하는 것은 잘못 된 생각이다. 연호는 무슨 짓을 해서 잡혀갈 정도냐?"

나는 오히려 잘 되었다는 생각에 속으로는 엉큼하게 안도의 숨을 내쉬며 겉으로는 걱정스럽게 물었다.

"부정한 학원귀신, 최루탄 귀신, 유신귀신, 어용귀신, 탄압귀신, 짭새귀신 물러나라는 마당극이 교정에서 벌어졌지요."

"어머머! 저 애 좀 봐, 아무래도 집안 망신시키려고 너 환장했어."

"데모대에 끼지 말라고 늘 주의를 주었는데도 왜 거기서 얼씬댔니. 너도 하마터면 잡혀갈 뻔했구나. 우리나라와 같은 특수상황에선 안보가 제일이야. 너희들은 몰라서 그렇지 그 뒤엔 빨갱이들이 있단 말이다. 배움의 특혜를 받은 녀석들이 하라는 공부는 않고 딴 짓들이야 쯧쯧……."

남편이 성난 어조로 정미를 꾸짖기 시작했다. 대학가가 소란한 틈에 슬그머니 파고드는 불경기와 외국 바이어들이 오질 않아 가슴을 치게 된다는 것을 여느 때처럼 늘어놓을 것을 눈치 채고 정미는 그 흐름을 막으려고 거칠게 대꾸했다.

"아버지의 논리는 지극히 상투적이고 앵무새 같은 말이에요. 민주주의는 지식의 산물이 아니라 투쟁의 결과라고 했어요. 아버지가 지금 누리고 있는 부가 깨질까 봐 고생하는 민중을 깔아뭉개고 있어요. 전 이 집안의 외동딸로 세상을 너무나 모르고 살았단 말이에요. 우리 공장에서 일하는 공순이들에게서 아버지는 착취하고 있어요."

"아니, 이런 말버릇이 어디 있니?"

내가 듣다못해 부녀 사이를 가르고 들어가 딸을 나무라며 눈을 흘겼다.

"운동권학생을 무조건 나쁘다고 몰아치지 말아요. 대학의 기득권을 버리고 본능으로 가로막는 부모를 버릴 때는 다 그만한 이유가 있단 말이에요."

"아무래도 이 애가 결혼대상으로 삼은 정연호란 학생에게 문제가 있어요. 빨갱이의 앞잡이인 그 애의 세뇌공작을 당한 것이 분명해요."

나는 정미가 사귀는 연호에게 죄를 뒤집어씌워 둘 사이를 이런 김에 갈라놓으려고 꼬투리를 용케 잡아가고 있었다.

"엄만 너무 유치해요. 사랑에 안주하기를 열망하는 애인을 버리고 참으로 힘든 자기 초극의 길을 택한 그 애를 그렇게 쉽게 몰아치지 마세요."

"남자에게 빠져 어미까지 우습게 보는구나. 잘 생긴 것이 밥 먹여준다더냐. 운동권에 들었다고 찍힌 학생은 이 나라에서 설 땅이 없는 걸 모르니, 넌 여자야, 왜 이미 너에게 주어진 특권층의 자리를 박차려고 그러니, 운동권에

든 학생은 한결같이 가정이 어려운 아이들이다. 네가 차지한 그 특혜를 시기해서 날뛰는 것을 모르다니 너도 헛배웠다. 솔직히 말해서 너희들이 날뛴다고 머리털 하나 바꿔놓지도 못한다. 바위에 달걀을 던지는 격이야."

"살아있다는 것을 보여주기 위해 그 바위를 달걀로 범벅을 만들어야지요. 엄마의 부르조와적이고 이기적이며 사고력이 없는 그 태도가 이 사회를 좀먹고 있는 거예요. 그 사고구조가 너무 판에 박힌 것이라 우리 젊은 세대가 괴로워하는 것을 죽어도 이해 못할 거예요. 엄만 엄마가 살아온 경험과 틀에 비춰 이 시대에 살아남으려면 교활해질 필요가 있다고 가르치는 거지요? 현실을 덮어놓고 속이 곪더라도 상징적이고 우회적인 표현을 하며 살아가라 이거지요. 전 그렇게 못해요. 빼앗긴 것이 뭔지도 모르고 살아가는 엄마의 세대를 전 미워해요."

정미는 뺨의 근육을 떨어가며 덤벼들었다. 세상에 이럴 수가! 그렇게 착하던 딸이 어떻게 이렇게 변할 수가 있단 말인가. 대학이, 아니 그 고집불통같이 생긴 연호란 자식이 내 딸을 이 지경에 이르도록 만든 것이다. 어린 내게 지우지 못할 못을 박은 것으로 부족해서 이젠 대를 이어가며 내 딸의 가슴에다 징을 쑤셔 박으려 하다니!

이제까지 모녀의 대화를 묵묵히 듣고 있던 남편이 나와 정미를 향해 아주 격앙된 음성으로 소릴 질렀다.

"이 애를 이 순간부터 가둬놔, 이러다가 집안에 망신살이 뻗치겠어. 신문에서 떠드는 성고문사건을 모르고 이러기냐. 여자가 조용히 하라는 공부나 하고 착실하게 지내다 시집갈 것이지 무슨 그런 이상한 생각을 하는 거냐. 여보! 이 순간부터 이 애를 단단히 지켜야겠어. 무슨 일이라도 나면 그건 당신 책임이니 그리 알아요."

남편의 으름장에 나도 이때다 싶어 박차를 가했다.

"연호는 잊어버려라. 일단 찍힌 사람은 일생이 어둡다. 너에게 이제 말하지만 네 외할아버지도 남들이 다 가는 큰길을 마다하고 자신이 무슨 성자이거나 혁명가인 것처럼 대열을 벗어났다가 한 가족을 일생 비극으로 팽개쳤다. 내 어린 시절이 멍이 들었고 외할머니를 일생 눈물로 얼룩지게 만든 모든 요인이 그의 그 순간적 오판이었다."

"전 연호랑 결혼할 거예요. 무슨 일이 있어도 우린 결혼하기로 약속했단 말이에요. 둘이서 벌써 약혼식을 한 걸요."

"아니, 부모가 참석하지 않았는데도 약혼을 해?"

"우리 주변의 노동자들을 보라고 연호가 그랬어요. 십만 원도 못 받는 그런 사람들이 수두룩한 이때에 약혼식은 죄악이래요."

"웃기지 마라. 그 녀석이 너에게 약혼반지를 사 줄 수 없으니까 능청을 떤 거야. 내가 오늘 그 집에 몰래 가서 보고 왔다. 그렇게 가난한 가정에 너같이 곱게 큰 애는 절대로 적응을 못한다."

"걱정 마세요. 그 집에 벌써 여러 번 갔었으니까요. 가난은 가장 귀한 거예요. 엄만 왜 그렇게 가난을 무서워하세요. 아주 병적이에요."

"절대로 결혼은 안 된다. 내 눈에 흙이 들어가도 그 결혼을 저주할 것이다."

"제가 좋다는데 엄만 왜 그래요. 제 일생을 제가 사는 것이니 걱정 마세요."

"그 집안이 어떤 집안인 줄이나 알고 그러니, 나하곤 원수 집안이다. 네 외할아버지를 빨갱이로 몰아 죽인 집안이야. 네 외할아버지가 도둑질한 것도 살인한 것도 아니다. 간음한 것도 아니고 사랑이 부족한 것도 아니었어. 독서회인가 뭔가 하는 데를 한 번 나간 것이 진급을 놓고 다투는 정 검사에게 꼬투리를 잡힌 거야."

가슴에 뭉쳐놓고 남편에게까지 숨기며 살았던 내 과거가 아가리를 딱 벌리더니 일순간에 왈칵 쏟아져 나왔다. 처음엔 콧등이 아리더니 눈물과 콧물이 범벅이 돼서 어린아이처럼 내가 울어대는 통에 남편도 놀라서 숨을 죽였다.

"옛날이야기는 그만 두세요. 남북이 통일되면 다 화해하고 살터인데 고루하게 그러지 마세요. 양대국의 싸움에서 줏대 없이 움직인 세대의 슬픔은 그 세대의 것이지 우리에게까지 강요하지 마요."

"저런 독종이 있나! 저걸 새끼라고 여직 보살핀 우리가 바보지."

참다못한 남편이 정미의 뺨을 때렸고 화가 난 나도 그를 막아서지 않았다. 매를 맞을수록 정미는 눈에 독을 뿜고 우리를 노려봤고 그런 딸을 꺾어보려고 남편은 총채를 집어 들었다. 태어나서 처음으로 종아리에 피가 나도록 먼지떨이 자루로 맞은 정미는 눈물 한 방울 흘리지 않고 장승처럼 서 있어 남편은 힘이 부쳐 매를 놓았다. 그 밤에 우리 집은 일찍 불이 꺼졌고 각자 슬픔에 빠져 서로가 말이 없었다. 차라리 정미가 울면서 매달렸다면 항상 있는 사랑싸움으로 그쳤으련만 이번엔 그 양상이 달라서 내 자식이 아니란 이질감마저 들었다. 가시고기가 알을 낳아 자식이 제 발로 서는 것을 보면 차례로 죽어가듯이 이 시대가 요구하는 것은 자식을 낳아 이십여 연간 길러 내보내는 책임만 있는 것일까, 곰곰이 생각해 보니 정미를 낳아 기르면서 얻은 것은 셀 수 없는 고생에 비해 어쩌다 기억에 남도록 그 애가 보여주었던 재롱뿐이었다.

부유스름하게 창문이 밝아올 즈음 나는 발소리를 죽이고 정미의 방문 앞이 섰다. 눈을 뜨자마자 틀림없이 이 식구들은 티격태격할 것이고 어제 난생 처음 맞은 매를 정미가 어떻게 소화하고 있는지 에미된 입장에선 불안할 수밖에 없었다. 딸의 방은 이맘때쯤 그 애가 좋아하는 쇼팽의 야상곡이 흘러나오고 거기에 맞춰 흥얼대는 비음 섞인 정미의 음성이 들려와야 했다. 그러나 아무리 기다려도 인기척이 나질 않았다. 갑자기 요망스런 상상을 떠올렸다. 귀염만 받아오던 애가 부모의 돌변한 태도에 놀라 수면제를 먹고 죽으려고 한 것이 아닐까. 생각이 이에 이르자 나는 놀란 토끼처럼 귀를 곤두세우고 방문에 기대서서 방 안에서 나는 숨소리라도 잡으려는 듯 숨을 몰아쉬었다. 정적뿐이었다. 나는 이미 큰일을 당한 여자처럼 몸을 떨며 방문을 우악스럽게 열어젖혔다. 침대는 정갈하게 다독여져 있었고 책들도 제자리에 잘 꽂혀 있었다. 이 애가 이 시간에 어딜 갔을까. 나는 일부러 내 목소리가 내 귀에 들리게 큰 소리로 말하고 옷장을 열었다. 시간이 정지한 듯 귀에선 엥 하는 이상한 귀 울음이 번개 치듯 지나갔고 그다음은 몸이 진공관에 내 던져진 듯 붕 떠올랐다. 한참을 그렇게 앉아 있다가 서서히 사물들이 내 눈에서 제 모습을 찾기 시작했을 때 책상 위에 곱게 접어놓은 딸의 편지를 찾아냈다. 이 정황에 나는 이상하리만큼 침착해져서 남편을 부르지도 않고 삼각으로 접힌 종이쪽을 펴들었다.

……어머니와 아버지가 쓰고 있는 그 가면에 진저리를 칩니다. 우리 조상들이 썼던 그 탈들은 얼마나 솔직하고 직선적입니까. 차라리 저는 어머니와 아버지가 육안으로 보이는 그런 탈들을 쓰고 있기를 바랍니다. 누구나 그것이 탈인 것을 알 수 있게 말입니다. 저는 탈춤을 출 때 제가 탈을 쓰고 있다는 사실을 잊은 적이 없습니다. 그러나

두 분은 지금 쓰고 있는 가면을 전혀 인식하지 못하고 살고 계십니다. 그 숨겨진 개성 없는 탈과 제가 쓰고 춤추는 탈과의 괴리감을 전 참을 수 없습니다. 내가 가장 사랑하는 엄마, 아빠! 잠시 이 집을 나가 있겠어요. 그 뭉개진 가면에 제가 익숙해 질 때까지 저 자신을 둘러보고 세상을 보겠습니다. 어쩜 제가 이 가정에 돌아온다 해도 전 몸만 돌아온 것이지 혼을 빼 던지고 돌아올지도 몰라요. 제 육체와 영혼이 함께 돌아올 수 있도록 기도해 주세요. 연호를 너무 나무라지 마세요. 기성세대를 저항감 없이 받아들이는 그런 청년이었다면 전 사랑하지 않았을 테니까요. 차갑지도 않고 뜨겁지도 않은 그런 미지근한 사람은 매력이 없거든요…….

딸이 가출을 했다. 이십이 년을 강아지처럼 내 옆에 맴돌다가 갑자기 예고 없이 떠나버렸다. 내가 앓는 팔월병 따위를 그 애에겐 주지 않으려고 이 긴 세월 침묵하며 살아 왔는데 그 앤 뭣도 모르고 그 병을 찾아 떠난 셈이다. 아무래도 팔월은 내 인생에서 지워버려야 할 불결(不潔)기임에 틀림없다. 그러나 매달 겪는 월경기를 껄끄럽게 보내며 어쩔 수 없이 받아들여야 하듯이 나와 딸에게 군림한 이 아픈 기간을 보듬어 안아야 한다.

창틈을 비집고 들어온 햇살을 따라 먼지 알맹이들이 열을 지어 춤을 출 즈음 나는 정미가 벗어던지고 간 잠옷을 끌어안고 얼굴을 비볐다. 불결한 동안에 누웠던 자리와 앉았던 자리도 부정하기에 침상을 만지는 사람은 옷을 빨고 물로 몸을 씻어야 하는 것이다. 나는 정미의 잠옷과 이불을 뭉뚱그려 가슴에 안았다. 다용도실에 안고 온 빨래를 내려놓고 수도를 틀었다. 가루비누가 물에 용해되자 나는 기운차게 빨래를 비비기 시작했다. 눈물어린 시야로 정 검사의 육손과 비틀린 몸이 다가왔다. 빨래만 하고 있을 때가 아닌데, 딸을 찾아 나서야 한다. 나는 집에서 입고 있던 허름한 차림으로 정미가 다니는 학교로 줄달음질했다.

닭장차가 교문을 막고 그 앞은 차들도 다니질 않았다. 나는 그 진공관처럼 빈 사이를 뚫고 들어갔다. 기왓장 깨어진 것들, 벽돌 쪼갠 것들과 돌멩이들이 교문 주변에 흩어져 있었고 이차대전 기록영화에서나 봄직한 마스크를 쓴 전경대원들이 로마 군인들이 들고 있어야 할 방패를 들고 늘어서 있었다. 코가 매콤해지더니 재채기가 나고 이어 얼굴이 고춧가루를 뿌린 듯 따갑기 시작했다. 손수건도 잊고 간 탓에 나는 맨손으로 얼굴을 비볐고 그 따가움이 너무 심해 팔딱팔딱 뛰어도 소용이 없었다. 숨이 막혀 왔다. 독한 가스로 인해 심장이 이 순간 멎는 것이 아닌가 걱정이 되었다. 교문을 지키던 수위까지 도망간 그 공간에 내가 들어선 것이다. 여기서 빠져나가야 하는데 이미 가스에 놀란 몸은 그 자리에 붙박이로 서버렸다. 늘어선 나뭇잎들이 시들 배들 이파리를 떨군 것이 뿌연 시야에 들어왔다. 인형처럼 늘어선 전경들이 숨 끊어진 나무들로 보이고 그다음 설맹에 걸린 사람처럼 시야가 막혀 왔다. 나는 살아야 한다는 동물적인 본능으로 눈을 감고 달리기 시작했다.

자, 와서 모여 함께 하나가 되자!
자, 와서 모여 함께 하나가 되자!
물가에 심어진 나무같이
흔들리잖게.

따가운 햇살을 뚫고 진동하는 노랫소리 사이로 간간이 호루라기 소리도 들리고 으샤, 으샤 외치는 함성이 터졌다. 저 안에 정미도 있는 것일까. 나는 두 다리에 힘이 빠져 그 자리에 탈싹 주저앉아버렸다.

팔월이 지나면 추수하는 가을이 올 것이다. 그러면 내 팔월병도 나을 것이고 열매 맺는 계절이 올 터이니 이런 잉태기를 넉넉한 마음으로 바라보며 참아야 하리라. 나는 눈을 지그시 감고 구월을 기다리는 조바심으로 몸을 떨었다. 하필이면 이 순간 정 검사가 준 분홍색 유두화가 떠올랐다. 이 더운 날 베란다에 던져놨으니 말라 죽지 않았을까 하는 걱정에 나는 두 발에 힘을 주어 일어섰다. ✶

황충상 소설가

우리 한국문학의 원초적 양로원 소재 소설이다. 1981년 《한국일보》 신춘문예 당선 소설로 최인훈 심사위원이 선정하였다. 미국 양로원 현장 이야기는 한국인 이민 정서와 함께 신앙 문학으로도 읽혔다. '하나님! 흙으로 만든 인간 흙으로 돌아갑니다. 영혼을 받으시고 편히 쉬게 해주세요.' 사람 실존에 대한 기도가 있는 작품으로 평가 받았던 것이다.

양로원

밤나무 숲 새소리가 요란하다. 찬 이슬을 헤치며 떨어진 알밤을 행주치마에 모았다. 너무 많아 이젠 행주치마가 아물어지지 않았다. 고만 돌아가 아궁이에 불을 지피려고 일어섰다. 그 순간 바로 발밑에 주먹만한 알밤이 눈에 띄었다. 달이는 살며시 앉아 그 밤을 주웠다. 일생 이렇게 큰 알밤을 주워본 적이 없었다. 조심스럽게 집어든 밤 속이 별안간 탁 벌어지더니 엿처럼 진을 내며 아가리를 딱 벌렸다. 가만히 들여다보니 그 속에서 스멀스멀 벌레들의 머리가 나타났다. 그것들은 수천 마리의 긴 벌레, 징그러운 벌레로 변하기 시작했다. 순식간에 많은 벌레들이 달이의 손으로 기어올랐다. "악" 소리를 지르며 행주치마에 모은 밤을 팽개치고 온몸을 털었다. 눈이 번쩍 떠졌다. 꿈이었다. 땀으로 온몸이 흠뻑 젖어 있었다.

필라델피아, 타운십맨너 양로원. 흰 천장, 흰 벽, 흰 환자복, 하나도 변한 것이 없었다. 하늘을 찌를 듯 치솟은 나무에서 아침 새소리가 요란하다. 나뭇잎을 통해 겨우 찾아든 햇살을 잡으려는 듯 달이는 손을 뻗쳐보았다. 뼈만 남은 앙상한 손이 징그러워 얼른 담요 밑으로 넣어버렸다. 셋이 차지한 이 방은 너무 비좁아 온통 침대들로 가득차 있다. 간호사들이 겨우 비집고 들어와 기저귀를 갈아줄 정도였다. 옆 침대에 눈은 미스 마리린은 "푸푸" 소리를 내며 아직도 자고 있다. 하긴 깨어나도 몸을 못 움직이니 차라리 길게 자는 편이 나을 것이다. 아니 영원히 잠드는 편이 나을지도 모른다. 맨 끝줄의 조이는 굉장한 부자였다고 한다. 그러나 20년간의 양로원 생활에 그 재산을 다 쓰고 독방에서 삼인용으로 쫓겨 왔다. 적어도 세 번은 간호사들이 밤사이 기저귀를 갈아줬을 터인데도 악취가 진동했다. 자신의 의지와 관계없이 똥, 오줌이 마구 스물네 시간 새어나오니 아무리 갈아줘도 소용없을 것이다.

이젠 마른 고목처럼 말라버린 세포들이 기능을 상실했으니 줄줄 새어나오는 것이 당연하다. 이 병실에서는 달이만이 움직일 수 있는 유일한 여자다. 사지를 움진인다는 것이 얼마나 큰 축복인가! 두 손, 두 다리를 움직여 보며 이것도 행복인가 하고 고개를 갸우뚱해보았다.

오늘도 긴 하루가 시작됐다. 그러나 다람쥐 쳇바퀴 돌듯 똑같은 생활이니 그저 그냥 살아주는 것이다. 옆에 세워 놓은 지팡이는 어젯밤 놓아둔 그대로 침대 옆에 서 있었다. 이제 세수하고 양치질하고 머리 빗고 양로원 앞마당을 삼십 분쯤 슬슬 거닐다 오면 간단한 조반이 나올 것이다. 밥, 김치가 아닌 빵조각이 나올 것이다. 참, 오늘 아침은 무슨 잼을 발라주는 날이던가? 월요일 아침이니 복숭아 잼이 나올 것이다. 그리고 쌉쌀한 그레이프 주스와 짓이긴 달걀이 나오는 아침이다. 고국의 아침 밥상이 떠올랐다.

가난했던 조국이지만 총각김치, 된장찌개가 놓인 밥상이 떠오르자 갑자기 눈물이 죽죽 쏟아졌다. '주책없이 웬 눈물이지?' 하고 달이는 코를 휑 풀어버리고 지팡이를 꼭 쥐었다. 두런거리며 두 명의 보조 간호사가 기저귀를 한 아름 안고 달이의 병실로 들어섰다. 미스 마리린의 담요를 확 낚아챘다. 송장 썩는 비린내가 달이의 코를 역겹게 했다. 너무 큰 덩치라 간호사 두 사람이 양쪽에 서서 매달려 기저귀를 갈았다. 사방 일 미터의 누빈 기저귀를 휙스란 비닐을 깔고 둘이는 공을 굴리듯 굴리며 갈아 주었다. 장갑을 낀 간호사의 손이 어찌 민첩한지 기계가 돌 듯했다. 어린애처럼 눈을 멀뚱멀뚱 뜨고 마리린은 입맛을 다셨다. 순하디 순한 소의 눈초리였다. 일이 끝나자 두 명의 보조 간호사는 바람같이 휙 나가버렸다. 정적이 흘렀다. 입이 마비됐으니 말을 못하나 눈빛 속에 무엇인가를 요구하고 있었다.

달이는 마리린의 손을 꼭 잡아주며 등을 토닥거려 주었다. 눈물이 줄줄 마리린의 뺨 위로 흘러내렸다. 정이 그리워 우는 모양이다. 사람의 사랑과 살갗이 그리워 우는 모양이다. "그래, 그래, 알아" 하며 달이는 눈물을 닦아 주었다. 마리린의 몸엔 너무 오래 누워 있어 커지기 시작한 등창이 손바닥 넓이로 뚫렸다. 그 악취는 표현할 수 없었다. 아침 10시 정기 순례 때마다 간호사들이 핀셋으로 긴 가제를 한 덩어리 차곡차곡 그 구멍에 채워 주지만 하루만 지나면 진물로 침대까지 젖어오곤 했다. 매일매일 커져가는 등창이고 늦가을까지 이 냄새를 좇아 파리들이 꼬여 들었다. 그래도 이 모진 생명은 계속 먹고 살고 있는 것이다. 차라리 칵 죽어버리지 왜 살고 있을까? 하루에도 몇 번씩 마리린을 보며 달이는 그렇게 되뇌곤 했다.

늦가을.

아침 공기가 차다. 7시 30분인데 주위는 쥐 죽은 듯 고요하다. 늦가을의 낙엽은 발이 묻힐 정도다. 모두 긁어모아 한단 묶어 이고 가서 아궁이에 지피고 싶은 마음이 뭉클 났다. 엉거주춤 엎드려 마른 잎을 긁어 봤다.

"참, 소용없는 일이지, 이곳은 내 나라도 아니고 내 집도 아니고 아궁이도 없고 온돌방도 없으니……."

달이는 슬픈 마음으로 돌아섰다. 마당을 한 바퀴 천천히 돌아 테라스로 와서 찬 의자에 앉았다. 등을 천천히 뒤로 젖히고 솟아오르는 해를 응시했다. 저 해는 내 고향,

한국에도 다녀오는 해일 텐데, 하는 반가움이 솟았다. 30년 전 미국으로 건너올 때는 얼마나 큰 꿈을 안고 왔던가! 그땐 미국 길거리는 황금이 깔렸으리라 생각했다. 부지런히 그것을 긁어모으리라고 결심했었다. 그리고 뼈가 부서져라 남의 두 배, 세 배 일을 했다.

그러나 길거리엔 황금도 없고 찬바람만 일고 먼지만 일고 간직했던 소중한 꿈마저 몽땅 사라지고 없었다. 헛되고 헛되고 헛되고 헛되니 해 아래 수고한 모든 것에서 아무것도 유익한 것이 없었다. 마치 바람을 쫓아 헤맨 인생 같았다.

"어디 갔다 이제 왔어요? 제 시간에 맞추어 식사해야지 규칙을 어기면 굶길 거예요."

카랑카랑한 목소리로 뚱뚱한 보조 간호사가 소리를 지른다. 동양여자가 양로원에 있으니 늘 구박이 심하다. 이곳은 돈 있는 부자들이 오는 곳인데 어쩌다 저런 것이 왔나 싶어 더 구박이다. 이곳에서도 조국의 위신을 살려 하루아침 깨끗이 죽어 나가야 한다고 달이는 늘 다짐을 한다. 식어버린 달걀을 입에 꾸겨 넣었다. 목이 메었다. 주스를 홀짝 한 모금 마시고 마리린을 쳐다봤다.

씹지를 못하니 간호사가 코에 플라스틱 줄을 꽂고 식도로 유동음식을 넣어준다. 순하디 순한 아가의 눈을 하고 멀뚱멀뚱 맛도 못 보는 음식이 흘러 들어가는 것을 응시하고 있다. 그래도 그녀는 식물인간보다는 나은 편이다.

아직도 눈에 감정 표시를 하고 있으니 말이다. 마른 토스트를 주스에 첨벙 담가 입에 넣으니 훨씬 부드러웠다.

새들이 햇살이 퍼지면서 조용해졌다. 이따금 뛰어가는 간호사들의 발자국 소리 외에는 너무나 조용했다.

말벗이 없어 외로우나 차라리 지금이 좋았다. 두 할머니들은 반식물인간이니 불평을 안 해서 좋았다. 지난주 이 방으로 옮겨 오기 전까지는 넷이 쓰는 이층에 있었다. 다 육신을 움직이는 할머니들이 모인 방이다. 눈만 뜨면 고약한 냄새가 난다고 달이를 보고 눈을 흘겼다. 간호사를 붙들고 마늘 냄새 때문에 못 살겠으니 방을 옮겨 달라고 징징댔다. 수십 년간 먹은 김치 때문에 몸에 밴 마늘 냄새인가보다. 할 수 없이 쫓겨 온 것이 이 방이다.

무료한 오전이다. 무슨 사고라도 나서 좀 떠들썩했으면 좋겠다. 달이에게 올 방문객이 없으니 옆에 누운 두 할머니의 아들, 딸들이 오늘 와 주었으면 좋겠다. 젊은 얼굴들이 보고 싶다. 양로원 사람이 아닌 바깥 공기를 가져오는 외부 사람이 보고 싶었다. 그리고 젊은 피부에 흐르는 윤기 있는 냄새와 목소리가 그리웠다. 다시 침대에 누웠다. 다행히 앞의 흰 벽이 좋았다. 가만히 오래 그 벽을 응시하면 그곳에 아름답게 젊은 시절이 스크린처럼 멋지게 펼쳐진다. 이제 달이의 눈에 생기가 돌았다. 총천연색의 아름다운 장면 속에서 달이는 움직이고 있는 것이다. 그리운 사람들과 사랑하고, 미워하고, 싸우고, 괴로워하고, 울고,

웃고, 행복해하고, 아파하며…….

"빨리 빨리 경찰에 전화해요."

"언제쯤 없어졌지?"

"금방 있었어."

"몇 분 전에?"

"5분쯤 됐나 봐, 학교 갈 시간이라고 야단치는 것을 간신히 달래 놓았는데……."

"낙틱(신경안정제)은 먹였어?"

"의사가 처방한대로 먹였어요."

굵직한 수간호사의 성난 목소리와 보조 간호사들의 빠른 발걸음 소리에 달이는 잠이 깼다. 주섬주섬 스웨터와 덧신을 찾아들고 더듬더듬 복도로 기어나갔다. 심심했는데 구경거리가 생겨서 좋구나. 전화에 대고 떠드는 수간호사의 목소리와 탈출구를 찾아 헤매는 보조 간호사들의 발자국 소리가 강도를 쫓아 뛰는 형사들처럼 삼엄했다. 시계를 보니 밤 12시.

"이 곳이야!"

외마디 소리가 들렸다.

"전부 열쇠로 잠갔는데 위 유리를 깨고 빠져 나갔군."

"차도까지는 10분 거리니 아직 울안에 있을 거야."

"비상 전화를 해서 이층 간호사들을 총동원해! 앞 숲을 전부 뒤져요."

성난 수간호사의 명령에 모두들 민첩히 움직였다.

조금 후에 닥터 조지가 질질 끌려 왔다. 낮에는 그렇게 조용하고 귀공자 같던 닥터 조지가 입에 거품을 물고 고래고래 소리를 지르며 소동이었다. 그는 도살장에 끌려가는 모습으로 육, 칠 명의 간호사들에게 둘러싸여 끌려 왔다. 바지가 벗겨져 덜렁덜렁 다 드러났는데도 닥터 조지는 소리만 지른다.

"날 보내 줘! 여긴 감옥이야, 지금 학생들이 내 강의를 들으려고 기다리고 있단 말이야."

수간호사의 불같은 호령이 떨어졌다.

"침대에 뉘고 사지를 침대 난간에 묶어. 몸채는 반듯이 뉘고 여러 줄로 묶어 놔. 그리고 의사에게 전화해서 낙틱을 더 먹여."

어제 저녁 식사 후 복도에서 우연히 달이와 그는 눈이 마주쳤었다.

"이름이 무엇이에요?"

닥터 조지는 점잖은 말로 물었다.

"달이."

"달이, 낯선 이름이군, 머리는 백발이니 나와 똑같고 피부색이 좀 다르군. 일본사람?"

"아니요."

"중국사람?"

"아니요."

"그럼 어데서 왔소?"

"한국."

"한국, 그래 들어본 이름이야. 일본 북쪽 지역이요, 남쪽 지역이요?"

"아니요, 독립된 아주 좋은 나라요."

"아, 그래요. 자! 내 모습 신사 같소? 넥타이가 삐뚤지는 않소?"

닥터 조지는 파자마에 넥타이를 어설프게 매고 거울 앞에 선 것처럼 차렷 자세로 달이 앞에 섰다.

"네, 잘 매어졌어요."

달이는 킥킥 웃으며 말했다.

"오늘 저녁 학생들에게 특별 강연이 있소. 시간이 다 돼 가는데 왜 나를 데리러 오지 않는지 모르겠군."

"무엇을 가르쳐요?"

"수학. 참, 아까 이름이 무엇이라고 했지요?"

"그냥 달이라고 불러요. 모두 달, 달하니까요."

"달은 미운 이름이야. 쥬리아란 이름이 어때요?"

"그래요, 우리들 사이에는 쥬리아란 이름으로 통합시다."

"쥬리아. 그것은 내 부인의 이름이었소. 벌써 오래 전에 죽었지만 참 좋은 아내였소."

"그래요."

"오늘처럼 강연이 있는 날은 집사람은 항상 나와 동행했는데 오늘은 혼자 가니 외롭군."

닥터 조지는 슬픈 표정을 하고 달이를 쳐다봤다.

"쥬리아! 같이 가주겠소?"

"그래요, 갈게요. 내 방은 바로 옆 107호예요, 갈 때 부르세요."

"고맙소."

이렇게 헤어진 닥터 조지가 아마 데리러 올 학생들을 기다리다 지쳐 유리창을 깨고 탈출했다가 끌려온 모양이다. 십여 명의 간호사들이 씩씩거리며 몸을 침대에 동여맸다. 몸부림치는 닥터 조는 오줌을 질질 싸서 온 침대가 물바다가 됐다. 한 간호사가 닥터 조시의 볼기짝을 찰싹 때리고 소리를 질렀다.

"이봐! 지금이 몇 시인데 이 소란이야. 감옥으로 보내버릴 거야."

성난 황소처럼 버둥대던 닥터 조지는 그 소리에 잠잠해졌다. 작은 소리로 중얼거리는 말이 달이의 귀에 들렸다.

"난 존경받는 교수야, 날 감옥에 보낼 이유가 뭐지? 난 최선을 다해 살아왔어. 학생들을 위해 몸 바쳐 사랑했던 사람이야. 지금 강의 시간을 기다리는데 왜 나를 감옥에 보내."

"넋두리는 고만해요."

검둥이 보조 간호사가 꽥 소리를 질렀다.

"다 묶었니?"

"아유! 어찌 오줌을 많이 쌌는지 머리까지 젖었군,"

"시트를 갈아야 하나?"

"이렇게 묶어 놓은 사람을 어떻게 하고 시트를 가니?"

"돼지같이 뚱뚱하니 우리 힘으론 안 돼."

"그래도 감기 들면 내일 담당 의사에게 추궁당한다."

"아침까지는 다 마를까?"

"7시에 교체니까 저절로 마를 거야."

"야, 코를 꼭 쥐어."

"입 벌리면 낙틱을 입에 넣어."

조금 후에 끼득끼득 소리가 나고 우당탕 소리가 나더니 잠잠해졌다. 철컥철컥 침대 난간을 울리는 소리가 났고 달이는 재빨리 몸을 숨겼다. 모든 것이 다 제자리로 간 듯 숨소리도 들리지 않는다. 숲속의 새도, 나뭇가지도 다 자는 듯 정막만이 흐른다.

닥터 조지도 젊었을 때는 굉장한 매력을 지닌, 우수한 백인이었음에 틀림없다. 그 뽐내던 백인도 별 볼일이 없구나 하는 생각을 하니, 인생의 무상함을 느꼈다. 흑백간의 문제와 인종차별에서 오는 많은 문제성을 뼈저리게 느껴온 달이는 굉장한 철인이 된 느낌이었다. 세포가 말라가는 육체들끼리는 다 평등하다는 굉장한 진리를 깨달은 것이다. 문득, 미국 온 후에 남편에게 버림받고, 딸에게 버림받고, 생계를 위해 나갔던 공장시절이 떠올랐다. 언젠가 뚱뚱한 흑인여자와 화장실서 마주쳤다. 포크로 동글동글 말려 들어가는 머리카락을 픽픽 잡아 뜯고 있었다.

불에 그슬린 듯 꼬꾸라들어간 머리털은 신의 창조물 중 가장 실패작으로 보였다.

"왜 흑인, 백인, 황인종이 있지?"

문득 던진 달이의 질문에 흑인여자는 한숨을 푹 쉬며 대꾸했다.

"신이 창조한 그 섭리를 누가 알까?"

"난 알아."

별안간 젊은 깜둥이가 화장실서 나오며 대답했다.

"하나님이 심심해서 흙으로 인간을 만들어 화덕에 구웠지. 첫 번째 구울 때는 얼마나 구울지 몰라 너무 구워서 새까맣게 타버렸단 말이야."

"하하하……."

모두 까르르 웃었다.

"그것이 깜둥이야."

"그럼 흰둥이는?"

"뻔하지, 이번에는 까맣게 탈까봐 잘 익기도 전에 빨리 꺼냈더니 설익어서 흰둥이가 됐지."

모두 배를 쥐고 유쾌히 웃었다.

"그럼 황인종은?"

"적당히 온도조절을 해서 노릇노릇 구워낸 것이 황인종이지."

"그럼 황인종이 제일 낫단 말이냐?"

두 깜둥이 여자는 다투었다. 그들은 적어도 자기들은

황인종보다는 우월하다는 자신감으로 사는 사람들이다.

달이는 왜 지금 그때의 대화가 떠오르는지 모른다. 그러나 확실한 것은 나는 화덕에서 잘 구워낸 황인종이란 자만심이 가슴에 꽉 차왔다.

늘 말이 없는 맨 끝 줄의 조이의 숨소리가 이상했다. 심한 우울증에 몸을 못 쓰니 똥을 싸도 조금 움직이는 왼손으로 벽에 똥으로 그림을 그리듯 장난치는 조이였다. 그런 조이가 숨소리가 거칠고 부스럭 부스럭거렸다. 전등을 켜면 간호사에게 꾸중을 들을 것이 두려워 가만히 일어나 조이 곁으로 갔다. 손을 잡았다. 싸늘했다.

"내 친구들, 친척들이 밖에 와서 모두 날 부르고 있어요. 내다봐요."

조이는 더듬더듬 속삭였다. 달이는 창밖을 응시했다. 떨어지는 낙엽소리 외에는 어둠만이 있었다.

"날 창가로 안아다 줘봐요."

달이의 힘으로는 도저히 그 큰 여자를 안을 수가 없었다. 또 안았다 쓰러져 뼈라도 다치면 그것은 완전히 큰일이었다.

"아무도 없어요. 바람 소리, 낙엽 소리에요."

"아니에요, 엄마, 아빠 소리가 제일 커요. 빨리 나오라는데 움직일 수가……."

숨이 점점 거칠어져 갔다. 발을 더듬어 만져보니 얼음처럼 차가왔다. 순간적으로 죽음이란 생각이 들었다. 달이는 허겁지겁 간호사실로 뛰었다.

"조이가, 조이가 죽어가요."

"그래."

수간호사와 보조 간호사들은 침착하게 움직였다.

"우선 혈압을 재 봐."

수간호사의 지시에 보조 간호사가 혈압기를 질질 끌고 오는 소리가 밤의 적막을 깼다.

"얼마?"

"0에 가까워, 거의 죽었군, 느낄 수도 없는 걸."

"빨리 산소 탱크를 가져다 대봐."

"곧 죽을 것인데 무슨 필요가 있어요!"

보조 간호사의 볼멘소리다.

"최선을 다했다는 표시가 있어야 하니까 시끄럽지 않게 가져다 놔."

곧 산소마스크가 조이 입에 끼워졌다. 그리고 모두가 후퇴했다.

달이는 답답했다. 죽어 가는데 왜 가족을 안 부를까? 듣기로는 딸과 아들이 근처에 산다는데 이해가 가지 않았다. 달이는 다시 침대에서 내려와 간호사실로 갔다.

"가족을 부르세요."

달이의 요청에 간호사들은 졸린 눈길을 던졌다.

"필요 없어요. 불러도 안 와요."

"왜요? 마지막 임종인데……."

"나중에 화장 예쁘게 한 후, 장례식 때에 가족은 와 봐
요."

"누가 화장을 해요?"

"장의사에게 깨끗이 목욕시킨 후 예쁜 옷 입히고 화장
시키고 꽃으로 관을 장식하고 그런 다음에 가족이 와 보
지요."

"달이도 그렇게 할 것이에요."

너무도 놀라왔다. 내 조국, 고향에선 온 가족이 둘러앉
아 유언도 하고 울고 하는 가운데 숨을 거두는데 이것은
완전히 야만인들이다, 하는 생각에 온몸이 부들부들 떨렸
다.

"왜 임종에 오면 안 되나요?"

달이는 용기를 내서 물었다.

"추한 모습을 마지막 기억에 남겨 무엇 하겠어요. 어서
가 자요. 귀찮아요."

간호사들은 돌아서서 무슨 이야긴지 웃어가며 재미있
어 했다. 달이는 다시 방으로 들어와서 조이의 손을 꼭 쥐
어 봤다.

"불쌍한 것, 불쌍한 것."

할 말이 없었다. 끈질기게 호흡이 멎지를 않았다. 무척
괴로워하는 표정이었다. 어서 뚝 숨이 넘어가지, 왜 이렇
게 긴지 모르겠다. 아직도 가슴이 오르내리는 것을 보니
살아 있는 듯했다.

"조이, 조이 내 말 들려?"

달이는 조이를 껴안고 속삭였다. 너무 측은하고 그리고 사랑스러웠다. 그러나 조이는 대답이 없었다. 그렇게 꽤 오랜 시간이 흘렀다. 조이를 안은 자세로 달이는 멍하니 무아의 경지에 빠지는 듯했다.

"이봐 달, 조이는 숨을 거두었어요."

수간호사가 의사를 데리고 와서 산소 탱크를 떼놓으며 달이를 잡아 일으켰다. 의사는 사망이라는 선언을 한 후 나가버리고 간호사들은 비닐 수의를 가지고 들어왔다. 간호사들이 비닐장갑을 끼고는 조이의 코와 귓속을 막고 턱을 묶었다. 두 손 두 발도 묶었다. 두 손을 얌전히 배 위에 올려놔 주고 죄수의 손을 묶듯 꽁꽁 묶어 놨다. 그리고 비닐 수의로 싼 후 모두 나가버렸다. 달이는 비닐로 싼 조이를 조용히 응시했다. 아직도 가슴이, 심장이 뛰고 있는 듯했다. 벌써 새벽 6시, 한숨도 못 잔 간밤이었다.

별안간 우당탕 소리가 나며 문이 열렸다. 검은 옷을 입은 두 남자가 들어섰다. 검은 들것에 조이를 싣고 검은 천으로 덮더니 끌고 나가버렸다. 죽음은 검은색일까? 모두가 검은 빛으로 싸서 사라져버렸다. 빈 조이의 침대를 보며 달이는 다시 벽을 응시했다. 그러나 흰 벽에 왠지 환상의 그림이 그려지지 않았다. 그저 덤덤하기만 했다.

109호 병실에서 조용히 흐느끼는 소리가 났다. 너무 슬픈 흐느낌이었다. 할 일 없이 멍하니 창밖을 응시하던 달이는 눈이 둥그레졌다. 슬픔을 멋있게 표현하는 것을 보니 젊은 여자임에 틀림없었다. 109호실은 작고 아담한 독방이다. 호기심에 찬 달이는 조금 열린 문틈으로 열심히 들여다봤다. 사십대 초반의 예쁜 여자가 앉아서 울고 있었다. 아픔과 외로움이 곁들인 가련한 모습이었다.

"달, 목욕 시간이에요."

제일 사근사근한 마가릿 간호사가 등을 쳐주었다.

"고마워요."

굉장한 현장을 들킨 범인처럼 달이는 얼른 욕실로 향했다. 일주일에 두 번 꼭 씻어야 하는 규율 때문에 그냥 다녀오는 것이다. 이젠 무엇을 위해 씻어야 할지 모르는 주름투성이의 육체지만 간호사들이 제일 무서워하는 '균' 때문에 씻는 것이다. 샤워이니 십 분이면 끝이 났다. 젖은 머리를 가다듬으며 오늘은 거울이 보고 싶었다.

"다 씻었어요? 달! 조금 있으면 풋 닥터(발 의사)가 와요. 달의 손톱, 발톱을 깎을 차례예요."

한 달에 한 번씩 오는 발 의사는 이상하게 손톱, 발톱을 깎아 주었다. 늙으면 손톱, 발톱이 양쪽 살 속으로 파고들어가 아파하기 때문에 그것을 막도록 V자형으로 잘라 주었다. 그래야 안으로 오므라져서 혹시 균이 들어가 곪을지 모르는 병을 예방한다는 것이다. 늙으면 균에 대한 저항이 없으므로 의사는 간호사들이 절대로 손톱, 발톱을 깎아 주지 못하게 했다. 참 희한한 직업을 가진 의사가 오는 날이고 희한한 손톱과 발톱 모습을 지닌 사람들이 모여 사는 곳이다. 목욕도 하고 발 의사도 다녀갔고 흐린 시력으로 무엇을 읽을 수도 없고 대화를 나눌 친구도 없으니 닥터 조지가 말하는 것처럼 이곳은 감옥임에 틀림없다. 정확히는 사형 언도를 받고 기다리는 사형수들이 모인 곳이다.

"달."

수간호사가 오늘은 웬일인지 다정하게 등을 두드렸다.

"왜 그러지요?"

"109호에 혹시 들르면 실수하지 않도록 해요."

"무슨 실수?"

"위암 환자에요."

"왜 위암 환자가 양로원에 왔어요?"

"너무 오래 병원에 있어서 가산을 거의 탕진했대요. 양로원이 병원보다 돈이 적게 드니까 남편이 이곳으로 보내 왔어요."

"본인은 이곳이 병원인 줄 알고 있으니 양로원이란 말 마세요."

"알았어요."

"또 있어요. 달! 이것은 꼭 기억해야 하는데 그 여자는 자신이 위암에 걸렸다는 사실을 몰라요. 그러니 절대 그 말은 말아줘요."

"걱정 마세요."

어느 때는 너무 거칠어 미워했던 수간호사가 오늘은 참 자상하고 미더웠다. 이런 곳에서 일하는 보람을 느끼리라 싶었다. 달이는 제일 예쁜 원피스로 갈아입고 머리를 단정히 빗었다. 109호실을 방문하는 것이 마치 마실을 가는 것처럼 즐거웠다. 가만히 문을 열고 들어갔다.

"누구세요?"

"네, 옆방 환자예요."

"심심한데 잘 오셨어요. 옆 의자에 앉으세요."

그 여자는 몹시 아픈 듯 얼굴을 찡그렸다.

"이름은?"

"달."

"달! 내 배가 아기 밴 듯 몹시 불러요."

달이는 주저하며 배에 오른손을 가만히 얹어 봤다.

"어떻게 느껴져요?"

"단단한 바위같이 느껴지는군요."

"그래요. 이 속에 무엇이 들었는지 너무 아파요."

"약 먹었어요?"

"늘 먹지만 자꾸 배만 부르고 온몸이 말라가요. 음식을 먹을 수가 없어요."

달이는 무엇이라 뒷말을 이을 수가 없었다.

"달! 내 얼굴이 추하지요?"

"아니요, 참 예뻐요."

"몇 시에요?"

"4시."

"5시면 남편이 와요. 달! 옆 서랍에 화장품을 꺼내 주세요."

달이는 옆 서랍을 열어 화장품 백을 젊은 여자의 손에 쥐어주었다. 거울을 보며 몸매무새를 갖추고 뼈만 앙상한 얼굴에 곱고 짙게 그녀는 화장을 했다.

"달! 예뻐 보여요?"

"그래요. 아주 달라 보이는군요."

"고마워요."

미국 사람들은 고맙다는 말이 말끝마다 나오니 우스운 민족이다.

"난 아파도 남편에게만은 예쁘게 보이고 싶어요. 항상 치장하고 공주처럼 예쁜 모습을 남편은 좋아하거든요."

문에 가벼운 노크 소리가 났다.

"아! 왔어요."

달이는 눈인사를 하며 옆으로 물러섰다. 그녀의 남편은 백인 특유의 거만한 걸음걸이로 아내 곁으로 다가갔다.

"허니! 잘 있었어?"

남편은 아내에게 가볍게 키스를 했다. 남편의 태도는 어서 아내가 죽기를 바라는 표정으로 차가움이 온몸에 돌았다. 달이는 등을 홱 돌리고 그 방을 빠져나왔다. 5분도 안 되어 그 여자의 방문이 탕 닫히는 소리가 나고 성큼성큼 걷는 발소리가 멀어졌다. 달이는 얼른 109호실로 향했다. 우두커니 벽을 응시하고 앉은 이 젊은 여인이 너무 측은해 딸을 안 듯 꼭 안아주고 싶은 충동을 누를 수가 없었다.

"외로워요?"

"네."

"외로운 것은 진리에요."

"못 참겠어요. 집으로 가겠다니까 화를 내고 가버렸어요."

"왜 집에는 가려고 해요?"

"병원 오기 전에는 내가 아프다고 하면 같이 울어 주었어요."

"지금은?"

"무관심한 것 같아요. 내가 너무 오래 아파 화가 났나 봐요."

"화가 난 것이 아니고 바쁜 모양이군요. 남자들이란 외부로 돌게 마련이니 이곳이 더 나아요."

"달, 날 목욕탕에 데려가 주겠어요?"

"걸을 수 있어요?"

"글쎄."

"목욕탕은 왜?"

"남편이 해주었던 것처럼 내가 탕속에 누우면 뜨거운 물을 내 배에 가만히 떨어뜨려 주세요. 아픔이 훨씬 덜해요."

기운이 없어 못 움직이는 이 젊은 여인을 달이는 물끄러미 쳐다보며 간호사들이 주고받던 대화를 생각했다.

"일주일 넘길까?"

"그 안에 갈걸."

"아프지나 않게 아편 량을 마음대로 주사하라는 닥터의 지시를 보니 곧 갈 모양이야."

"자꾸 아프다고 소리 지르기 전에 편하게 가도록 자주 놔주자."

멍하니 서 있는 달이의 손을 그 여인은 힘없이 잡으며 애원하는 표정을 지었다.

달이는 대화를 바꾸고 싶었다.

"이봐요, 남편을 사랑해요?"

"물론이지요, 열여섯에 결혼해서 20년을 넘겨 살아왔어요."

"첫 남자였어요?"

"네, 첫사랑이고 행복했어요."

"지금은?"

"너무 아파서 남편을 잘 돌봐주지 못해 미안해요. 곧 나으면 더 열심히 살며 사랑할 거예요."

"첫사랑?"

달이는 이 말에 과거의 아름다웠던 추억이 되살아났다. 달이는 그녀의 손을 잡고 옆 의자에 앉았다.

"옛날 이야기할까요? 내 이야기에요. 인간은 누구나 다

자기의 이야기를 가지고 있어요. 이것은 내 소설이에요."

달이는 그녀의 손을 잡고 더듬더듬 서툰 영어로 이야기를 했다. 옛날 개울가에서 동네 총각을 만났던 일, 밤나무 숲에서 밤을 주우며 사람 눈을 피해 가며 사랑을 주고받던 일, 부모들의 반대를 무릅쓰고 결혼했던 일, 고된 시집살이, 시어머니의 포학, 시동생들의 몰이해, 그리고 아기를 못 낳는다는 이유로 시어머니의 매를 맞으며 쫓겨난 일, 사랑했던 남편도 다른 데로 장가 가버린 일, 그래서 동두천의 길거리를 헤매다 백인 병사와 만나 동거했던 일, 불임의 여자에게 아기가 있어 혼혈아 딸을 낳고 기뻤던 일, 그 백인 남편을 따라 미국에 와서 오로지 딸을 위해 열심히 살았던 일, 그 백인 남편도 자기 동족을 찾아 이혼하여 떠나고 딸과 남아 고생했던 일, 그러나 마지막 그 딸마저 혼혈아의 책임을 물으며 떠나버린 일…….

달이는 흐느끼며 더듬더듬 이야기를 했다. 아파서 얼굴을 찡그리며 그녀는 같이 울어주었다.

"둘이 하나가 되려고 하니까 어려운 것이에요."

그녀는 눈물을 흘리며 말해주었다.

"그래요, 인간은 결코 둘이 하나가 될 수 없어요. 나는 나고 혼자에요."

"사람이 태어났다 죽는 것은 정한 이치인데……."

그녀는 달이의 손을 잡고 하염없이 창밖을 내다봤다. 낙엽이 뚝뚝 떨어지고 수백 년 묵은 거목들 사이로 햇빛

줄기가 뻗어 들어 왔다.

"달! 내가 죽어도 저 나무들과 하늘과 햇볕은 존재하겠지요?"

"……."

"달, 교회에 다녀요?"

"어릴 적 선교사의 과자를 받아먹으러 몇 번 갔어요."

"난 결혼식 때 갔었어요."

"하나님을 믿어요?"

"아니, 남편과 친구들은 하나님은 죽었다라고 하며 늘 조소하곤 했지요."

오늘은 왠지 교회의 은은한 종소리가 마음 깊숙이 파고 들었다. 또 진통이 시작되는지 그녀는 몸을 뒤척이며 소리를 질렀다. 아편끼가 가신 모양이다. 흐릿한 눈빛 속에 죽음의 그림자가 보였다.

"달, 너무 아파요. 내 손을 잡고 기도를 해줘요."

달이는 당황했다. 한 번도 해보지 않은 기도를 그것도 죽음에 이른 여자를 위해 할 수가 없었다. 망설이며 서 있었다. 문이 열리고 수간호사와 보조 간호사가 주사기를 들고 들어왔다. 보조 간호사가 알코올 솜으로 주사 놓을 자리를 닦아주고 있었다. 두 간호사는 무슨 신호인지 눈짓을 교환했다. 별안간 달이의 머릿속이 번쩍했다. 이 주사를 맞으면 결코 깨어나지 못할 것이다. 그녀가 원하는 대로 기도를 해주자.

"잠깐만!"

달이는 보조 간호사의 손을 잡았다. 두 간호사는 의아한 듯이 달이를 쳐다봤다. 기도를 해주고 싶은 마음에 달이는 두 간호사의 존재도 잊어버리고 그녀의 두 손을 꼭 잡았다.

"달이가 기도해 줄게요."

그녀는 흐릿한 눈을 뜨고 달이를 응시했다. 더듬더듬 달이는 기도를 시작했다.

"하나님, 흙으로 만든 인간이 흙으로 갑니다. 이 영혼을 받으시고 편히 가게 해주세요."

알 수 없는 눈물이 달이의 뺨을 타고 흘러내렸다. 109호실을 나와서 양로원 마당으로 나갔다. 무엇인지 모를 기쁨이 갑자기 솟구쳤다. 그리고 이 대지가 너무 포근함을 느꼈다. 엄마의 젖무덤처럼 부드럽고 따뜻하고 사랑스러웠다. 어서 달이도 이 땅속에서 편히 쉬고 싶었다. 엄마의 품속에 돌아가고 싶었다. 자연이, 이 만물이 너무나 사랑스러워 환희가 넘쳐흘렀다. 목이 터져라 외치고 싶었다. ✈

— 1981년 《한국일보》 신춘문예 당선작품

1986년 『동서문학』 7월호 박동규 교수 소설평
생명에 대한 인간의 인식을 다룬 작품이다. 작품의 구조는 주인공 '나'가 겪은 세 번의 인공중절수술과 마지막으로 겪게 되는 수술로 엮어져 있다. 이 작품은 인공중절수술이 지니는 의미를 현실적 차원의 문제에서 인간본연의 생명에 대한 인식까지를 포파절적으로 제시하고 있는 점이 특색이다.

작품이 서두에 제시되는 천장 위와 아래의 세계가 이러한 생명에 대한 인간
적 해석이라는 강렬한 상징을 보여주고 있다. ……작가가 제시한 인공중절
의 문제는 오늘의 사회문제적 차원일 뿐 아니라 인간의 생명존엄에 대한 새
로운 인식의 출발이 되는 것이다.

구토

    등기상으로 준공검사를 필한 것이 이십 년 전이어서 그런지 천장은 쥐들의 왕국이 돼버렸다. 십 년 전 우리가 이 집에서 신혼살림을 차릴 때만 해도 쥐들은 사람을 두려워해서 조금만 인기척을 내도 그야말로 쥐죽은 듯이 조용했었다. 그 쥐들이 언제부터라고 정확히 선을 그을 수는 없지만 천장이란 얇은 막을 사람보다 더 높은 존재로 착각하기 시작했다. 한밤중에 사랑행위를 하면서 이놈들은 거침없이 교성을 발할 뿐만 아니라 신혼초야라도 치르나보다 하는 상상을 불러일으킬 정도로 요란을 떨면서 천장을 의지했다. 새끼들을 어르는 소리, 부부 싸움하는 소리, 공차기를 하느라고 십여 마리가 밀려다니는 소리를 우리 식구들은 누구나 가려낼 수가 있었다. 이런 쥐들의 생활권을 인정해주고 묵묵히 살아가던 우리 식구가 천장을 뜯어

내서 그 들을 축출하자고 결정을 내린 것은 남편의 생일 상을 차린 아침이었다. 남편이 좋아하지만 너무 비싸 일 년에 꼭 한 번 상에 올리는 갈비찜을 차려놓고 막 수저를 드는 순간 하필이면 그 쥐들이 공차기를 시작한 것이다. 으레 그런 것처럼 우리 식구들은 묵묵히 그들의 소동이 저절로 끝나기를 기다렸다. 어른 쥐들이 공차기에 너무 정신을 빼앗긴 탓인지도 모르지만 하필 새끼 쥐 한 마리 가 조그맣게 난 구멍으로 기어 나와 그 귀한 갈비찜 위에 떨어졌다.

목수들 셋이 와서 하루 종일 매달려 뜯어내, 드러난 지 붕 밑은 천장이란 눈가리개 뒤에 숨겨진 삶의 현장이었 다. 기와 사이사이에 참새들이 집을 지어 놓아 목수들이 쥐똥과 함께 무자비하게 팽개친 둥지 속엔 아직 털이 나 지 않은 참새 새끼들이 마지막 넘어가는 숨을 가누느라고 푸들푸들 떨었다. 새끼손가락 크기의 쥐새끼들도 옴실옴 실 엉겨 붙어 숨을 헐떡이며 아직 뜨지 못한 눈을 들어 어 미를 찾는 듯 이따금 위를 향해 머리를 휘둘렀다. 지붕과 천장을 연결하느라고 엉성하게 이어 놓은 버팀목들은 하 치장 쓰레기 옆에 서 있는 청소부들이 추운 겨울 몸을 녹 이느라고 태우고 있는 그런 나무쪽과 흡사했다. 지저분하 게 쌓인 생물들의 오물과 세월의 이끼가 엉켜 붙은 지붕 밑은 매끈하게 꾸며진 안방의 벽과 방바닥에 익숙한 내 눈을 놀라게 했다. 참새 새끼 열 다섯, 쥐 새끼 서른 마리가 그날 털도 나지 않은 채 학살을 당한 셈이다. 머리와 두 다리가 잘려나간 채 닭집 진열장에 놓여 있는 맨몸의 닭몸둥을 볼 때와는 전혀 다른 이상한 전율이 내 몸을 감쌌다. 닷새 만에 그 지저분한 지붕 밑이 천장이란 덮개로 가려지고 쥐들은 우리 안방 꼭대기에서 사라졌지만 나는 국화가 현란하게 박힌 아름다운 벽지에 속지를 못하고 그 속의 이면을 꿰뚫어 보는 눈을 갖게 되었다. 천장보다 조금 높은 곳과 그 안을 볼 수 있는 눈을 뜬 셈이다.

갑자기 아랫배가 무지룩해지며 배꼽 밑이 싸르르 아파 왔다. 머리나 심장을 명중한 독화살을 맞은 것은 아니지만 서서히 나는 죽어가고 있다는 생각이 들었다. 그 사실을 한번도 타인에게 발설한 적은 없지만 나는 분명히 내 몸에 꽂힌 화살을 보고 있었다.

그 뒤에 나는 조금씩 비틀대기 시작했다. 아랫배의 통증이 날이 갈수록 심해지더니 이제는 바늘 끝으로 무섭게 그곳을 찌르는 아픔을 느끼게 됐다. 남편이 내 곁에 있으면 그 정도가 더 심해져서 아랫배가 아이를 낳을 때처럼 뒤틀리고 그 증상이 가시면 속이 메스꺼워 구역질을 자꾸 하니 그는 의심하는 눈빛을 번뜩이며 내 배를 찬찬히 흘겨보곤 했다. 손발이 부숙하니 부어오르고 얼굴도 심장이나 신장이 나쁜 사람처럼 늘 찌뿌드 하고 두붓살을 만지듯 허벅허벅했다. 여름 더위 탓이려니 했는데 찬 바람이 이는 가을이 와도 여전히 내 몸의 모든 부분이 타인의 살을 만지는 것처럼 생경스럽기까지 했다. 어쩌다 시골서 올라오신 친정어머니는 도시의 공기가 딸의 외모를 바꾸고 있다고 걱정을 했다. 지나치게 편리한 시설을 가진 집 안에만 죽치고 있으니 너무 살이 찌고 둔해져서 잡아먹으려고 가둬 기르는 미국 닭처럼 그저 투실투실하니 그게 중년에 병이 된다는 그런 염려를 늘어놓기 일쑤였다. 허여멀겋게 부풀어 오른 나를 보고 입덧이라고 진단 내린 사람은 이웃으로 이사온 친구 영애였다. 교문을 나설 때 한번 헤어지면 다시 만나기 힘들다고 생각했었는데 이 친구는 기적처럼 바로 내 이웃이 돼 아침저녁으로 만나 잠자리 이야기까지 늘어놓을 정도로 가깝게 지내는 사이였다.

"아무래도 너 이상하다. 딸 하나 아들 하나면 됐지 왜 욕심을 더 내니. 요즘 세상엔 그 이상 낳으면 동물 취급 받는 걸 모르니? 그 고생 말고 얼른 병원에 가서 떼어버려. 두 시간이면 되는데 현대 여성답지 않게 그러고 있어."

하긴 가을로 접어들면서 음식을 앞에 놓고 영애와 단둘이 앉아도 으레 메스꺼워 쩔쩔매니 친구로선 그 말이 최선이었을 것이다. 아이를 가질 리가 없다는 내 설명을 듣고도 영애는 만에 하나 실수가 있을 수 있으니 산부인과에 가서 얼른 떼어버리라고 성화였다. 그러나 아래가 쓰벅쓰벅 아픈 것은 생명을 잉태한 증상과 달라서 나는 모두의 걱정을 묵살하고 하루하루를 버티어 나갔다. 내

뺨이 누렇게 들뜨고 푸른 기운이 도는 것을 참지 못한 영애는 여성지의 기사를 내보이며 내 증상이 중년에 접어들며 겪는 병일지도 모른다는 진단을 내렸다.

"웃기지 마라. 아직 사십이 멀었는데 중년이라니."

"넌 학교 다닐 적에도 우리보다 몇 년을 앞섰던 아이야. 그러니 잔말 말고 내가 하라는대로 따라와."

다음날 영애는 어느 회관에서 개최하는 강연 기사를 오려 가지고 와서 어서 가보자고 성화였다. 강연을 듣고 난 뒤 호텔 뷔페를 먹고 광화문 어딘가에 있는 다방엘 가서 커피를 마시며 음악을 듣고 오자는 그런 제의였다. 그것이 내 병을 짧은 시일에 고칠 수 있는 약이라고 설치기까지 했다. 하도 열을 올리며 극성을 떨어대는 통에 나도 못 이기는 척 하고 따라 나섰다. 미장원을 거쳐 강연장엘 도착했을 땐 주제 강연이 끝이 났고 토론이 한창 벌어지고 있었다. 단상엔 의사, 종교인, 여성 대표들이 앉아 있었고 방청석은 주부들로 가득차 있어 영애와 나는 맨 뒷자리에 슬며시 앉았다.

낙태 찬성론자와 반대론자가 갈리워 분위기는 아주 뜨거웠다. 낙태는 소리 없는 생명의 대학살이다. 태아기의 영아도 살 권리가 있다. 엄마인 여자가 감히 무슨 권리로 그 생명을 박탈한단 말이냐. 이것은 신의 주권과 인간의 존엄성이 모두 도전을 받고 있다는 말이다. 사람들은 단지 생명을 죽일 뿐 아니라 신 앞에서 인간이 우월하다는 도발적인 행위를 과시하는 것이다. 종교인들의 강한 발언이 방청석의 찬성을 얻어 머리를 끄덕이는 주부들이 간혹 눈에 띄었다. 아니다. 정자와 난자와의 결합과 유아의 출생 그 사이에 것을 인간의 생명이라고 어떻게 말할 수 있겠는가. 더구나 궁핍한 가정이 먹여 살려야 할 또 하나의 아이를 갖게 됨으로 다가올 모두의 불행을 생각해 본 적이 있는가. 여자 자신이 돈을 벌어야 하는 상황이라면 아이를 갖는 것이 그 가족을 파멸시킬 수도 있다. 남편된 자가 잔인한 알코올 중독자이거나 정신병자라서 그 아내는 감히 또 하나의 아이를 그의 영향 하에 둘 수 없을 때 어떻게 하겠는가. 임신한 여성은 한 사람의 인간으로서 선택할 권리를 가지고 있는 것이다. 방청석 일부에선 맞는 말이라고 강한 박수가 터져나왔다. 낙태를 합법화하는 것을 문제삼지 않고 이러한 것들을 묵인할 수 있는 사회는 어떠한 사회이든 간에 문명화의 과정을 멈추는 일이다. 로마제국 몰락의 주요한 표징 중의 하나는 아이들을 밖에 내버려 죽게 하는 기아현상이었다. 우리 사회가 원치 않는 아이들을 병원의 소각로에서 태워버리는 행위를 덜 부패했다고 할 수 있겠는가. 더구나 일부 의사들이나 병원들에겐 낙태가 상당히 돈이 잘 벌리는 사업이 되었다니 이건 로마인의 행위보다 더 악한 짓이다. 인간의 생명을 존중하는 것은 인간다운 일이며 문명화된 사회의 필수불가결한 특성이다. 논쟁은 시간이 흐를수록 고조되어서 격한 음성이 오갔다. 나중엔 히포크라테스 선서를 들먹이며 의사의 윤리를 탓하는 측도 있었고 모두 낳는 대로 아이를 기르면 이 사회는 파멸한다며 산아제한 정책을 강력히 펴는 것이 한국이 사는 길이라고 입에 거품을 무는 사람도 나왔다.

이런 모임에 쓰려고 정성드려 만든 도표를 어느 종교인이 펴 보였다. 십자 하나 표시가 오만 명의 살상을 뜻하는데 제1차 세계대전은 두 개 반, 제2차 대전은 열한 개, 한국과 월남 전쟁은 각각 한 개의 십자 표시가 붙어 있었다. 그러나 태어나지 않은 유아들에 대한 전쟁은 이백사십 개 정도의 십자 표시를 해서 무서운 살상을 양심의 가책도 없이 우리는 저지르고 있다고 외쳤다. 그 통계는 틀렸다. 어떻게 한국 전쟁에 십자 하나를 붙일 수 있단 말이냐. 예서제서 수군거려 식장은 웅성거리는 소리로 가득 찼다.

여인의 운명은 우리 스스로의 결정에 달린 것이지 종교나 국가가 이래라 저래라 말아라. 한쪽에서 우우하고 여인들이 일어나자 강연장은 잠시 찬 기운이 감돌았다. 배구공을 주고 받으며 히히덕이는 사람들처럼 그들은 어떤 결론도 없이 토론을 끝내고 생명의 신비란 영화를 구경했다. 정자와 난자의 결합하는 과정이 나오고 매일 식물이 자라듯 변하는 태아의 그림이 현대의 놀라운 촬영기술 덕에 생생하게 총천연색 영상으로 펼쳐지기 시작했다. 3주 반 정도 사이에 작은 심장은 박동을 시작한다. 5주가 되

면 태아의 키가 2.5cm 정도 자라서 머리와 몸체의 구별
이 가능해지고 눈과 입이 보인다. 낙태가 자행되는 8주에
는 뇌의 기능이 감지되며 손가락, 지문과 발가락을 볼 수
있다. 삼 개월이 되면 딸꾹질을 하며…….

미장원에 가고 멋을 내느라고 잊었던 아랫배의 통증이
서서히 일더니 너무 아파 참을 수가 없을 지경이 되자 영
애를 남겨놓고 나는 서둘러 화장실로 갔다.

경미가 작년에 자궁암으로 죽었고 성숙이도 자궁암이
란 진단이 내려 입원하고 있는데 어쩜 나도 자궁암일지도
모른다는 불안이 엄습했다. 성행위가 난잡하고 게다가 목
욕탕 드나들 듯이 임신하면 소파수술을 해버리는 까닭에
자궁암이 만연하고 있을 것이라는 기사를 읽은 적이 있었
다. 봄부터 아프기 시작했으니 암이라면 시기가 늦은 것
이 아닐까. 나는 손을 씻으며 전신을 다 비춰볼 수 있는
거울 앞에 서서 얼굴을 보는 것이 아니라 스커트에 가려
진 아랫배를 유심히 관찰했다. 암의 뿌리가 자궁을 넘어
서 직장으로 퍼져 대장을 침범하고 이제 위와 간까지 잔
뿌리를 내렸을지도 모른다. 왜 내가 암에 걸려 죽어야 하
지. 다른 사람이 죽인 닭을 사 먹을망정 손수 생명을 끊은
적도 없었다. 하다못해 타인의 마음을 아프게 해서 병들
게 한 기억도 없다. 그저 성실하게 부모 곁에서 커 결혼을
했고 지금은 남편을 성실하게 받들며 남편의 의사를 존중
해서 집안에 큰 소리나지 않게 자신을 억제하며 살아가는

아주 충실한 주부가 아닌가. 문득 조금 전에 본 영화의 한 장면이 떠올랐다. 9주에서 10주가 된 태아가 손을 쥐고 무엇인가 삼키려고 입을 오물거리고 엄지손가락을 빨며 곰지락거리는 것이 하필이면 지난 봄에 쥐들을 추방하느라고 뜯어낸 천장에서 떨어져 죽은 참새 새끼들과 닮아 보이다니 어처구니가 없었다.

"임신 삼 개월입니다. 아이가 둘이라고 하셨는데 그 나이에 또 낳으시겠습니까?"

오십대의 의사는 배 속의 생명을 자기가 곧 처치할 입장임을 강조하려는 듯 아주 엄숙하게 그리고 조금 슬픈 듯한 음성으로 물었다. 옆에 선 간호사도 이 경우엔 으레 수술해서 환자를 괴롭히는 것을 없애는 것이 그다음 치러질 단계인 것처럼 수술준비를 서두르느라고 가제와 핀셋트를 챙기기 시작했다.

"수술한다면 입원해야 하나요?"

"지금하면 두 시간쯤 누워있다가 집에 가시면 됩니다. 간단해요."

"남편과 의논해야지 제 마음대로 할 수가 없어요."

"없앨 아이라면 혼자만 아시고 슬쩍 없애버리세요. 그런 걸 뭘 남편하고 의논합니까?"

간호사가 이런 딱한 여자가 있나 하는 말투로 나를 누른다.

"그래도 생명인데 어찌 내 마음대로 해요."

"하루라도 더 뱃속에 가지고 있으면 몸만 상하지요. 낳을 의사가 없으면 물어 볼 것도 없이 어이 즉각 해치워요."

"얼마나 비용이 드나요?"

"이 동네 사시지요? 수술 뒤에 돈을 내셔도 돼요."

이쪽의 결정도 듣지 않고 간호사는 민첩하게 분만대를 정리하고 의사는 손을 씻으며 가운을 입기 시작했다. 나는 잠시 혼란에 빠져 머리를 떨구었다. 첫아이를 낳았을 때도 남편은 볼부은 표정을 지었었다. 둘째를 낳았을 적엔 한숨을 쉬었다. 그리고 내 발치에 서서 이렇게 중얼거리고 있었다. 어쩌다 내가 두 아이의 아버지가 됐단 말인가 하고. 두 녀석이 모두 초등학교를 다니는 지금 아이를 낳는다면 아이들과 남편은 어떤 얼굴로 나를 볼 것인가. 환영받지 못하는 아이를 낳는 것은 딸만 낳고 우는 여자의 고통 이상일 것이다. 석녀라고 소문난 영애가 아이를 뱄을 때 옆에서 쩔쩔매는 남편을 둔 영애를 얼마나 부러워했었던가!

"전화를 써도 됩니까? 아무래도 아이 아버지와 의논을 해야겠어요."

잠시 외출중입니다. 조금만 기다리세요라는 통화가 수십 번 오간 뒤에야 겨우 그와 말을 나눌 수가 있었다.

"여기 산부인과예요."

"거긴 왜?"

"아이가 생겼어요."

"뭐라고. 어떻게 된 거야. 얼마나 되었다고 그래?"

"이 개월이래요."

"여자가 얼마나 데데하면 또 애를 가져. 얼른 떼어버려."

"세상에 어떻게 그런 소릴 생각도 하지 않고 막 해요. 옆의 동료들이 들으면 뭐라고 하겠어요?"

"그런 걸 왜 전활 했어. 다른 친구들이 그런 전활 받는 줄 알아. 다 여자들이 알아서 하고 있단 말이야. 나 바빠."

수화기에서 나는 금속성의 날카로운 음이 외로움과 절망을 함께 안겨주었지만 주눅이 든 나는 아무 소리도 않고 순순히 수술대 위에 누웠다. 하나, 둘, 셋 하고 저를 따라 해보세요. 간호사가 혈관에 주사를 놓으며 앵무새처럼 감정 없이 명령을 내렸다. 두 다리를 묶음대 위에 올려놓은 수치심이 심하게 왔지만 아직 의사가 나타나질 않아 그것이 다행이었다. 요다음 산부인과엘 갈 땐 여의사를 찾아가야지 하며 하나, 둘, 셋, 넷…….

나는 눈이 부시게 햇볕이 내리쬐는 산허리를 돌아가고 있었다. 왼손에는 아이들의 옷이 들려있었고 아이들을 먹일 과자 보따리가 땅에 끌릴 정도로 부피가 컸지만 그걸 오른손에 든 나는 날개 달린 새처럼 걸어가고 있었다. 앞산엔 진달래가 한창이라 온통 분홍색 뿐이었다. 열넷이나 되는 아이들을 위해 산 옷들을 입혀 볼 기쁨에 노래를 흥얼거리며 작지만 가장 아름다운 내 집을 향해 나는 바삐 가고 있었다. 어머니와 나, 둘이 살아온 가정은 항상 어두웠다. 그러나 내가 이룬 가정엔 아이들이 열넷이나 되어서 항상 시끌하고 웃음이 떠나질 않았다. 아이들의 옷을 사는 즐거움, 매일 자라는 것을 보는 기쁨, 그들이 피우는 재롱, 떠들썩한 웃음소리, 심지어는 울고 싸우는 소리까지도 나는 사랑했다. 이다음 내가 죽을 땐 열넷이나 되는 어른들이 된 내 자식들이 내 침대 곁에 모여들어 슬퍼하겠지. 그들이 자라 성공한 것을 느긋이 바라보며 나는 행복한 마음으로 눈을 감을 것이고 그들은 나와 맺은 사랑을 떼지 못해 얼마나 울고 야단일까. 그 순간을 상상하는 것은 나에게 기막힌 삶의 희열이었다. 그 순간을 위해 나는 이 무거운 과자짐도 가볍게 운반할 수 있는 것이며 이 지상의 삶 자체를 얼마나 사랑하게 되었단 말인가!

아랫배에 무서운 통증이 와서 나는 몸을 뒤틀며 신음을 하다 눈을 떴다. 분명히 수술대 위에 있었는데 어느새 온돌방에 누워있었다. 현란한 색의 빨간 목단이 그려진 노란 바탕의 이불이 내 어깨까지 덮혀 있었고 목이 수직으로 설 정도로 높은 베개를 베고 있었다. 엎드려 자기를 좋아하는 나는 절대로 높은 베개를 벤 적이 없었는데 이상하다 누가 나를 들어다 여기 뉘었을까. 마취되어 죽어 있는 내 뻣뻣한 몸을 짐처럼 질질 끌어다 여기 내동댕이쳤

겠지. 기절한 몸은 지독히 무겁다는데 그리고 두 달이 된 내 아이는 어디로 가버린 걸까. 다시 아이를 낳을 때처럼 아픈 뒤틀림이 왔다. 진통이었다. 아주 심한 진통이라 나는 신음을 삼킬 수가 없었다.

"어떻게 된 거야, 벌써 깨어나다니. 마취약을 얼마나 봤어?"

"몸이 약해 보여 반만 넣었는데."

"왜 네 마음대로 약을 조정하는 거야?"

"이런 주사를 하루에도 수십 대를 놓는데 어떻게 일일이 물어봐요?"

의사와 간호사가 주고받는 대화가 똑똑히 들려왔다.

심술이 나서 볼이 부어오른 간호사가 통나무 굴리듯 나를 옆으로 밀더니 거침없이 내 팬츠를 벗기고 주삿바늘을 찔렀다. 나는 다시 잠 속으로 빠져들었다.

일꾼들이 외할머니 집의 초가지붕을 걷어내고 기와를 얹느라고 어수선한 곳에 내가 서 있었다. 구경 나온 촌노들에게까지 대접해야 할 점심을 차리느라고 부엌이 시끄러워 나도 끼어들었다. 내게 외할머니가 맡긴 일은 달궈진 후라이팬에 감자전을 부치는 일이었다. 물기가 끼어들었는지 기름이 무섭게 지지거리며 튀어 올랐다. 혹여나 눈에 뜨거운 기름방울이 들어갈까봐 나는 무의식적으로 몸을 뒤로 젖혔다. 눈꺼풀에 기름 한 방울이 튀어 나는 털썩 주저앉아 눈을 비비며 기름을 듬뿍 팬에 두른 뒤 감자쪽을 올려놨다. 찌지직 소리를 내는 감자 조각이 처마 밑에 떨어져 죽은 눈을 꼭 감은 참새 새끼로 둔갑해 있었다. 노리끼리한 입테를 두른 고 어린 것이 뜨거워서 입을 짝짝 두어 번 벌리더니 지글지글 기름에 녹아들고 있다. 아악! 비명을 지르며 깨어난 나는 파도가 이는 배의 갑판에 서 있듯이 울렁거려 두 손으로 입을 막아버렸다.

"너 여기 있었구나. 깜짝 놀랐다. 네가 보이질 않아 처음엔 혼자 가버린 줄 알고 나쁜 계집애라고 욕을 했지."

나는 마취에서 깨어날 때의 그 메스꺼움이 그대로 엄습했기 때문에 눈물이 날 정도로 헛구역질을 하고 있었다. 영애를 바라보는 눈에 눈물을 가득 머금은 채 대꾸를 하지 않았더니 그녀는 더 애가 타서 내 등을 쓸어주며 두드리고 한숨을 쉬었다.

"여자는 죄가 많아. 애 낳는 것도 힘이 드는데 애 설 때 왜 그렇게 힘이 드는지. 어서 산부인과로 가자. 증거가 확실한데 왜 이 고생이냐, 후딱 떼어버리고 우리 한식집에 가서 맛있게 한상 차려 먹자."

그녀는 내 가방을 챙겨 들고 어깨 밑에 손을 넣어 날 환자취급했다.

"산부인과에 갈 필요는 없어. 애가 아닌 것이 확실한데 뭐하러 가니?"

"너 의사 앞에 벌리고 눕는 것이 싫어 그러는거지, 야, 이 바보야, 이 세상 모든 여자가 애를 낳으려면 그렇게 보여야 하니까 부끄러워 않는데 왜 유독 너 혼자만 그러니. 눈 딱 감고 한번 보이고 긁어내버리면 끝나니까 날 따라와, 내가 늘 드나드는 병원이 있어."

"아니 그럼 너도 애들 떼버리는 수술을 한 적이 있단 말이냐?"

"이 맹추야, 그런 수술 받아보지 않은 여자가 있다더냐, 요즘 십대들도 버젓이 드나드는 곳을 넌 처녀처럼 부끄러워하니 웃긴다."

"넌 몇이나 긁어냈어?"

"다섯이야."

"뭐라고! 너 애가 들어서지 않아 기다렸지 않니?"

"이 바보야, 그건 너무 여러 번 수술을 하며 집 살 때까지 돈을 저축하다 보니 자궁이 놀랬던 거야, 나중에 멍석을 펴놓고 하라니까 임신이 안돼 얼마나 애를 태웠는지 몰라."

"그랬었구나, 그런데 왜 모두 그런 이야길 안 하지?"

"모두 다 그런 걸 경험해서 기정화된 사실을 무슨 뉴스거리라고 내놓겠니. 저 멋지게 차려 입은 여자들도 낳은 애들보다 분만대 위에 누워 수술해버린 애들 숫자가 더 많을 거다. 여자들이 이런 일 안해냈다면 지금 서울 거리는 걸을 수도 없을 거야. 식량난으로 국가는 외채를 더 걸

머졌을 터이고 문교부는 학교를 더 지어야 한다고 소란을 떨 것인데 그걸 여자들이 현명하게 해결해버린 거다. 넌 몇 명을 버렸니?"

"으응, 난 하나 뿐이야."

"거짓말 마라. 적어도 셋을 긁어내야 요령도 생기는 법이야."

임신이 아니고 먹은 것이 체했다며 간신히 그녀를 설득시킨 뒤 우리 둘이는 집 방향으로 가는 버스에 올랐다.

"그러고 보니 나도 친구를 데리고 수술하러 간 적이 없었어. 너도 혼자 가려고 그러는 거지?"

솔직히 말해서 나는 셋을 그 수술대 위에서 없애버린 것이다. 아무리 친구지만 셋이라고 고백하기엔 너무도 끔찍했다. 첫 인공유산을 시킨 후, 석 달 만에 또 아이가 들어섰을 때 남편은 불같이 화를 냈다. 당신은 손만 잡아도 애가 들어서는 여자야. 이런 세상에 책임지지 못할 아이를 자꾸 낳는 것이 얼마나 큰 죄인 줄이나 알아. 날 보라구. 여덟이나 되는 형제들 틈에 끼어 새 옷을 얻어 입어 봤나, 밥을 배부르게 먹어 봤나, 어린 시절 소원이 배 터지게 밥을 한번 먹어보고 죽으면 한이 없을 것 같았다니까, 지금도 마찬가지야. 남들처럼 공부를 했다면 이 나이에 세 계단은 더 올라갔을 터인데 직장에서 얼마나 비참한 꼴인 줄이나 알아, 둘 낳은 것도 내겐 벅차다고. 하나가 내겐 딱 맞는데 당신 때문에 둘을 낳은 거라고. 이렇게 자꾸 애를 배면 어쩌자는 거야. 당장 가서 떼어버려. 그는 마치 내 몸에 징그러운 혹이라도 매달려 있어 냄새가 나니 당장 수술해버리고 오라는 듯 신경질을 내며 출근했다. 나는 수술대 위에 아주 능숙하게 기어 올라가 누워 두 다리를 벌렸다. 그때는 무슨 꿈을 꾸었는지 기억이 없다. 석 달 전의 마취약 양에 이미 상식이 생긴 간호사는 지나치게 주사량을 늘렸는지 눈을 떴을 땐 한낮이 기운 뒤였다. 첫 번엔 열 넷을 낳아 잘 길러서 그 가운데 누워 숨을 거두는 것이 꿈이었는데, 두 번째는 그런 꿈도 찾아들지 않았다.

다만 병원문을 나서기 전 벽걸이로 장식한 히포크라테스 선서를 잠시 멈춰 서서 읽은 기억뿐이다. 조각조각 기억에 남은 문구들을 나는 지금도 가끔 중얼거린다. 나는 나의 능력과 판단에 따라 나의 환자에게 이롭다고 여긴 처방을 따르고 심신에 해롭고 유해한 것은 어떤 것이나……. 누구에게나 생명에 치명적인 약을 주지 않을 것이며……. 어떠한 여인에게도 낙태를 유발한 피임용 팻서리를 주지 않을 것이…….

그 밤에 늦게 돌아온 남편은 낙태를 시켰는가 확인한 뒤에 식사를 했다. 내가 고개를 끄덕였을 뿐 냉담한 태도를 보이자 이 모두가 다 나와 당신 또 아이들을 위한 가장의 결정인데 왜 그런 얼굴이냐며 오히려 화를 냈던 그 저녁의 일을 떠올리며 나는 잠자코 친구 곁을 따라 걸었다.

집에 도착할 때까지 말이 없는 내게 영애는 이런 충고를 했다.

"네 남편이 수술하는 편이 낫다. 아내를 사랑하는 남자는 슬그머니 가서 수술을 해버려 여자를 수술대 위에 눕게 하지 않는다는구나."

"그인 또 그러면 죽는 줄 안단다. 한번 그런 말을 했더니 아무개는 그 수술 받고 부부생활도 못하고 아무개는 남성적인 성격이 없어져 여자가 돼버렸고 또 누구는 사고로 두 아이를 다 잃었는데 남자가 정관수술을 해버려 아예 대가 끊겼다고 늘어놔서 고만 두었단다."

영애는 한숨을 푹 쉬며 황혼이 내려앉는 지붕 위를 암울한 표정을 짓고 올려다 봤다. 그녀도 나도 저녁 차릴 걱정을 하고 있는 것이다.

아이들 숙제를 봐주고 내일 도시락 반찬을 미리 만들어 놓고 쌀까지 씻어 압력솥에 담아 두었으나 그 밤에 잠이 오질 않았다. 여자는 과거에 묶여 살고 남자는 미래를 보며 산다는데 내게도 과거의 흔적이 이런 밤 생생히 떠올랐다. 세 번째 유산을 시키러 갈 땐 남편에게 그 사실을 알리지 않았다. 괜스레 껄끄러운 분위기를 만들 필요가 없다고 판단했기 때문이다. 그제서야 생각이 났다는 듯 의사는 피임용 루프를 끼우라고 충고를 했다. 독일산인데 처음 나온 것이라 엄청난 값이지만 이렇게 계속 수술을 받는 것보다는 낫다는 의견이었다. 그 장치를 하면 오 년간 임신을 하지 않는다고 했다. 나는 수술의 후유증이 가신 며칠 뒤 그 독일산이란 비싼 루프 장치를 했고 그 후 오 년동안 한번도 임신을 한 적이 없었다. 사십을 바라보는 나이이니 몸이 점점 불어나기도 하겠지만 나는 항시 내 몸에 들어와 있는 그 이물질을 잊은 적이 없었다. 코를 골며 곤히 잠든 남편 때문에 머리는 점점 더 맑아졌다. 너무 심하게 코를 골아대서 그의 코를 잡아 흔들기도 하고 나중엔 몸을 건드려 모로 돌아눕게도 했으나 여전히 그는 코 골기를 멎지 않았다. 잠을 청하면 청할수록 아랫배의 통증이 심해졌다. 나중엔 귓병을 앓는 것처럼 귓가에 맴도는 아랫배의 씀벅대는 아픈 소리까지 들을 수 있을 정도였다. 그래도 이 아픔을 참는 것이 낫지 다시는 그 수술대 위에 눕지 않으리라.

간신히 잠 속에 빠져든 나는 이상한 곳에 와 있었다. 안개가 자욱한 오솔길을 따라 나는 무작정 걷기 시작했다. 괴나리봇짐을 지고 불타는 노을을 안고 걸음을 재촉하는 나그네의 심정이 아니라 이상한 소리가 들리는 데를 그냥 두고 돌아설 수가 없어 그 소리를 따라가고 있었다. 고양이의 울음소리 같기도 하고 갓난아기가 코가 막혀 푸푸대는 소리 같기도 했다. 음습한 숲속이라 이미 옷은 허리까지 젖어 올라왔다. 소리의 근원지에 가까이 갈수록 비릿한 피냄새가 풍겨왔다. 마지막 숨을 몰아쉬는 죽음 직전의 노인이 내는 숨소리 같기도한 소리를 찾아 나는 거목

밑에까지 다가갔다. 세상에 얼마나 놀라운 광경인가! 거기엔 이상하게 생긴 것들이 모여 살고 있었다. 제일 큰 것이 작은 닭만한 크기였는데 머리, 눈썹, 손톱 그리고 젖꼭지까지 있는 희귀하게 생긴 것이 옆에 있는 것들을 차기도 하고 때리기도 하며 장난을 치고 있었다.

비행기가 우웅거리며 지나가는 소음이 너무 커서 작은 나뭇잎까지 살랑댔다. 땅을 기어 다니던 엄지 크기의 괴상한 것들이 이 소리에 민감한 반응을 보여 굼벵이처럼 몸을 굴리다가 동글동글 움츠려가며 숨을 곳을 찾아 발버둥쳤다. 검은 고리를 양쪽에 걸고 옹이 모양의 돌기를 지느러미처럼 흔들며 버부적이는 놈도 있었다. 붉은 덩어리에 끈이 달려 그것을 목에 걸고 머리통이 무거워 달아나지 못해 애를 쓰는 놈도 있었다. 피부가 엷어 피하 혈관이 붉은 거미줄처럼 내비치는 놈은 몸을 움직여 조금씩 달아나면서도 연신 엄지손가락을 빨았다. 간장과 늑골이 유리관에 담긴 것처럼 훤히 내비치는 몸을 가진 놈도 있다. 작은 고추를 매단 녀석은 이마가 툭 튀어나와 한껏 바람을 불어넣은 고무풍선 같았다. 별안간 나무뿌리 근처에서 쥐소리가 났다. 천장에서 뛰놀던 그런 쥐들의 소리였다. 애타게 엄마를 찾는 그 소리를 가려내는데 이미 익숙해 있는 나는 귀를 기울이고 울부짖는 그 뜻을 헤아리려고 숨을 죽였다. 엄마, 엄마, 저희들이 여기 있어요. 추워 죽겠어요. 배가 고파요. 옷을 입혀줘요. 엄마, 엄마, 저희들이 여기 이다니까요. 그들의 절규에 나는 뒷걸음질 치고 있었다.

나는 너희들을 모른다. 누군데 나를 엄마라고 부른단 말이냐. 엄마 몸의 일부인데 왜 몰라요. 잘 들어 보란 말이에요. 눈을 꼭 감고 오래오래 생각해 보세요. 자꾸 생각하고 있으면 저희들의 핏소리가 엄마 귀에 쿵쿵 들릴 거에요. 안 들린다. 나에겐 아무 소리도 들리지 않는단 말이다. 그게 정말이에요. 여기까지 와서도 우릴 버릴 작정이에요. 그때 어디서 몰려왔는지 개미떼처럼 몰려오는 무수한 저들의 돌진에 나는 죽을 힘을 다해 달리기 시작했다. 갑자기 발이 수렁에 빠져들어 나는 허우적이며 고함을 쳤고 그 무리들은 내 몸에 거머리처럼 들러붙어 깨물며 아우성을 쳤다. 네가 우릴 모르면 우리는 누구란 말이냐. 우리의 권리를 빼앗아 갔으니 돌려주고 가라. 그때 눈을 질끈 감은 제일 몸이 큰 녀석이 내 몸을 때리기 시작했고 그 무게에 눌려 나는 점점 수렁 속으로 빠져들어 이젠 목만 진흙 위에 남아 숨이 가빠오기 시작했다. 사람 살려요. 사람 살려요. 내 비명에 놀라 잠이 깬 남편이 날 흔들었다. 어이 웬 잠꼬대야. 당신도 나이드니 잠자는 얼굴이 아주 흉하군. 달게 자는 나를 이렇게 깨워 하루종일 피곤하게 만드니 신경질 나는군 해가며 그는 분을 삭이지 못해 얼마를 툴툴댔다.

그 새벽, 나는 땀에 젖은 몸이 다 마를 때까지 잠을 못 이루고 뒤척였다. 아랫배에 심한 통증이 왔다. 그 이물질이 어떻게 생겼을까. 넣기 전에 의사에게 보여달라고 할걸. 얼마나 큰 것이면 이렇게 아픔을 줄까. 그러고 보니 오 년간 나는 산부인과를 의식적으로 피해 온 것이다. 육 개월에 한 번씩 암 검사를 해야 한다는데 단 한 번도 병원에 가질 않았으니 내 자궁에 낀 그 이물질은 이제 녹이 나서 아랫배를 전부 곪아 터지게 했을 것이란 생각도 들었다.

나는 이제 자유로와지고 싶다. 내 몸에 박힌 것도 빼버리고 내 자유의사를 누려야겠다. 그 세 아이들 중 하나가 다시 잉태되어 태어날 수 있다면 그건 권리를 되돌려주는 것이 될 터이니 말이다. 모두 학교로 직장으로 떠나버린 뒤 나는 긴 치마를 입고 살양말도 팬츠형이 아닌 밴드를 신었다. 그래야 산부인과에 가서 쉽게 수술대 위에 올라갈 수 있기 때문이다. 여자 의사를 찾아가야지, 남자는 싫어. 이런 말을 중얼거리며 나는 주머니에 두 손을 찌른 채 한길을 따라 걸었다. 김희성, 저건 남자라 싫고, 이주호 저것도 남자야, 최영민, 저것도 남자 이름인데, 제기랄, 남자가 할 일이 없어 하필이면 그런 의사가 되다니, 쯧쯧, 불쌍한 족속들이군. 아아 찾았다. 이숙영이라 저건 틀림없이 여자 의사라니까. 나는 한 시간을 걸은 뒤에야 찾아낸 여의사 간판에 안도의 숨을 내쉬며 문을 밀고 들어갔다.

"어떻게 오셨어요?"

"저 의사 선생님을 뵈러 왔는데요. 여자 의사 선생님이 시겠지요?"

"호호호, 이 아줌마가 왜 이러실까. 여의사가 싫다고 남자를 찾아다니는 여자들이 얼마나 많은데 여자 의사를 찾으세요."

"그럼 남자 의사란 말이에요?"

"네, 맞아요. 여자의 진단을 못 믿겠다고 우리 병원을 찾는 환자들이 얼마나 많다구요."

나는 기겁을 해서 그 산부인과를 빠져나왔다. 이진숙, 박미경, 김화경, 구영옥, 이상하게 산부인과의 간판들엔 여자 이름이 많았다. 세 시간을 돌아다닌 뒤에야 겨우 여의사를 만날 수가 있었다.

"루프를 끼신 지 너무 오래 됐군요. 그 부위가 많이 상했어요. 어쩌자고 이 지경이 되도록 병원에 오지 않으셨지요?"

"어떻게 생긴 것인지 보여주세요. 늘 이물질이 내 몸에 박혀있다는 생각에 뱃속에 대가시가 박힌 것처럼 괴로웠답니다."

"상당히 예민한 분이시군요. 자 보세요."

여의사이기에 나는 치마도 내리지 않고 엉거주춤 몸을 일으켜서 그녀가 핀셋으로 들어 올린 것을 볼 수 있었다. 사람처럼 가는 두 개의 다리를 가졌고 몸통은 철사로 감겨 있는 것처럼 보였다. 생각보다 큰 것이라 나는 입을 벌린 채 다섯 해 동안 내 몸 안에 들어와 있던 그 괴상하게 생긴 것을 멍청히 응시했다.

"아주 많이 아프셨겠어요. 치료가 길어져서 한 달 이상 매일 나오셔야 해요. 의료보험이 있으니 값은 얼마 안 됩니다."

"날마다 얼마나 많은 아이들을 긁어냅니까?"

"호호호, 왜 그런 일에 신경을 쓰세요. 혹 죄의식을 느끼고 계신 것이 아닌가요?"

"맞아요. 매일 전 괴롬을 당하고 있답니다."

"많진 않지만 가끔 그런 여자들을 만납니다. 전 그럴 때마다 이상한 희열을 느끼지요. 그런 괴롬을 없애는 비결을 일러드릴까요? 저도 여기 오는 환자에게 들은 것인데 그 효과가 크다고 하더군요."

나는 수술대에서 내려와 주섬주섬 옷을 입으며 그녀의 입에서 흘러나오는 말에 귀를 기울였다.

"혹 도움이 될까 해서 말씀드리는데 어느 기독교인이 두 번이나 제게 와서 수술을 했지요. 몹시 괴로워하더군요. 너무 죄의식이 강해 병이 날 정도로 아파하다가 하나님 앞에 나가 이렇게 빌었대요."

"뭣이라고 말했대요?"

"그것도 중얼거리면 효과가 없고 자신이 한 말을 자신이 들을 수 있도록 큰 소리로 하나님, 제가 하나님이 주신 아이를 살인했으니 용서해 주세요. 이렇게 열 번을 외치고 나니 마음에 평안이 오더라는군요. 그러니 아주머니도 그렇게 해보세요. 셋이면 삼십 번, 다섯이면 쉰 번을 외치면 되겠군요."

나는 병원을 빠져나와 주택가의 길로 방향을 잡았다. 그 시간에 고급주택들이 늘어선 그 골목은 휑뎅그렁하니 비어있다. 나는 여의사에게 들은 대로 작은 소리로 서른 번을 말했다. 하나님, 저는 아이들 셋을 긁어내버렸으니 용서해 주세요. 저는 아이들 셋을 죽였다니까요. 처음엔 작은 소리로 말했으니 점점 용기가 솟아난 나는 큰 목소리로 외쳤다. 한낮의 소요에 잠이 깬 개들이 컹컹 짖어댔지만 아무도 내다보는 이는 없었다.

졸음이 그득 괸 이 골목에서 나는 곧 녹아 없어질지 모른다는 두려움이 밀려왔다. 눈앞이 아지랑이를 보듯 아물거리고 다리가 휘청거려 유리조각을 이고 있는 담 밑에 쪼그리고 앉았다. 영양제 주사를 맞은 듯 이물질을 제거한 기쁨이 전신에 괴어올라 그 힘으로 일어서려 했지만 너무 괴괴한 이 주택가의 공간이 어깨를 짓눌러 나는 다시 주저앉아버렸다. 비어있는 이 공간을 메우기 위해 나는 목청껏 외쳤다.

"하나님, 전 셋을 죽였어요. 왜 저만 죽였나요. 제 친구들도 다 그랬대요. 그러니 용서해 주세요."

여의사의 처방대로 이런 말을 목이 아프도록 외쳐댔지

만 무지룩한 마음은 점점 가라앉고 개운치 못한 속은 더 부글부글 끓어 올랐다. 이 무서운 정적에서 빠져나가기 위해 나는 허겁지겁 집을 향해 허우적이며 달리기 시작했다. ✶

황충상 소설가
'가운데 가르마를 타서 곱게 빗어 넘긴 머리를 틀어 시집올 때 꽂고 온 옥비녀를 찔렀다. 그녀의 가운데 손가락 길이만 한 작은 옥비녀는 그녀가 입은 한복과 똑같은 색깔이다.'

강진댁의 미국 아들네 가는 행장이다. 이민살이 아들과 며느리 손자녀 이해하기 소설이다. 한국 어머니의 깊은 마음 읽기가 그윽하다.

옥비녀

새들이 푸드덕 나는 소리에 잠이 깬 강진댁은 엷은 보랏빛 커튼을 한쪽으로 밀쳤다. 희뿌연 안개에 묻힌 정원은 잔디며 전나무에 이슬이 담뿍 내려 물기가 뚝뚝 흐른다. 까마귀들이 쏙 내민 부리를 꽉 다물고 쏜살같이 달아나는 것을 보니 곧 소나기가 오려나보다. 아들, 며느리가 깰까 봐 소리를 죽여 앞마당에 내려선 강진댁은 젖은 안개 공기를 흠씬 마셨다. 미국의 공기는 냄새도 다르고 느끼는 촉감도 달랐다. 공기뿐만 아니라 하늘, 땅, 풀까지 모두 낯설어서 남의 텃밭에 들어선 듯 불안해지는 고장이다.

하늘이 깨질 듯 천둥이 아침부터 요란하니 몹쓸 고장에 와 있다는 불안감에 그녀는 몸을 떨었다. 울타리와 대문이 없이 연이어진 풀밭에 질경이 민들레, 냉이가 살이 올라 탐스럽다. 가만히 부엌으로 들어가 소쿠리와 과도를 들고 나온 그녀는 시골처녀처럼 쪼그리고 앉아 나물을 캐기 시작했다. 한 뿌리, 두 잎, 뜯은 나물이 소쿠리에 차오르자 마음도 풀 속에 녹아들어 잔 근심까지 다 털어버린 강진댁은 손을 잽싸게 놀리며 넓은 정원을 한 바퀴 돌 즈음이었다.

"그랜마, 할머니, 뭣 해?"

큰 손녀 미리엄이 잠옷 차림으로 빠져나와 강진댁 옆에 앉으며 수북하게 소쿠리 밖으로 차오른 냉이를 가리킨다.

"나-물-캔다."

그녀는 "나"와 "물"에 힘을 주어 천천히 발음해서 농아에게 음을 가르치려고 애쓰는 선생처럼 입의 움직임을 손녀딸에게 보여줬다.

"나아 무울?"

영어도 아니고 한국말도 아닌 이상한 악센트를 넣어 할머니 흉내를 내본 미리엄은 냉이를 소쿠리에서 한 움큼 꺼내들고 장난감을 굴리듯 풀 위에 흩어놓는다. 꼬부랑말만 지껄이던 손녀가 강진댁이 온 뒤부터 더듬지만 한국말을 따라하는 것이 신기했다.

"그래, 나아 무울을 캔다."

하며 손녀의 흉내를 냈다.

금년 가을에나 학교에 들어간다는 미리엄은 아범의 어릴 적 습관까지 닮아 아침잠이 없는 모양이다. 작은 손녀

메리에 비해 훨씬 인간적이고, 여린 마음을 가진 미리엄을 강진댁은 사랑했다. 네 살짜리 메리는 고집이 많고, 어찌 잘 우는지, 며칠 전 볼기짝 몇 번 때렸더니 알아들을 수 없는 말로 소리를 지르고 팔팔 뛰더니 새침해져서 토라져 있는데 미리엄은 그녀를 그림자처럼 따르며 고시랑거린다.

"뭣 하세요, 어머니."

며느리가 푸스스한 머리를 창밖으로 내밀며 강진댁을 향해 고함쳐서 깜짝 놀란 그녀는 칼 잡은 손을 멈추고 창문 쪽을 봤다.

"아침부터 왜 잔디는 쑤시고 다니세요."

"나물 캔다."

"그걸 뭘 해요?"

"삶아 무쳐 먹지."

"제발, 그러지 마세요. 여긴 미국이에요."

"미국이면 땅에 나는 풀이 빨갱이더냐?"

드르륵 창문이 닫히고 연이어 아들 며느리 다투는 소리가 잔디밭까지 퍼져 나왔다. 으레 싸움엔 아들이 지든지 양보하는 모양이다.

"어머니, 고만두세요. 이런 것 여기선 소용없어요. 먹을 것이 지천인데, 왜 균이 엉켜 붙은 나물을 뜯어요."

"네가 어릴 적엔 나물죽만 먹고 컸다. 미국 왔다고 어릴 적 그 입맛까지 없어지겠니."

아들은 강진댁의 말을 귓가에 흘리며 소쿠리에 담긴 나물을 간장독만한 크기의 쓰레기통에 넣어버렸다.

"미국 사람은 나물을 안 먹는다든?"

"슈퍼마켓에 소독 돼 나오는 것을 먹어야지요."

"별별 꼴 다 보겠다."

이런 일로 다투어야 소용이 없는 짓임을 그녀는 이미 터득하고 있었기에 이층 침실로 올라가 누워버렸다.

"이이트, 먹어, 빵."

큰 손녀, 미리엄이 따라올라와 조반을 먹자고 할머니의 손을 잡아끈다. 아침 식탁이라고 나가 봐야 구운 빵과 우유, 새큰한 주스나 커피가 나오고, 어쩌다 눌린 귀리로 죽을 쑤어 주는 것을 군것질처럼 받아먹기가 싫어졌다.

오죽 돈이 없으면 죽을 먹을까 생각하며 울었던 석 달 전, 세 돈쭝 짜리 금반지를 가운데 손가락에서 빼내어 아들에게 주었다.

"불쌍한 것, 미국까지 와서 죽을 먹다니, 어서 내다 팔아 쌀을 사 오너라. 지금은 네 고향에도 죽을 먹는 사람이 없다."

영문을 몰라 의아하게 서 있던 아들은 너털웃음을 터뜨렸다.

"하하…… 어머니, 그건 오우트밀이란 고급 음식이요."

"아침에 죽이라니, 몹쓸 것들."

이런 다음부터는 강진댁은 아침 밥상을 피해왔다. 빵은

주전부리로 가끔 아이들이나 먹는 것이지 어찌 매일 아침 밥 대신 채울 수 있단 말인가.

간밤에 느닷없이 총각김치 생각이 나서 잠을 이루지 못했다. 새콤하고 아삭아삭한 총각김치가 먹고 싶어 군침이 흘러나와 참을 수 없어진 그녀는 동이 밝기를 기다려 나물을 캐러 나왔는데, 그것이 또 젊은 것들에겐 불만인가 보다.

간호사복으로 구두까지 하얗게 치장한 며느리와 시내에서 식품점을 한다는 아들이 급히 현관문을 나서며 위층을 향해 소리 지른다.

"쌤이 먹을 우유를 타서 냉장고에 넣었어요. 빈 병은 그냥 두세요. 저희가 직장에서 돌아와 소독할 테니. 병에 든 베이비 후드는 식탁에 내놓았으니 점심에 꼭 먹이세요."

조금 후, 부릉부릉, 차가 헐떡이는 소리가 나더니 조용해졌다. 미리엄은 유치원으로 가버리고 토라지기 잘 하는 메리와 오 개월 된 손자, 쌤이 이 큰집에 덩그러니 남은 셈이다.

강진댁은 이제 아래층으로 내려가서 하루의 일과를 시작해야 한다. 아직도 장난감을 흩뜨리고 난장판을 만드는 메리와 싸워가며 쌤을 업고 청소를 하고 미리엄이 제 시간에 귀가하는가를 기다리며 집을 지켜주고, 때 맞춰 세 아이의 점심과 간식을 먹이고, 한정된 공간을 오락가락하는 삶이 시작되는 것이다. 마치 소를 닮은 반추의 생활이라고 할까.

　미국의 중부, 대서양을 바라보는 뉴저지 주의 린텐 올드에 도착한 지 벌써 삼 개월, 고희(古稀)를 넘긴 나이에 남의 땅에 가지 않겠다고 우기는 강진댁을 기어이 밀어보낸 것은 딸들이었다. 미국 가면 호강에 호강을 더 해서 젊어질 것이고 어머니 시집을 때 탔던 꽃가마 유가 아닌 기막힌 일들이 기다리고 있으니 가시라고 떠밀던 세 딸의 얼굴이 그곳까지 따라와 눈앞에서 가물댔다. 농부의 아내가 돼 농사일에 찌든 딸들에게 미국은 공주들이나 요정들이 사는 황홀경에 속한 나라였을 터이다. 사실 강진댁 자신도 들떠서 찾아든 처지이니 어찌 딸들만 나무라겠는가. 과부에게 가장 귀한 것은 자식일 것이고 그것도 애비 얼굴도 보지 못하고 태어난 유복자에겐 별난 사랑을 느끼는 법. 미리엄의 아빠가 바로 강진댁의 유복자이니 떨어져 사는 7년, 얼마나 그리워했던가! 회사일로 바다를 건너간 막내가 대학교도 미국서 다녔다는 간호사 아가씨와 사랑에 빠져 결혼을 했다는 소식이 오고 막내는 그녀의 눈앞에서 오랜 세월 사라져버렸다. 아이를 낳고 잘 살아간다는 편지를 한두 번 보내더니 손주 보러 오라고 초청장이 날아들던 날 강진댁의 주변은 벌컥 뒤집혔다. 서울도 가본 적이 없이 시골에 묻혀 농사를 짓던 강진댁이 미국으로 간다는 소식은 시냇물에 놀던 물고기가 바다로 가는 것만큼이나 큰 사건이었기 때문이다.

누가 뭐라든지 강진댁이 용감하게 산과 바다를 건너갈 수 있었던 것은 남들이 보이는 호기심에 앞서, 다섯 중 제일 사랑하는 유복자인 아들을 만난다는 기쁨 때문이었다. 문전옥답까지 팔아 공부를 시킨 탓에 큰아들이 술에 취해 들어와 세간을 부수고 작은아들만 아들이냐고 야단을 쳐도 대대로 내려온 농토를 팔아 막내아들의 대학공부를 끝마무리 해주지 않았던가. 이런 편애 탓에 큰아들이 알코올 중독자로 갑자기 죽어 나갈 때도 바다건너 가 있는 막내아들 때문에 그 큰 슬픔을 참아낼 수 있었던 강진댁이다.

강진댁에게 미국의 아들은 그녀의 삶의 전부요, 기쁨이요, 꿈이요, 힘든 세월을 사랑의 눈으로 보게 만든 원동력이었다.

"이젠 강진댁도 호강할 자격이 있어. 그 많은 땅, 다 팔아 공부 밑천으로 디밀더니 이제 열매를 따는군. 천재아들이 미국에서 성공하고 모셔가니 덩을 타는 거나 진배없어."

옆집 분이 할멈이 미국으로 떠나는 그녀의 손을 잡고 엄청나게 부러워하면서 축하해 주었다.

"암, 맞고 말구, 하늘은 공평하시지. 얼마나 고생하며 기다렸는데. 고생 끝에 낙이 온다고. 강진댁은 복이 많아."

아랫골 과수댁이 맞장구를 쳐주었다. 동네 사람들이 새벽까지 떡과 식혜, 막걸리를 마셔가며 기뻐해 줄 때 강진댁은 이런 재미도 모르고 가버린 남편을 생각하며 눈물을 찍어냈었다. 한숨도 못잔 밤을 보낸 강진댁은 새벽에 시골 고향을 등지고 김포공항에 나왔다. 옥색 한복에 옥색 고무신을 신어 검은 얼굴이 더 까맣게 보이는 차림이었다. 둘째딸이 한 달 걸려 짜준 도톰한 스웨터가 무릎까지 내려와 두루마기만은 못했으나, 어깨를 누르는 털옷의 무게에서 딸의 손길을 느끼며 마냥 행복했다. 가운데 가르마를 타서 곱게 빗어 넘긴 머리를 틀어 시집올 때 꽂고 온 옥비녀를 찔렀다. 그녀의 가운데 손가락 길이만 한 작은 옥비녀는 그녀가 입은 한복과 똑같은 색깔이다.

집채만한 비행기가 하늘 속을 날아갈 때도 그녀는 아들을 만나러 간다는 기쁨에 들떠 비실비실 웃기까지 했다. 짐 속에 처음 보는 손녀들에게 줄 고구마엿이 제자리에 있는지 확인해 보느라고 몇 번을 더듬어 보았다. 시골 볕에 탄 손자들이 먹겠다고 와글댈 때 파리 떼를 쫓듯 손을 저으며 아껴아껴 가져온 엿은 그녀의 끈적끈적한 사랑이 흠씬 녹아든 음식이다. 아들이 좋아하는 도토리묵을 만들어 주려고 공들여 만든 도토리 가루, 마른 고사리 하며, 호박씨도 볶아 까서 한 되를 만들어 넣고……. 강진댁이 든 가방은 아들이 어려서부터 즐겨 먹던 추억을 더듬어 한 달을 두고 챙겨 넣은 음식 보따리다. 도토리묵을 쑤고 고사리를 삶아 무치고, 호박고지에 참기름과 깨소금을 듬뿍 넣고 볶아야지. 늙은 호박 말린 것과 쑥을 넣어 떡도 해야 하고, 그곳은 방앗간이 있으려나. 쌀은 어디서 빻아

오지. 풋고추를 어싯어싯 썰고 호박은 채를 썰어 부침도
해야 하지. 한창 땐 열 쪽도 앉은 자리에서 널름 먹어치우
던 아들의 모습을 떠올리며 그녀는 행복에 겨워 몸을 떨
었다. 태평양 위로 여덟 시간 나르는 동안 강진댁은 눈을
감고 앉아 아들의 밥상을 수십 번 차렸다.

　공항엔 아들만 나와 있었다. 턱수염이 까칠하게 자랐
고, 그 흔한 양복도 못 입고 헐렁한 일꾼 옷을 입은 아들
은 누렇게 부어오른 듯한 얼굴로 매가리 없이 어미의 손
을 잡았다. 아들보다 머리 하나가 더 큰 미국 사람들 사이
를 모자는 걸으며 말이 없었다. 강진댁은 무슨 말을 먼저
해야 할까 궁리 중이고 빠른 속도로 걷는 아들은 출구를
찾느라고 정신없어 보였다.

　차에 오른 후에야 던진 첫 말.

　"어멈은?"

　"몸이 아파 나오지 못했어요."

　"산후가 나쁜 모양이구나."

　"……."

　자주색 스테이션 웨건은 둘이 타기엔 썰렁하게 컸다.
삼십 줄에 있는 아들의 옆얼굴이 너무 늙어 보여 강진댁
의 마음은 칼로 난도질하듯 아파 왔다. 그러나 운전대를
잡고 질주하는 차들 사이로 침착하게 헤치고 나가는 아들
에게서 누룽지를 긁어달라고 울던 아들의 모습을 떠올리
니 웃음이 터져 나왔다. 가도 가도 끝나지 않는 고속도로

를 달리며 아들은 말이 없다. 워낙 진중한 아이였지만, 고민이 있는 것일까, 걱정이 된 강진댁은 운전석을 여러 번 홀끔댔다.

"셋째 누이가 쌍둥이를 낳던 날, 삽사리가 새끼를 아홉이나 낳았단다."

"그래요."

"네 조카 석이가 벌써 군에 들어갔고 네 친구 범호는 면서기가 되어 아들을 셋 낳았다. 널 귀여워하시던 큰 집, 할아버지는 중풍으로 쓰러져 작년에 세상을 떴고. 또……."

"그래요."

아들은 간단히 그래요로 대화를 받을 뿐이다. 갑자기 차가 어두운 숲속으로 꺾어져 들어가더니 숲을 따라 달리기 시작했다. 드문드문 집이 들어선 시골길을 얼마나 달렸을까. 피곤이 몰려왔다.

이 집에서 저 집을 향해 고함쳐도 들리지 않을 거리를 사이에 두고 지어진 집들은 면사무소나, 보건소 유가 아니게 커 보였다. 이윽고 차가 아담한 이층 양옥 앞에 섰고 초인종을 누르자 두 손녀가 뛰어나왔다. 못 알아들을 말로 지껄이며 아들의 목에 매달리던 두 손녀는 따라 들어선 강진댁을 구경하듯 멀찍이 서서 바라봤다.

"아이쿠, 내 새끼야. 이 퇴깽이 같은 새끼들을 이제야 보다니 할미다. 할미야."

아들을 향해 발산하지 못한 정이 눈물까지 달고 손녀들

을 향해 쏟아져 나왔다. 껴안으려고 손을 내민 할머니를 피해 달아난 아이들은 옥비녀를 찔러 쪽진 머리를 가리키며 손뼉을 치고 키득키득 웃었다. 이런 북새통에도 늦으막하게 나온 며느리는 강진댁을 향해 목례를 했고 처음 대하는 며느리이니 큰절을 받아야겠는데, 며느리는 딴청을 한다.

"어머니, 목마르시지요. 사이다나 콜라, 주스, 커피, 맥주 무엇이나 마시는 것은 모두 있으니 어떤 걸로 드시겠어요?"

아들은 마실 것을 보여주느라 냉장고 문을 열어놓고 강진댁의 선택을 기다렸다.

"찬물 한 대접 다오."

"겨우 찬물을 드시려고요. 홍차도 있고 밀크도 있는데."

아들은 수도에서 물을 받아 강진댁 앞에 놓아준다.

침대가 너무 부드럽고 푹신해서 구름 위를 나는 듯 붕 떠올라 강진댁은 잠을 이룰 수 없었다. 가만히 바닥에 내려와 누운 그녀의 귀에 아들 내외가 다투는 소리가 또렷이 들려왔다.

"쪽머리가 뭐에요. 창피하게. 당장 짧게 커트하고 파마라도 해드려야겠어요."

"늘 집에 계실 분인데 어때."

"밖에 나갈 때도 있고, 미국 친구들이 방문할 때도 있어요."

"한국 고유의 스타일이니 자랑거리지."

"그 아들에 그 어머니라니까. 구경거리가 돼도 좋아요?"

"어서 잡시다. 내일 일 가려면. 우선 자고 내일 말씀드리지 뭘 그리 서둘러."

열여섯에 시집와서 육십 년이 넘도록 비녀를 꽂고 지낸 머리가 어째 며느리의 눈에 거슬린단 말인가. 모를 일이다.

아무튼 귀한 옥비녀를 꽂고 온 머리가 아들 내외를 불안하게 만든 것이 틀림없다. 툭하면 쪽진 머리를 대화에 올리고 화도 내고, 달래기도 하고, 창피해서 같이 나가 다니지 못하겠다고 안달을 부리는 며느리는 확실히 두곤 온 시골 며느리완 달랐다. 숱이 적은 머리를 달걀 크기로 틀고 비녀를 찌른 것이 창피하다니……. 지지고 볶은 머리보다 얼마나 단정하고 깨끗해 뵈는가! 동백기름을 바르고 참빗으로 훑어야 더 고운 줄 알지만 이제 하얗게 늙어 버린 머리엔 기름을 발라도 부스스 일어나 그것이 싫어서 그럴까. 강진댁은 아침마다 더 맨드르하게 머리에 기름을 바르고 쪽을 쪘다.

"어머니, 미국 할머니들처럼 예쁘게 파마해요. 그래야 원피스, 구두까지 신어 멋진 그랜마가 되는 거예요."

"나 죽은 후에나 가위를 대라."

시어머니의 옹고집에 입이 삐딱해진 며느리는 말끝마

다 가시를 내보였다.

섭섭한 일은 쪽진 머리에서 끝나지 않았다. 정성 드려 손수 고아온 고구마엿을 내놓고 손녀들, 아들, 며느리를 불러 먹으라고 권했지만 조금 떼어 입에 넣어본 그들은 시큰둥하게 한편에 밀어놓고 몇 날이 지나도 그대로 굴러 다녔다. 고사리를 삶아 맛있게 양념해서 저녁 밥상에 올리니 직장에서 늦게 돌아온 며느리가 요란스럽게 떠들었다.

"고사리는 위험한 식품이에요. 여기선 법으로 금한 것으로 안 먹는데 어머닌 식구들 다 죽일 셈이세요."

"이건 산(山) 고기다. 몸에 좋은 귀한 나물이야."

"고사리가 암을 유발한다는 실험보고가 나왔어요. 어서 내다 버리세요."

강진댁은 못 들은 척, 고사리 접시에 아들의 젓가락이 가기를 기다렸으나 아들은 들척지근한 풀 같은 국에 밥을 비벼 먹고 있었다.

"네 말대로라면 한국 사람들 다 암으로 죽었어."

고사리나물은 상 위에서 푸대접을 받고 고스란히 남았다. 일본 사람들 밑에서 살았고, 한국동란을 거쳐 왔고, 배고픔과 포탄이 쏟아지던 극한 상황에서도 꿋꿋이 살아온 강진댁의 눈에 미국이란 나라에서 살아가는 아들의 입장이 가장 어려운 상황으로 여겨졌다. 이층 침실로 올라가 누운 강진댁은 소리죽여 울었다. 그 똑똑한 아들이 왜 색시 하나 못 거느리고 주눅이 들어 사는지 속이 상했다.

쌤에게 우유를 물리고 지난 일들을 생각하며 멍하게 앉아있자, 메리가 할머니의 손을 끌어다 그림책 위에 놓았다.

"그랜마, 할머니, 몽키 아가."

"몽키 아가라니?"

원숭이 새끼가 그네를 타고 대롱대롱 매달린 그림이 손녀의 고사리 손가락 끝에 있었다.

"그래, 그래. 몽키 아가 재미있다."

메리는 배를 깔고 누워 그림책을 보며 웅얼대고, 쌤은 스르륵 눈을 감더니 젖꼭지를 뱉어냈다.

두 손녀를 아들이 길렀다고 한다. 며느리가 병원에 일간 사이 아이를 기르고 밤일을 나갔다고 아들은 불쑥불쑥 지난날을 회고했다.

"쯧쯧…… 사내가 하루 종일 아기를 돌보느라 얼마나 고생을 했을까."

겨우 돈을 모아 장사를 시작한 아들이 셋째 아이까지 기르며 집안에 들어앉지 않은 것이 얼마나 다행인가! 그러니 이 무료하게, 힘든 시간도 아들의 대역이라면 참아내야 한다는 생각에 미치자, 강진댁은 쌤을 안아다 아기 침대에 눕히고 흩어진 집안을 정돈하기 시작했다.

아들은 아이들에게 한국말을 가르쳐 달라지만 혼돈을 일으킨 손녀들은 영어와 한국어를 섞어 쓰며 애처로운 표정을 지어서 피차 손짓, 발짓으로 통하는 적도 많았다. 갑자기 메리가 냉장고 위쪽을 가리키며 무엇을 달라고 안달이다. 도시 이해를 못해 쩔쩔매는 할머니를 발로 차고 주먹으로 때리고 먹는 흉내도 내고 그래도 통하지 않자, 나중에 두 발을 쭉 뻗고 앉아 서럽게 울어 젖혔다.

"어쩌다 이런 일이 생겼다늬? 분명 내 손녀 새낀디 왜 한국말을 못한다늬."

강진댁이 손녀의 머리를 쓰다듬으며 달래려 하자 그 손을 뿌리치고 뒹굴며 집안이 떠나가게 소리 질러 울었다. 나중엔 안아서 냉장고 윗간을 손수 열게 했더니 얼음 속에서 새알초콜렛을 꺼내들었다, 이빨이 상한다고 며느리가 그곳에 감춘 것을 용케 기억해낸 메리이기에 강진댁인들 알 리가 없었다.

벌써 한 시간이 그 소란 통에 흐르고 쌤이 잠에서 깨어 칭얼댔다. 기저귀를 갈아주고 아이를 업었다. 며느리는 다리가 굽어진다고 업지 말라지만 동물원을 닮은 플레이팬 속에 가둘 마음은 없었다.

나무 우리 속에 아이를 가두는 며느리는 아이를 자주 안아주면 응석이 늘고 독립심이 없어진다고 성화지만 어미젖을 놔두고 소젖을 먹이는 것도 가여운 판에 어찌 그 속에 던져 넣을 수 있단 말인가. 밤사이에 어미의 사랑이 슬이 서 말씩 내리는 법인데 며느리는 아이들 끼고 자지도 않고 덜렁 침대 속에 넣어버리니, 오늘 밤엔 며느리의 소행을 지적해 가르쳐야겠다고 다짐했다.

"갓난아이를 어쩌자고 혼자 재우니?"

한참 식사 중인 며느리에게 강진댁이 시어머니로서 단호한 어조로 물었다.

"여긴 다 그렇게 해요."

"넌 한국 사람이다. 미국 새끼를 기르는 것이 아니야."

"그렇게 어머니 노리갯감으로 기르기 때문에 한국 사람은 자립심이 부족해서 항상 의지하는 습관이 있어요."

"자립심 부족이 뭐냐? 사람이 어릴 때 어미 사랑을 받고 커야 정상이야. 커서도 서로 의지하고 살아야 재미있고, 그것이 세상살이지 어찌 혼자 독불장군이 되려하느냐."

강진댁은 초근초근, 자신이 살아온 인생 경험을 펼쳐놓았다.

"그러니 대디도 능력부족으로 자립을 못해 내가 얼마나 고생했는지 알아요. 어머님이 그렇게 길러내서 그래요."

대디란 말은 손녀들이 아범을 그렇게 부르니 아빠란 뜻인 것을 알아들은 강진댁은 울화가 치밀어 올랐다. 여자란 남자에게 속해 헌신하고 복종하는 것으로 알아온 그녀의 인생철학이 며느리와의 사이에 넘을 수 없는 높은 벽으로 가려서서 숨이 막혔다.

"아범이 어때서 그러냐? 세상에서 드물게 보는 천재였다. 여자가 다소곳이 남편 받들고 살아야지 네 주장이 그리 강해 이 집안이 어찌 서겠니."

"어머니, 그건 옛날 사상이에요. 여긴 미국이라 달라요."

며느리의 눈꼬리가 샐쭉해지자 아들이 어머니를 막고 나섰다.

"아무리 미국에 와 살지만 네 몸은 한국 놈이야. 왜 머리까지 노랗게 물들이고 살갗도 미국 놈의 색으로 바꾸지 그러니. 한국여자란, 집안에서 집을 가꾸는 것이 제일이야. 남편이 죽거리를 벌어오면 죽을 먹으며, 아이들 기르고 사는 것이 여자의 행복이다. 그래야 가정이 제대로 서는 법이여."

강진댁의 말이 앞니가 다 빠져 오물어든 입에서 강하게 터져 나왔다.

"왜 시집살이를 시키려고 해요. 알거지 만나 집칸이나 지니고 이만큼 가정을 일군 것이 누군데 이래요."

"이 집은 남자와 여자가 바뀌었어. 쯧쯧."

며느리는 참다못해 울기 시작했고 결혼해서 얼마나 고생을 했는지 아느냐며 푸념을 늘어놓더니 제 설움에 겨워 꺽꺽 울기 시작했다.

"어머닌, 고루한 생각에 젖어 우리 세대를 너무 이해 못 하시는군요. 지금은 남자 일, 여자 일을 따질 시대가 아니라 능력껏 사는 거예요."

"왜 네가 능력이 없냐? 서울까지 유학 보내 일류 대학 나온 천재고, 인물이 그만하면 빠질 것도 없어. 왜 제 계집 손에 놀아나니."

"어머니, 제발 고만 두세요. 여보, 잊어버려. 어머닌 시골에만 계셔서 세상 흘러가는 바를 모르니 당신이 이해하구려."

며느리는 더 서럽게 꺼이꺼이 울어대서 손녀들까지 울상을 하고 할머니를 노려봤다.

밖으로 나왔다. 하소연할 이웃도, 친척도 없는 고장에 와서 아들과도 대화의 벽이 놓으니 숨이 턱턱 막혀왔다. 집 앞으로 뚫린 길을 따라 무작정 어기적어기적 걸었다. 타향살이 서럽다지만 말이 막힌 그녀에겐 감옥이었다. 아무리 걸어도 만날 사람이 없는 길이고, 그나마 너무 멀리 걸어 나가 길이라도 잃는 날이면 영원히 고향에 돌아가지 못하리란 무섬증이 일어나자 되돌아서 허겁지겁 집을 향해 걸음을 재촉했다.

안개가 아침에 자욱하면 햇살이 나는 법인데 비가 주룩주룩 오니 죽은 후에 혼자 걸을 저승 길목처럼 오싹해져서 그나마 딛던 앞마당의 땅도 못 밟고 집안에서 쌤을 업고 오락가락했다. 점심엔 며느리가 만들어 놓고 간 샌드위치를 손녀들에게 주고 쌤에겐 병에 든 베이비 후드(baby food)를 먹였다. 조반도 건너뛰었더니 속이 쓰려왔으나 들큰한 빵이 역겨워 점심까지 굶고나니 눈앞이 흐려오고 어지러웠다. 우산을 들고나가 질경이와 냉이를 캐다가 삶아 밥을 해서 먹고 나니 막힌 속이 뚫리는 듯했다.

고춧가루를 듬뿍 뿌리고 마늘과 파를 넣었더니 매큼한 것이 속을 다스려준 모양이다.

메리가 텔레비전을 틀어놓고 턱을 괴고 앉아 화사한 화면을 보고 그들이 주고받는 대화에 휩싸여 깔깔 웃는다. 세상에 태어난 지 삼 년이 넘은 아이도 알아듣는 말을 모를 리 없다고 아무리 귀를 기울여도 새 지저귀는 듯도 하고 갓난아기가 옹알이하는 듯 먹먹하기만 했다.

강진댁에게 낙이 있다면 빨래하는 일이었다. 세탁기가 사람 손을 못 따르는지 며느리도 빨래를 해놓으면 좋아하는 눈치다. 수도꼭지에서 더운물, 찬물이 좔좔 쏟아지니 빨래하기가 참으로 쉬워 며느리의 브라자, 팬츠까지 빨아 널면 마음까지 개운했기 때문이다. 메리의 긴 머리를 두 갈래로 땋아 늘어뜨려 주고 칭얼대는 손자를 업고 서성이고, 이렇게 하루가 또 흘러갔다.

아들, 며느리가 집에서 쉬는 일요일은 아들과 늘 싸움을 벌였다.

"어머니, 외로우신데 교회에 가시면 한국인들도 만나고 한국음식도 먹을 수 있고, 고향 소식도 들으니 같이 가셔요."

"고만둬라. 네 아버지가 예수를 안 믿고 가셨는데 내가 예수 믿으면 죽어서 못 만난다. 더구나 예배당에 나가는 사람들은 제사도 빼먹는 나쁜 사람들이야."

"어머니, 시대가 변했어요. 여긴 교회가 한국인들의 복

덕방이고, 집합소예요. 안 믿어도 좋으니 그냥 따라오세요."

"내 식대로 살게 놔두어라. 난 차라리 물 한 그릇, 떠놓고 옛날처럼 빌어야 편안하다."

아이들까지 나가버린 일요일. 우두커니 하루해를 보낼 어머니가 마음에 걸려 이 아침도 아들이 강진댁의 손을 잡아끌었다.

"예수 믿지 않는 사람들도 일요일엔 모두 교회에 모여 외롬을 달래고 서로 의지하는 곳이에요. 미국이란 나라가 워낙 예수 믿는 사람들로 이뤄진 나라이니 이 나라 식대로 하세요."

"너희들이나 가거라."

"어머니 고집이 머리끝부터 발끝까지 배어있으니 그만두고 어서 갑시다."

"우리 집안엔 예수쟁이가 없었다."

잔칫집에 가려는 모양인지 아들은 양복을 입고, 넥타이를 맸다. 며느리도 늘 입던 간호사 복을 벗어던지고 분홍 원피스를 화사하게 차려입고 아이들도 모두 새 옷을 입었다. 아들네 식구가 교회로 가버린 빈집에서 무료히 앉아있기도 지겨운 강진댁은 뜰 한 모퉁이에 잔디를 파내고 만든 밭으로 나갔다. 한 달 전, 잔디를 떼어내고 밭을 일굴 때도 아들 내외는 길길이 뛰었다. 아무리 기고 나는 재주가 있어도 땅에서 자란 음식 안 먹고 사는 사람 봤느냐고 맞서서 싸워 만들어낸 밭이다. 상추, 쑥갓, 열무, 파 씨를 조금씩 뿌려놓았더니 파릇파릇 머리를 내민다. 거름을 주지 않아도 워낙 오래 묵힌 땅인지라 윤기가 자르르 흐르고 고소해 뵌다. 조금 더 자라면 상추, 쑥갓, 파를 섞어 쌈을 먹을 수 있으리라. 고집 센 며느리나 바보스런 아들도 상추쌈을 먹을 때 즐거워할 생각을 하니 한 포기, 한 포기가 손녀보다 더 귀여웠다.

저녁에 돌아온 큰 손녀의 손을 잡고 앞길을 거닐었다. 지나는 사람들이 강진댁의 쪽머리를 구경하며 지나갔다. 모든 사람들이 할머니의 비녀 꽂은 머리에 너무 관심을 보이자 미리엄은,

"그랜마, 할머니, 커트, 커트."

"커트?"

갑갑해진 손녀는 자신의 머리처럼 늘어뜨리라고 손짓을 했다.

"어라, 이 애가 날 미친년 만들려고 그러는구나. 머리를 풀고 다니라니."

강진댁은 쪽진 머리와 비녀를 두 손으로 꼭 잡았다. 나가지 말아야겠다고 서둘러 집에 오니 아들이 부엌에서 덜거덕댔다.

"뭣 하냐?"

"밥해요."

"사내가 부엌이 뭐냐. 어서어서 들어가라."

"미국선 남자도 부엌일을 거들어야 살아요."

"내가 하마. 시상에, 어찌 기른 아들인데 밥까지 짓다니, 쯧쯧……."

"할머니 손 냄새 난다고 애들이 뭐라고 하니 어머닌 앉아계셔요."

강진댁은 식탁에 앉아 아들이 요리하는 꼴을 지켜봤다. 국수도 삶고 있었다.

"밥하고 국수하고 둘 하냐?"

"애 엄마가 국수를 좋아해요."

"밤낮이 바뀐 곳이라더니 다 바뀌는구나."

색시 그루는 다홍치마 적에 앉히라더니 아마 이 집은 그 반대로 굳어진 집안인가 보다. 땅덩이도 크고, 집도 크지만 하나도 강진댁의 마음에 드는 것이 없다.

"아범아, 이곳은 너무 크고 넓은 나라라 정나미가 떨어지는구나. 우리 고향은 산들이 오밀조밀 붙어있고 사람들도 옹기종기 모여 사는데 이곳은 너무 터져 허전하고, 영 글렀다."

"작은 곳에서 바글거리는 것보다 이런 데서 터를 잡고 일 해야 해요."

"그러나 이곳은 만년 타향이 될 것이다."

그 말에 아들은 머리를 푹 숙이고 미역국에 마늘가루를 넣었다. 아들과 부엌에 오붓이 앉아있어도 강진댁의 마음은 자꾸 화장실로 갔다. 수세식 화장실은 변을 봐도 늘 떨떠름하고 무지근하다. 다른 때는 발바닥을 깨끗이 닦고 변기에 올라앉았으나 오늘 낮엔 채소밭을 가꾸다가 깜빡 잊고 그냥 기어올랐으니 흙발이 변기를 싼 헝겊에 또렷이 찍혀 나왔기 때문이다. 헝겊을 떼어내 빨려고 아무리 봐도 요상하게 묶여있어 그냥 두었으나 께적지근했고 며느리가 트집 잡을 것이 뻔해 신경이 쓰였다.

"아이쿠 내가 못 살아. 어머닌 변기에 올라앉으세요?"

며느리가 분을 못 참고 내지르는 지청구에 아이들이 쫓아가 보고 까르르 웃었으나 슬그머니 오기가 오른 강진댁은,

"그러면 못 쓰냐. 이놈의 땅에 괜히 와서 고생이구나. 꼭 감옥 같아서."

"뭐, 감옥이라구요, 그러면 가시면 되지 않아요."

"그래, 가마, 당장 가지. 암 가고말고."

고부간에 언성이 높아지자 아들은 어머니를 끌고 나가 쉬쉬했다.

"이 병신스런 녀석아, 너도 나와 함께 가자. 여기가 뭣이 좋다고 주눅 들어 살아 가냐. 하루 세 끼 먹지 여섯 끼 먹는다든. 어서 가자."

"어머닌 고집스럽게 어머니 세계에 묻혀 살고 있어요. 저희들을 이해하려고 해보세요. 남의 땅에서 최선을 다해도 이방인 취급을 받으며 살아가는 괴로운 긴장감을 왜 이해 못하세요."

"이 땅이 무슨 요술을 지녔기에 널 이 꼴로 만들었는지 모르겠구나."

"오늘, 내일이 변하는 시대에 살고 있으니 어머니도 배우는 자세로 임하세요."

"세상만사 변해도 사람 사는 도리에는 변함이 없어. 남자가 애기 낳고 젖먹이는 것 봤니. 어서 나와 같이 가자. 그까짓 자가용 몰고 다니고, 고기 몇 점 더 먹는다고 이렇게 살아서야 쯧쯧……."

"저는 돈이 필요해요."

"돈 벌어 뭣해?"

"이런 이민 사회에선 돈이 힘이라니까요."

"쯧쯧, 너는 어려서부터 항상 욕심을 부리더니."

"어머니 할 수 없어요. 돈 벌어 부자 되면 어머니 모시러 갈게 먼저 귀국하세요."

며칠 뒤, 강진댁은 단정히 빗은 머리에 옥비녀를 꽂고 오던 날처럼 옥색 한복을 꺼내 입었다. 올 때처럼 아들이 차를 운전하며 공항으로 나왔다.

"내 걱정 말고 잘 살아라. 아침에는 꼭 밥을 해 먹어라. 넌 젖배를 곯아서 아침에도 꼭 밥을 먹어야 한다."

"알았어요."

"너도 나처럼 이곳이 싫지? 돈 때문에 여기 있는 게지. 내 먼저 가서 너 오면 잘 방을 도배해놓고 기다리마. 네가 어릴 적 자던 우물곁 방말이다."

"……."

아들의 눈에 이슬이 맺혀왔다.

"불쌍한 자식, 서울에 공부하러 갈 때도 울지 않더니."

강진댁은 이 큰 땅덩이에 덜렁 혼자 놔두고 가는 아들이 가여워 끼억끼억 울었다.

"어머니, 고향에 가시면 교회에 다니세요."

"……."

"제가 혹 성공이 늦어 어머니 돌아가신 뒤 고향에 가면 어쩌지요?"

"나 죽기 전에 오너라."

"교회에 다니시다 돌아가시면 훗날 제가 그곳으로 따라갈 수 있어요."

아무 소리 않고 강진댁은 돌아서서 비행기를 탔다.

동네 사람들이 바다 건너갔다 온 강진댁을 보려고 집 마당이 미어지게 모여들었다. 가방 속에서 도토리가루, 고사리, 고구마엿이 나왔다. 어린 손자들이 둘러앉아 엿을 떼어 먹으며,

"할머니, 이건 미국 엿이야?"

"그래. 미국 구경 다녀온 엿이다. 비행기도 타보고 삼촌이 운전하는 자가용도 타본 엿이야."

큰 며느리가 어눌한 음성으로 머리를 갸웃거리면서 돌아온 어머님이 이상타며 묻는다.

"거기서 작은 며느리랑 호강하시다 돌아가시지 뭣 하러 시골구석엔 또 오셨대요."

"호강 너무 해서 지쳐 왔다."

"거기가 어쩝디까."

"아주 좋지."

"극락 같습디까?"

"암, 극락이지. 하지만 난 죽으면 그런 극락은 안 갈란다."

강진댁은 옥비녀를 빼서 빛이 노래진 명주 헝겊에 귀물처럼 정성 드려 싸서 농 밑에 넣어두고 나무 비녀를 꽂았다. 훌렁하게 늘어난 고무줄 치마를 허리에 걸치고 맨발로 고무신을 신었다.

밭으로 달려 나갔다. 후끈한 지열에 묻혀 고구마 잎들이 쭉쭉 뻗어 나가고 있다. 향내 나는 흙냄새를 맡으며 땅바닥에 털썩 앉았다.

"돌아오길 잘했어. 내 조상들이 묻힌 내 흙이 제일 날 편안케 한다니까."

강진댁은 고구마 줄기를 따서 자근자근 씹었다. 알작지근하고 달콤한 물이 혀끝에 스며들고 두고 온 아들의 이슬 맺힌 눈이 그녀의 가슴에서 살아나서 흐려진 눈을 들어 재 너머 뾰족탑의 십자가를 바라봤다. ✶

황충상 소설가

어느 누구의 인생이든 시련의 여울물 소리를 듣게 마련이다. 신의 역사 속에서 그 소리는 천차만별로 사람의 생을 공존시킨다. 이때 사람의 생각으로 도무지 알 수 없는 여울물 소리를 듣게도 되는데, 그 지옥의 소리를 벗어나는 길은 신앙의 길밖에 없다. 이 공존의 법칙에 대한 물음과 답을 통시성으로 묻고 있는 소설이 「여울물 소리」다. 우리는 인생 모든 문제의 물음을 종교 위에 올려놓고 바라보고 있다. 바라보는 자는 이미 신의 답을 듣는 중에 있다.

여울물 소리

　아내의 소녀 시절 꿈을 이뤄준 것은 결혼하고 25년이
지난 가을이었다. 평지에 지어진 집은 꿈이 없는 사람들
이나 평범한 이들의 거처이지 고상한 영혼을 지닌 사람의
집이 아니라는 푸념을 긴 세월 들어온 터라 나는 퇴직금
을 미리 당기고 은행 융자를 받고도 모자라 사채를 얻어
산비탈에 아담한 양옥을 지어 이사를 한 것이다. ㄹ자로
비탈을 따라 변화를 준 그 특이한 구조는 아내가 전공한
실내장식의 전시장으로 알맞을 만큼 훌륭한 집이었다. 그
러고 보니 신혼의 꿈이 무너져 내리게 한 것은 나의 무능
때문임을 나는 솔직히 고백한다. 아무튼 경제적인 면뿐만
아니라 내가 지고 온 등짐보따리 내용물들이 그간 우리
부부의 꿈을 다 앗아간 것을 새삼 느끼게 하는 그런 집이
다.

주택이란 시장이 가깝고 교통이 편리해야 하며 학군이 좋아야 제값을 받는 법이다. 우리 부부도 노후를 생각해서 이런 조건을 다 무시하고 도심지에서 뚝 떨어진 외진 산비탈만을 찾을 수 없어 아내의 꿈을 이루는데 시간이 더 걸린 셈이다. 장남이라 감당해야 하는 의무를 다 마치고 우리 부부가 찾아낸 집터는 큰길과 가까우면서도 언덕에 가려 소음이나 먼지가 사라진 도시 속에 감춰진 산비탈이었다. 집을 설계해서 완공되기까지 아내는 꿈에 들떠 눈을 반짝이며 말이 많았다.

'언제 돌아오세요, 술 잡숫지 마세요, 가능하면 일찍 귀가하세요.'라는 상투적인 아침 인사가 '화장실 벽에 당신이 좋아하는 장미 무늬를 넣었어요, 세면대는 우리 일생 쓸 수 있도록 보통 것보다 다섯 배가 비싼 놈으로 달았어요, 정원엔 잔디를 심고 동창들을 불러 가든파티를 열어야겠지요.' 등등 아내의 대화 내용이 25년을 넘어 연애시절로 돌아간 감을 안겨주었을 정도였다.

대학을 졸업한 맏딸의 결혼식이 한 달 앞으로 다가오며 우리는 새집으로 이사를 했다. 오늘 아침 밥상 옆에서 벌린 모녀의 짓거리도 내가 행복한 사내라는 딱지를 가슴에 달아주는 뿌듯한 사건이었다.

"아빠, 이 드레스 어때요. 면사포 벗으면 신혼여행 때 그냥 입을 수 있는 원피스가 돼요."

남들이 다 입는 그런 구태의연한 신부 드레스가 싫다며

아내와 딸은 집을 지을 때의 경험을 발휘해서 앙증맞고 특이한 물결자수를 목둘레와 소매에 디자인하는 극성을 떨었다. 우아하고 기품 있게 보이는 공단으로 종아리가 나오게 짧은 드레스를 맞춰 입고는 패션쇼를 하듯 원을 그리며 돌았다.

"신부의 종아리가 나오면 순결해 뵈질 않는 법이다. 드레스 단을 늘려야 한다."

젊잖게 한마디 하는 나를 향해 아내와 딸의 지청구는 '당신은 모르면 가만히 있구려, 아빠 순 구식이야.' 해가며 모녀는 따발총을 쐈다.

겨우 발붙일 곳을 찾은 까치가 아침이면 정원 나무 위에 앉아 지저귀고 따뜻한 햇살이 거실을 파고 들어와 느긋한 편안함이 내 온몸을 감싸는 이 집에서 우리 부부는 죽어 무덤에 갈 때까지 살자고 밤이면 나란히 베개를 붙이고 누워 다짐을 했다. 야트막한 언덕이 도심지의 슬픔과 소음은 물론, 시장바닥처럼 들끓는 삶의 시끄러움을 가려준 탓인지 우리 가정은 천국을 닮은 평화와 사랑이 깃든 그런 집이었다.

큰딸이 아침에 입었던 흰 눈처럼 순백한 신부복이 눈에 밟혀 나는 출근한 뒤 안락의자에 몸을 깊이 묻고 눈을 감았다. 결혼 초 가난한 살림을 돕느라고 직장을 나갔던 아내는 젖먹이를 떼어놓고 나갈 적마다 숨어서 눈물을 닦았었다. 아내보다 일찍 귀가한 나는 젖이 모자라 칭얼대는 딸을 안고 어르던 때가 엊그제 같은데 그 젖먹이가 커서 시집을 간다니 어허허……. 추운 겨울엔 갓난아기가 혹여나 감기 들까 봐 오버 속에 넣어 안고 외출했었는데 벌써 신부복을 입고 짝을 찾아가려고 나대니 이제 내가 늙은 거구나 하며 오랜만에 회사 일을 잊고 생각 속에 빠져들었다.

술집 여자는 아닌 것 같고 그렇다고 길거리 여자 같지도 않은데 수위하고 옥신각신 한다는 연락이 왔다. 막 출근한 시간에 애처가로 소문이 난 날 찾아온 여인이 있다니 이건 정말 톱뉴스 감이었다. 쉰 줄에 들어서니 이따금 실직한 친구들이나 인생에 실패한 동창들이 술이나 한잔 사라고 퇴근 무렵에 찾아든 적은 있어도 이른 시간에 나타날 정도로 주책들은 아니다. 전하는 이의 말로는 나로 인해 대단한 피해를 입은 모양이라고 했다. 오죽하면 이를 갈고 머리칼을 쥐어뜯으며 가슴을 치겠느냐고도 했다. 출근 시간에 맞춰 날아든 이런 재미있는 사건에 직원들은 구미가 당기는지 나를 곁눈질해 보며 의미있는 미소를 흘렸다.

행여나 오십 년 넘겨 살아온 뒤안길에 파묻혀버린 죄과라도 있나 싶어 그간 내가 사귀어 온 모든 여인들을 하나하나 떠올렸다. 대학시절 가까이 지냈던 ㅈ양일까? 구질하게 비가 내리는 울적한 오후나 함박눈이 쏟아지는 한겨울이면 이따금 영혼 깊숙한 곳에서 얼굴을 내미는 여자다. 그녀와 함께 풋사랑에 들떠서 불장난처럼 여관 출입을 여러 번 한 적이 있지만 사 반세기가 지난 지금 불쑥 나타날 리가 없다. 혹여나 그 시절에 임신을 해서 숨어 기른 아이가 성장해 이제 결혼을 하니 와보라는 푸념을 안고 찾아온 것일까. 그렇다면 전화를 걸어 다방에서 만나자고 할 것이지 수위실에서 껍적거릴 그런 이악스런 여자가 아닌데 누군지 전혀 짐작이 되질 않았다. 시골 장터에서나 상연됨직한 이런 줄거리의 망상에 젖어있을 때 미스리가 인터폰으로 어서 서두르라는 내용을 경망스럽게 재방송했다.

"이 과장님, 아무래도 수위실에 내려가 보셔야겠어요. 너무 행패를 부리니까 출입구에 사람들이 꾀어들어 무척 혼잡스럽다고 야단이에요."

이런 전갈을 듣고도 나는 아주 의젓하고 당당하게 늑장을 부렸다. 이철수란 내 이름이 얼마나 흔해 빠졌는가. 동명이인을 찾아와서 날뛰는 여자임에 틀림없다. 이렇게 생각하니 더 느긋해져서 반쯤 태운 담배를 일부러 천천히 빨아 시간을 보낸 뒤에야 일어섰다. 오그르르 모여 앉아 아침인사를 나누던 사원들의 눈이 일제히 내게 향했다. 웬 여자가 아침부터 야단이야 해가며 태연한 척 사무실을 빠져나오면서도 나는 사뭇 긴장했다.

몇몇 술집 마담이나 그렇고 그런 여자들과 여관 출입을

했지만 남자들이면 누구나 돈을 대가로 지불하고 그런 짓을 하고 있지 아니한가. 필터까지 타 들어간 담배를 승강기 곁에 놓인 모래 함에 비벼 넣은 다음 나는 당당하게 목에 힘을 주고 수위실로 향했다.

"과장님, 얼른 내려오시지 않고 왜 꾸물대셨어요. 사장님이 출근하시다 이 여자와 마주칠까 봐 얼마나 마음을 졸였다고요."

퍼떡이는 닭의 목을 비틀어 잡듯 여자의 목덜미를 움켜쥔 나이 지긋한 수위가 의뭉스럽게 내게 속삭였다. 여자가 등을 내 쪽으로 돌리고 있어 도통 누군지 알 수가 없었다. 허리까지 생머리를 늘어뜨리고 이 추위에 구멍이 숭숭 뚫린 여름 구두를 신고 두터운 외투 대신에 가을 잠바를 걸친 청바지 차림의 여자가 수위의 손에 잡혀 몸부림쳤다.

"전혀 모르는 여자인데 왜 내 이름을 대고 이 야단일까."

내 목소리를 들은 여자는 드라큘라처럼 하얀 송곳니를 드러내고 바짝 약이 오른 개처럼 으르렁대다가 내게 돌진할 기세로 몸을 활처럼 휘었다.

"날 쫓아내고 혼자만 잘 사는 나쁜 놈아! 왜 혼자만 잘 사는 거냐. 함께 나누어 가지고 살자, 이놈아."

마치 목덜미라도 물어뜯을 듯 덤비는 서슬에 나는 반사적으로 뒷걸음질을 쳤다. 행인들이 하나, 둘 멈춰 서서 자반뒤집기를 하는 여자를 구경하느라고 회사 앞길은 혼잡해졌다. 이미 수위와 대단한 몸씨름을 했는지 여인의 앞머리가 코까지 흘러내려 누군지 전혀 가늠할 수조차 없었다. 여자가 식식거리며 하도 몸을 뒤트니 둘러선 사람들은 동정을 감추지 못하고 혀를 찼다. 독이 오른 여인이 혹여나 수위의 손에서 빠져나와 나를 잡고 늘어질까 봐 나는 승강기 쪽으로 물러서기 시작했다. 여자의 강인한 힘에 밀려 수위의 이마 위에도 땀이 번지르르 했다. 손힘이 약해진 수위가 여자의 목을 느슨히 잡는 순간 여자는 잽싸게 얼굴을 가린 앞머리를 쓸어 올렸다.

"아니, 너 경애가 아니냐."

잉잉 귀 울림이 들렸다. 우선 여기서 멀리 떨어져 가야 한다. 들통 나면 곧 결혼할 딸의 장래에 미칠 영향이 끔찍했다. 물에 빠진 사람처럼 나는 모지락스럽게 여자를 잡아끌었다.

"가자, 경찰서로."

야멸차게 여자의 뺨을 두어 대 때리고 눈을 부라리며 고문에 익숙한 형사처럼 표독스러운 표정을 지었다. 이런 내 태도에 여자는 태엽 풀린 시계처럼 동작을 멈추고 간질병 환자처럼 눈을 희번덕거리며 이끄는 대로 맥없이 끌려왔다.

"직장에까지 이런 여잘 오게 처신하시면 어떡해요."

수위가 내 등에 대고 혀를 차며 결국 이상한 사이구나 하는 음흉한 목소리로 말했다.

아내가 비방이라고 몇 번 말한 것을 급할 김에 외쳐댄 것이 적중해서 다행이었다. 알리바바와 사십 인의 도적에 나오는 '열려라, 참깨'를 주문처럼 왼 기분이었다.

조용한 골목에 단둘이 있게 되자 나는 '가자, 경찰서로'를 연발했다. 여자는 전기충격이라도 받는 것처럼 허여멀건 눈을 히뜩히뜩 굴리더니 미꾸라지처럼 내 손에서 빠져나가 인파 속으로 사라졌다. 아무 일도 아니라는 듯 나는 열심히 일을 했고 사람들을 붙들고 억지 너스레도 떨었다. 하나 속사정은 영 달랐다. 변비로 화장실을 뻔질나게 드나든 끝처럼 몸도 마음도 하루 종일 무지근했다. 독살스럽게 번뜩이는 눈이며 얼마나 싸돌아다녔으면 옹기 빛으로 타버린 얼굴이 눈앞에서 알찐거렸고 사내처럼 걸걸하고 탁해진 목소리가 환청이 되어 귓가를 맴돌았다.

워낙 소심하고 꽁한 성격인 나는 괜스레 동료들의 눈치를 살폈고 숨어서 손가락질하는 그들을 찾아내려는 심사로 잠자리 눈을 하고 몸과 마음을 흔들고 있었다. 퇴근 시간을 한 시간 앞당겨 귀가한 나는 이 문제를 아내와 진지하게 의논하고 싶어 손도 씻지 않고 안방으로 들어갔다. 수요일 저녁이라 교회에 간다며 아내는 밥상을 디밀고 나갈 채비를 했다.

"여보, 긴히 할 말이 있으니 나가지 말구려."

아내는 의아해서 잠시 머뭇적거리더니 밥상머리에 도사리고 앉았다. 그런 아내의 눈에 나의 눈을 맞추며 나는 숭늉을 한 모금 마셔 목을 축이고 뜸을 들였다. 경애 얘기만 나오면 으레 이렇게 주눅이 들었고 쩨쩨한 사내처럼 말까지 더듬었다.

"안하던 투정을 부리시네요. 이 집에 내가 시집와서 스물다섯 해 동안 수요일 저녁 예배에 나가도 군말이 없으시더니 무슨 일이에요."

아내는 내가 뭐래도 이 일만은 양보하지 않겠다는 듯 성경 가방을 어깨에 들쳐멨다.

"겨, 경애가 지, 직장에 나타났어."

"아니 뭐라고요."

아내의 얼굴이 파랗게 질리더니 착잡한 표정으로 돌아갔다.

"큰일이야, 어쩌지 그 골치 덩어리를."

"그래서 어떻게 처리했어요?"

"처음 당하는 일이라 무척 놀랬어. 문득 당신이 늘 썼다는 비방이 생각나더군."

아내의 오른쪽 뺨에 세 줄로 그어진 생채기의 흉터가 두껍게 입힌 화장 밑에서 흉물스럽게 피어올랐다.

"직장까지 찾아가다니 그 몹쓸 것이. 결혼식을 앞에 두고 소문 나면 어쩌지요?"

"딸 결혼 문제보다도 직장에서 경애가 내 동생인 걸 알면 눈치가 달라진단 말이야. 이 회사는 정부와 긴밀한 관계가 있거든."

경애의 이런 증상은 삼 년 전부터 시작된 일이다. 문간방에 가두어 두고 밧줄로 묶기도 하고 유명하다는 신경정신과 의사를 찾아가 보기도 했으나 경애의 병세는 매일 난폭해져갔다고 아내는 내게 말한 적이 있었다. 그러나 나는 회사일로 그간 외국에 나가있어서 단 한 번도 경애의 그런 행동을 본 적이 없었다. 내가 2년간 해외근무를 마치고 돌아오니 아내의 몸에 수없이 난 손톱자국이 깊었고 얻어맞은 허리가 아프다고 끙끙 앓고 있었다. 아내의 편지에 힘들어 죽겠다고 말하는 그 정도가 어느 정도인지 몰랐는데 오늘 당한 일로 미루어 보아 아내는 나 없는 동안 무척 심적 고통을 겪은 것이 틀림없었다.

그런 경애가 내가 귀국하기 사흘 전에 말도 없이 집을 나가 사라져버렸기에 우리 식구들은 서로 입 밖에 내서 말한 적은 없지만 내심 안도의 숨을 쉬고 있었다. 새 집의 기쁨도 사실은 이래서 더 컸던 셈이다.

"그 징한 애가 멀리 가버리지 않고 왜 또 나타났는지 모르겠어."

"할 수 없지. 내일이라도 집에 나타나면 붙잡구려. 얼마나 고생했으면 그 지경이 됐겠어. 다 우리 세대의 잘못이지."

"그 앤 이 집안의 암덩어리에요. 암의 뿌리가 이 집안에 퍼져 다 죽을지도 몰라요."

"어떻든 세상으로 나도는 것보다는 집에 가두는 편이

나으니 꼭 잡도록 해요."

"애들의 교육이나 앞날에 영향이 있으니 절대로 집에 들여놓을 수 없어요. 더구나 큰 애의 결혼식이 한 달 남았는데 잘못 하다가는 파혼당해요."

"당신은 경애를 그 깊은 신심(信心)으로 받아들여 쓰다듬을 수 없단 말이오, 종교에서 사랑을 빼면 무엇이 남겠어."

나는 다급해서 아내를 설득시킬 방법으로 그녀가 믿는 종교를 내세웠다. 아내에게 반해 미친 듯이 따라다니던 시절, 아내와 함께 다녔던 교회에서 얻어들은 말로 아내를 달래려는 계획이었다.

"전 더 이상 사랑을 베풀 수 없어요. 여직 그 애에게 베푼 사랑으로 족하다고 생각해요. 없는 돈에 대학까지 보냈는데 지가 무슨 대장부나 된 것처럼 날뛰었으니 제가 얼마나 그 애를 위해 고생을 했고 속을 끓였는지 당신도 알지 않아요. 당신은 하숙집드나들 듯이 가정에 돌아와 잠을 잤으니 내 고충을 알 리가 있겠어요. 그 앤……."

아내는 지나간 세월 이야기만 나오면 얼굴이 벌겋게 달아오르고 말이 많아지며 숨이 가빠질 것이라 나는 그녀의 말허리를 끊었다.

"인정한다니까. 늘 들어 다 외우고 있으니 그만 둬요."

"다시는 내 앞에서 경애 문제를 꺼내지 마세요. 그 애 얼굴이 떠올라도 속이 울렁대서 밤에 잠을 이룰 수가 없이 메스꺼워요."

아내에겐 시누이이니 아무래도 고운 관계는 아닐 터이다. 그러나 내겐 피가 통하는 오빠와 누이동생 사이가 아닌가. 이 추위에 그런 정신으로 방황할 것을 생각하니 가슴이 저몄다.

"당신이 그렇게 의지하는 신이 이런 경우 어떻게 하라고 지시할 것 같소? 겉옷을 달라면 속옷까지 주고 오 리를 가 달라면 십 리를 동행해 주며 왼뺨을 맞으면 오른뺨까지 내밀라고 가르치지 않았어?"

음흉하게도 나는 아내를 한구석으로 살살 몰아붙였다. 스물다섯 해를 내가 사용한 무기는 바로 이런 구절들을 나열해서 아내로 하여금 꼼짝 못하게 만들어 나의 짐을 슬쩍 그녀에게 맡겨버렸던 셈이다. 아내는 내 말에 눈에 띄게 고분해져서 목소리까지 낮췄다.

"사랑도 서로 마음의 줄이 닿아야 이뤄지는 법이에요. 그 앤 무엇이나 일방적이니 난 그 애를 포기했어요. 불평만 하고 앉아서 뭐든지 요구하고 거머리처럼 빨아대지, 수고하고 희생하거나 받은 일부를 돌려줄 줄 몰라요."

자신의 속으로 낳은 자식도 기르기 어려운 법인데 시누이를 길러 막바지에 열매도 보지 못하고 속을 상한 것이 아내의 마음 속에 응어리로 남은 모양이다.

"그 애가 그 꼴이 되는 걸 마치 기다리고 있었단 말 같이 들리는군."

아내는 개미고 경애는 베짱이가 되어 추운 겨울이 오니 베짱베짱 울어대는 경애 옆에서 아내는 매섭게 머리를 내 젓는 것 같다는 엉뚱한 생각이 들었다. 매섭게 몰아치는 눈발 속으로 휘청거리며 쫓겨나는 베짱이가 가여워 나는 어릴 적에 개미를 무척 미워했었다. 그 독한 개미를 닮은 아내가 징그러워 소름이 돋았다. 정해진 적은 월급으로 저축을 하고 밤 한 톨이라도 생기면 나눠먹던 시절엔 절 대로 느껴보지 못했던 일이었다. 이제 평생 꿈이던 이렇 게 좋은 집에 이사 왔으니 우리 부부의 영혼이 더욱더 아 름답게 결합되어야 하는데 다 이룩한 탑이 경애 문제로 서서히 흔들리고 있었다. 이 추위에 가을 옷차림으로 겁 먹은 눈을 하고 망가진 인형처럼 무기력한 몰골로 도망쳐 버린 경애가 좀처럼 내 머리에서 지워지질 않았다. 내 체 면 내세우고 내 앞만 가리기에 급급해서 나댄 것이 슬그 머니 창피해졌다. 돈이라도 집어줘서 요기라도 시키고 싸 구려 반코트라도 사 입힐 걸 하는 후회가 짐처럼 무겁게 내 어깨를 찍어 눌렀다.

"어머! 아빠. 빨리 나와 봐요. 고모가 돌아왔어요."

고등학교 졸업반인 막내가 쇳소리를 내며 후다닥 신을 신은 채 안방으로 뛰어들어 왔다. 고삼은 모두 학교에 남 아 공부하다가 자정이 가까워야 돌아오기에 아내는 월간 잡지를 뒤적이고 나는 신문을 광고란까지 한 자도 빠뜨리 지 않고 읽을 때였다. 고모가 나타났다는 소리에 아이들은 모두 공포에 질려 다락으로 기어 올라가 그 안에서 이불을 뒤집어쓰고 몸을 떨었다. 나는 경애의 팔을 붙잡고 신사적으로 오빠의 체면을 살려서 이야기하려고 시도했다. 그러나 그것은 허사였다. 어찌 힘이 센지 역부족으로 나는 뒤로 넘어져버렸다. 부엌에서 칼을 집어 든 경애는 닥치는 대로 찌르기 시작했다. 넘어진 내가 가슴에 칼을 찔릴 것을 직감한 아내가 숨어 있던 식탁 뒤에서 나와 경애를 밀쳤고 독이 오른 경애는 아내의 오른팔을 칼로 찔러 양탄자에 피가 홍건이 고이기 시작했다.

"엄마가 죽어. 사람 살려요."

"우리 엄마가 칼에 찔렸어요."

숨어 있는 다락 한쪽에서 뚫린 창문에 머리를 내밀고 큰 딸은 자정이 가까워 오는 시간에 이웃을 향해 고함을 쳤다. 아이들이 울부짖는 소리, 아내의 신음 소리, 정신없이 칼을 휘두르는 경애는 악을 쓰는 조카들이 있는 다락으로 내닫고 있었다.

"여보, 내가 일러준 비방을 어서 말해요. 힘으로 당해낼 수 없어요."

아내가 기어드는 목소리로 내게 말했다.

"이년, 어서 경찰서로 가자."

나는 이 말을 울먹이며 거듭거듭 외쳐댔다. 목이 아프도록 악을 썼다. 경애는 이런 날 힐끔 보더니 스스로 칼을 집어던지고 잠시 비트적거리더니 문을 나서서 어둠 속으로 사라져버렸다. 구급차를 불러 응급실에 실려 온 아내는 하염없이 울기만 했다.

"고문을 너무 심하게 받았나 봐요. 남자들을 보면 그 증세가 심하다니까요. 맞서서 고함을 치거나 붙잡으면 독이 더 올라 저희들은 그 애가 나타나면 숨을 죽이고 살살 달랬어요. 그러면 손톱으로 꼬집고 울다가 지치면 잠들고 했는데 당신은 그 앨 거칠게 다루니까 난폭해진 거예요."

"큰일 났어. 저러다가 살인을 저지르면 어떡하지."

"그건 우리 책임이 아니에요. 나라가 잘못했으니 국가에서 돌봐야 해요."

새집에 이사와 행복했던 날들이란 얼마나 짧았단 말인가! 큰딸은 다시는 드레스를 입고 나와 식구들을 즐겁게 하지도 않았고 아내가 병원에서 돌아온 뒤에도 우리 집엔 경애의 그림자가 담겨 있어 모두 마음을 졸이며 문소리에도 깜짝 놀라서 숨을 죽였다.

봄바람이 겨울바람보다 더 으스스했으나 사무실엔 개나리와 진달래가 소담스레 꽂혔고 버들가지에 물이 올라 푸른빛이 어른어른 감돌았다. 인터폰을 받고 이번엔 아내의 의사를 무시하고라도 경애를 집으로 끌고 갈 결심을 했다. 그래서 바바리까지 챙겨 입고 아래층으로 내려갔다. 승강기에서 내린 나를 보자 경애는 수위의 손에서 빠져나와 수탉처럼 덤벼들어 이마와 코언저리를 손톱으로 몇 차례 북북 긁어버렸다. 졸지에 당한 일이고 또 이마에서 흘러내린 피가 눈으로 스며들어 두 손으로 얼굴을 감싸 안았다. 다급해진 수위가 몽둥이로 경애의 몸, 어디를 때리는지 퍽퍽 소리가 났고 연이어 돼지 목 따듯 내지르는 비명과 몰려나온 사원들의 웅성거림 속에서 정신을 차렸을 적엔 경애는 이미 시야에서 사라진 뒤였다.

"과장님, 얼마나 되는 액수인지 어이 갚으세요. 이런 일이 소문 나면 거둬들이기 힘듭니다. 대장부의 길에 돈과 여자가 부정하게 끼어들면 신세 망치는 법이지요."

수위가 얼굴의 피를 닦아주며 짐짓 걱정스럽다는 투로 충고했다. 내 돈 내놔, 이놈아. 왜 모두 빼앗아가는 거야. 이 사람이 제 옷을 벗기고 돈이랑 내 귀중품을 몽땅 가져갔으니 제발 찾아주세요. 하고 둘러선 사람들을 향해 절규한 끝인데 내가 아니 예요. 이애는…… 어쩌고 하며 늘어놓은들 누가 곧이듣겠는가. 구질구질하게 펼쳐 보이면 변명이 될 터이니 차라리 입을 다무는 편이 현명했다. 더구나 큰딸의 결혼식이 며칠 남지 않았는데 그냥 슬쩍 넘기리라 싶어 시답잖은 일처럼 허허 웃어버렸다.

이마와 코언저리에 찍힌 생채기가 훈장처럼 얼굴에 남아 있어 여사무원들이 나만 보면 끼루룩 숨어서 웃었다. 경애를 누이동생으로 가졌다는 고통이 나를 깊은 수렁으로 밀어 넣어서 나는 밤이고 낮이고 허우적거리고 있었다.

아무리 생각해도 경애를 구할 사람은 아내뿐이란 생각이었다. 나다니는 내가 그 앨 돌볼 수는 없는 일이요. 어머니처럼 길러낸 아내가 그 앨 이 혼란에서 구할 수 있으리란 결론밖에 내릴 수가 없었다.

"저 앤 정상이 아니야. 그래도 이런 병은 사랑으로 고칠 수 있다고 봐."

"부모가 아닌 내가 어떻게 짙은 사랑을 베풀 수 있겠어요."

"당신은 나와 다르게 하나님을 믿는 여자가 아니오. 그러니 뭔가 좀 다른 방법이 있을 것 같은데."

시아버지와 시어머니를 모시고 살다가 장례까지 치렀고 둘이나 되는 시동생들을 공부시켜 장가를 보냈고 초등학교에 다니던 경애를 키워 대학까지 보냈던 아내는 내가 보기에도 보통은 아니었다.

"제 힘으론 안돼요. 기도도 하고 사랑해 보려고 아무리 애를 써도 자꾸 무섭고 떨려요. 가까이하면 제가 다치는 걸요."

"요즘은 안수기도를 받고 병을 고친다는 소문이 있던데."

"가슴에 응어리진 것을 풀어야지 낫는 병이니 본인이 믿음으로 고쳐야 해요."

"당신이 안수기도하면 안돼나?"

"급하니까 하나님 찾지 마세요. 먼저 당신이 하나님을 믿어야 해요. 그래야 나와 합심해서 기도하지요."

"급한 대로 당신이 기도해서 고쳐봐요."

"그러지 않아도 유명하다는 목사님을 모셔다 몇 번이나

안수기도를 받았는데 소용이 없어요."

"그럼 하나님도 꼼짝 못하는 병인가?"

"하나님의 뜻이 있겠지요. 지금은 몰라도 먼 안목을 가지고 보면 알게 되니까요."

"침묵의 뜻을 깨달아라 이거지. 당신 자꾸 둘러대지 말고 경애를 받아들입시다. 안방에 고이 앉히고 우리가 지성으로 사랑한다면 그 발광증이 나을 것이 아닌가. 저대로 놔두면 경애는 무슨 일을 저지를지 모르잖아."

"절대로 안돼요. 제겐 가정을 지켜야 할 의무가 있어요. 사랑도 가정이 있고 행해질 수 있는 것이 아니겠어요."

이런 아내에게 경애를 맡길 수도 없는 일이요, 정신병 분야의 책을 아무리 읽어도 그 깊은 내막을 알아낼 수가 없었다.

아내는 끝까지 경애를 집에 들여놓는 걸 반대하고 식구들의 마음을 예쁘게 지은 새집으로 모으려고 애를 썼다. 노란색 장미를 듬뿍 사다가 거실에 꽂아 분위기를 내기도 하고 꽃무늬가 요란한 홈드레스를 입어서 집안이 화려하게 보여 뜨거운 사랑이 넘치게 하려고 애를 썼다.

날씨가 풀려가면서 경애는 회사에 자주 나타났다. 이애는 내 동생인데 고문당한 충격을 받아 정신 이상이 생겼답니다. 하고 솔직히 사람들 앞에서 말하고픈 충동을 하루에도 수십 번 받았으니 그렇게 되면 사람들이란 그 충격이 뭣인가고 알고 싶어 할 것이다. 입방아는 헛소문을 낳을 것이고 경애의 과거를 만나는 사람들에게 변명처럼 늘어놓기가 괴로워 나는 묵묵히 입을 다물고 있기로 했다. 혈통에 정신질환 유전자가 있다고 낙인 찍힐 것이 두려워 나는 속으로 모든 괴롬을 삼키기로 결심했지만 서서히 몸과 마음이 병이 들어가는지 밤엔 진땀을 흘리고 헛소리를 했으며 요즘은 술을 먹고 들어가 아이들에게 손을 대기도 했다. 나도 경애처럼 서서히 난폭해지고 있다고 할까. 어둠이 스며드는 내 새집은 아이들도 숨을 죽이고 아내는 시계추처럼 교회를 더 뻔질나게 드나들었다.

아내는 경애 문제로 아무래도 마음이 무거웠는지 밤늦도록 머리맡에서 기도를 했다. 간간이 들리는 토막말들은 이러했다.

"절 불쌍히 여겨주세요. 제가 지금까지 지켜온 가정이 깨지고 있으니 경애의 생명을 취하시든지 아니면…… 제가 얼마나 고생하며 그 앨 길러냈는지 아시잖아요. 이건 국가가 책임져야지요. 오죽했으면 대학생들이 깃발을 들었겠어요. 그러니 제게 더 이상 그 앨 사랑하라고 권하지 마세요."

밤마다 말로만 투정을 부리는 아내의 울음 섞인 기도에 짜증이 날 무렵 아내가 말하는 그 사탄이 내게도 들어왔는지 나도 점점 혼돈 속으로 빠져들어 잡히는 것마다 내던지고 싶고 때려 부수고 싶은 충동에 진땀이 났다.

"여보, 경애를 잡으러 나갑시다. 이렇게 그 앨 세상 속에서 방황하게 놔 두고 살자니 가슴이 졸여 병이 나겠어."

"경애가 이 집에 들어온다면 제가 나가지요. 전 그 앨 다스릴 자신이 없으니 그 앨 택하든지 절 택하든지 한 사람만 고르세요."

"바다 같은 사랑이니, 강 같은 평화니 하고 당신이 입술로 부르던 노래는 모두 거짓말이었군. 당신의 삶은 깊은 물에서 헤엄치며 사는 줄 알았더니 별수 없군 그래."

"맞아요. 전 사랑스런 가정을 지키며 죽은 뒤에 갈 하늘나라를 준비하고 이 땅 위에서부터 천국을 누리고 살고 싶어요. 평범한 삶을 사는 여자지요."

"깊은 물이 아니라 여울물이라 이거지?"

아내에게 이런 이기적인 구석이 있었다니! 나이 들면 그렇게 추해지는 것일까. 다정하던 아내가 무섭고 찬 여자로 둔갑해서 나는 경애 문제로 늘 불안한 부부관계를 가졌다. 가족관계 뿐만 아니라 나는 내 주위의 모든 사람들을 무서워하고 의심하며 피해 집으로 돌아와 텔레비전 앞에 쪼그리고 앉아 있는 것이 제일 편안했다.

"정신병원에 입원시키는 방법밖에 없어요."

아내가 참지 못하고 이런 제의를 했다.

"당신 정신 나갔어. 정신병원에 넣었다는 것은 우리 집안에 이런 병이 있다는 것을 입증하는 거야."

"그럼 어떡해요."

"우리 힘으로 해결해야 해."

헐벗고 굶주리며 도심지를 헤매는 여자, 그것도 심신에 상처를 받아 정신에 이상이 온 여자를 보고 아무런 생각 없이 따지지 말고 울어버릴 수 있는 아내도 갖지 못한 남자가 바로 내가 아닌가. 이런 내가 누굴 원망하며 누굴 탓하겠는가. 아내의 종교가 깊은 물이어서 모든 걸 품어주길 내심 바라고 살아왔는데 그 기둥마저 무너져 내리니 허전할 뿐이었다.

거의 매일 수위실에 나타나는 경애 때문에 나는 서서히 노이로제 증세에 빠져 머리 긴 여자만 봐도 가슴이 뛰고 숨이 가빴다.

"마지막 방법을 써야겠어요."

어느 날 아침, 아내는 무장한 군인처럼 씩씩하게 말했다.

"뭘 어떡하겠다는 건가?"

"걱정 마시고 어서 출근하세요."

아내가 가면을 쓰고 경애가 지나갈 길목에 숨어 있다가 일격에 죽여버리길 바라는 이상한 바람을 억누를 수 없어 나는 어깨 속에 자라처럼 머리를 푹 묻어버렸다.

"과장님 어서 나와 보세요."

수위의 다급한 연락에 승강기를 기다리지 못한 나는 계단을 두세 칸씩 뛰어 내려갔다. 가정과 직장이 전부인 내게 이웃이고 누이동생이고 모두 귀찮았다. 오로지 내 주위가 조용해서 기계처럼 돌아가며 살기를 바랄 뿐인 내게 시련이 파도처럼 밀려왔다. 회사 정문엔 사람들이 모여들어 웅성거렸다. 아! 드디어 아내는 살인을 저지른 것일까. 두 다리가 저려 제대로 걸을 수가 없었다. 나를 본 동료들이 길을 터줘 거기서 일어나고 있는 사건을 슬로우 비디오를 틀어놓은 듯이 멍청히 구경할 뿐이었다. 하얀 가운을 입은 청년들이 미친개를 잡아 철창에 가두 듯 경애를 묶어, 봉고에 밀어 넣고 있었다. 얼마간의 소음이 있고 이내 모두가 떠나버린 뒤 아내는 길가에 쪼그리고 앉아 초점 흐린 눈을 허공에 두고 있었다.

"어디로 보낸 거야?"

"기도원이요. 전 최선을 다했어요. 전 신(神)이 아니니 더 이상 사랑이니 뭐니 해가며 제게 모든 짐을 지우지 마세요. 내가 감당할 사랑을 베풀어야지, 당신은 이 나라의 모든 것까지 내 종교 위에 올려놓으려 하고 있어요."

아내는 사람들의 눈도 무시하고 길바닥에 주저앉더니 끼룩끼룩 터지는 울음을 참느라고 손수건으로 입을 틀어 막았다.

스물다섯 해를 꿈꾸며 소망하여 지은 아름다운 집이 이런 내막을 품고 있어서 울타리의 칠이 벗겨져도 유리창이 깨져도 아무도 관심을 갖지 않았다. 아내는 말이 없어졌고 아이들은 문소리에나 바람소리에도 퍼드덕 놀라는 겁쟁이가 되어버렸다. 밥 먹을 때나 텔레비전을 볼 때 심지어는 깊은 잠을 잘 때도 경애는 우리 모두 속에 자리를 잡고 촛농처럼 눌어붙어 있었다. ✷

황충상 소설가

이민사의 아픔은 물질과 정신을 동시에 빈곤하게도 하고 풍요롭게도 한다.
이 말은 단정적일 수가 없는데도 단정하고 위로 받는 통시성이 있다. 흩어
져서 오히려 결속의 의미가 생겨나는 만화경의 소설 「흩어진 사람들」은 부조
리한 생의 단면을 그리고 있다. 바다 같은 사랑, 강 같은 평화가 그것이다.

흩어진 사람들

뒤란 대나무 숲에서 참새 소리가 요란했고 우물가 감나무엔 노로꼬롬한 감꽃이 흐드러지게 피어 있었는데…….
그 다음은 아무리 머리를 쥐어짜도 오리무중이다. 새벽안개가 이슬이 되어 내려앉을 즈음 졸린 눈을 비비며 마루끝에 앉아 바라본 풍경이다. 귀청을 찢는 그악스런 새소리에 새벽잠을 깬 참이었고 대나무 숲을 헤집고 빠져나온 알큰한 새벽바람이 감꽃 내음을 실어다 그녀의 얼굴에 울컥 뿌려놔서 그나마 뇌리에 새겨진 것이다.

"서류의 빈칸을 몽땅 채워야 여권도 바꾸고 아들 초청도 알아볼 수 있다니까요."

대사관 직원의 음성이 이젠 사뭇 신경질적으로 변했다.
그래도 그 앞에 웅크리고 앉은 여자는 환각제에라도 취한 듯 흐릿한 눈망울을 서류 위에 고정시키고 대나무골 환상에 빠져든다.

"글씨를 못 쓰면 제가 대필할 터이니 어서 말이나 하세요. 이름은?"

사내는 너무 더워 짜증이 난데다가 여자의 태도에 부아가 치밀어 도끼눈을 하고 여자를 흘겨봤다. 그런 주제에 고국에 죽치고 파묻혀 있지 어쩌자고 로마까지 나와 구정물을 뒤집어쓰고 앉았느냐는 말이 목구멍까지 치미는 듯 그의 목젖 부분이 징그럽게 꿈틀댔다.

"제 이름은 안양숙(安養淑)이고요, 제 남편은 절 슈거라고 불러요."

"이봐요. 슈거란 이름이 아니고 부부 사이에 부르는 거요. 내 참 기가 차서."

사내가 담뱃불을 재떨이에 비벼 끄면서 서류의 윗간을 채웠다. 노랗게 물들여 어깨까지 늘어뜨린 여자의 머리가 드러난 어깨의 살갗과 묘한 대조를 이뤄 역겹기까지 했다. 게다가 새로 자라오는 머리 밑동은 제 본래의 색을 까맣게 드러내서 그 경계선이 남과 북에 그어진 휴전선처럼 섬뜩했다.

"부모의 이름은?"

다시 침묵.

"이봐요. 날 가지고 놀려는 모양인데 나 바쁜 사람이야. 어서 대답해요. 아버지 성함은 안(安) 무엇이지요?"

여자는 거북해서 조금 움찔대더니 머리를 숙인다.

광대뼈가 톡 튀어나오고 동양인답지 않게 우스꽝스런 매부리코를 가진 사내는 동정심이나 이해심을 내비칠 의향이 씨알조차 없어 보였다. 이 더위에 가만있어도 화가 버럭버럭 나는 판인데 이렇게 머무적이는 양숙이 골칫덩어리라는 듯 서류를 그녀 앞으로 휙 밀어놓는다.

"응접실로 나가 오래 생각해보고 부모 이름이 떠오르면 다시 들어와요. 호적도 가져와야 아들도 초청할 것이 아니요."

젖무덤을 살짝 가린 어깨 부분이 없는 티셔츠의 가는 어깨끈이 그녀의 바짝 마른 어깨뼈 위에서 헐렁헐렁했다. 연분홍 셔츠의 얇은 올들 사이로 검은 젖꼭지가 또렷이 내비친다. 한 손으로 서류를 들고, 다른 손으론 흘러내리는 어깨끈을 연신 끌어 올리며 여자가 사무실 문을 나선다.

저런 여자들이 나라 망신을 다 시키고 돌아다닌다니까. 흰둥이면 좀 봐주겠는데 깜상과 붙어 다니니 창피해 죽겠어. 어쩌고저쩌고 하는 사내의 투덜거림이 그녀의 뒤통수에 꽂혔으나 양숙은 그런 투의 눈총과 속닥거림에 면역이 된 듯 표정을 조금도 흐트러뜨리지 않고 응접실로 나왔다. 밖에서 초조하게 기다리던 안양옥(安養玉)이 그녀를 반갑게 맞이했다.

"언니야, 다 된 거야."

"……."

언니의 침묵에 조바심이 난 양옥은 요리조리 미꾸라지처럼 빠져나가는 형부에 대한 불만을 늘어놨다. 그래도 입을 꾹 다문 양숙은 두 다리를 아예 긴 의자 위에 가지런히 올려놓고 누워버린다. 양옥이 미숫가루를 타서 양숙의 입에 강제로 퍼 넣는다.

"독일에서 언니 곁에 온 지 벌써 일주일이 지났어. 이렇게 굶기만 하면 어쩌자는 거야. 십 년 만에 만난 이 동생 앞에서 이런 꼴을 보여 가슴에 못질을 할 참이야."

양옥의 눈물이 누워있는 양숙의 얼굴 위로 후드득 떨어지자 마지못해 상반신만 일으킨 양숙이 종이컵을 받아 조금 마신다.

"아무래도 형부와 의논해서 입원해야겠어. 살아있는 사람의 얼굴이 아니고 마네킹 같다니까."

"이렇게 한 세상 살다 가는 거지 병원에 가면서까지 생명을 연장할 맘이 없다."

양숙은 입속에 넣은 미숫가루의 달짝지근한 맛을 혀끝으로 더듬으며 눈을 스르르 감더니 대나무 우거진 꿈 동네를 헤매는 듯 황홀감에 빠져든다.

뒤란 대나무 숲에선 참새 소리가 요란했고 우물가 감나무엔 노로꼬롬한 감꽃이 흐드러지게 피어 있었는데……. 그다음 기억이 전혀 연결되지를 않는다. 우물은 둥글지 않았었지……. 그래그래, 사각형 돌우물이었으며 동네 아낙들이 물동이를 이고 와서 똬리를 감나무 가지에 걸어

났었지. 그리고 그 다음은, 그 다음은 영원처럼 감감했다.

"언니야, 왜 서류를 그냥 들고 나왔어?"

"부모 이름을 대라고 해서……."

"언니가 국제결혼할 때 써넣은 그 이름으로 써넣으면 되지 않아."

"그때, 주위 사람들이 수속하면서 어떻게 써넣었는지 도무지 모르겠어."

"아무거나 써넣으면 되지 뭘 그래."

"안양 고아원서 자랐다고 안양에다 숙(淑)이니 옥(玉)이니 하고 지어준 이름이지 우리가 어디 안(安) 씨냐. 이젠 어떻게 해서든지 기억을 더듬어 고향을 찾고 부모를 찾아야겠다."

이 마당에 부모가 무슨 소용이 있어. 시집가기 전, 어린 시절에나 부모가 필요한 것이지 다 커서 제 발로 뺄뺄대며 다니는 어른이 퇴행현상이라도 나타났나. 엄마를 찾는다고 나대서 여러 차례 면박을 주었다. 그래도 정신 이상에 걸린 듯 이따금 중얼대는 양숙의 고향 타령에 양옥이 울컥 짜증을 냈다.

"언닌 주책이야. 검둥이 남편하고 사는 주제에 부모를 만나 뭘 해. 제 나라에서도 견디어 살지 못하고 외국으로 밀려 나와 살아가는 신세에 부모라고 반겨줄 것 같아. 젖 비린내 나는 딸들을 버린 부모가 지금 나타난다면 어떤 표정을 짓는다고 생각해. 한국말이든 영어든 모두 대화

불통이라 건들건들 웃기는 연극이나 벌일 걸."

"전쟁이 가족을 흩어지게 했지 부모가 왜 우리를 버렸겠니?"

"버렸으니까 우릴 찾지 않았지 뭐야?"

이들 자매의 격한 대화 내용은 응접실 안에 있는 사람들을 염두에 두지 않는 듯했다. 열어놓은 창문을 통해 거리의 소요가 전해왔다.

"이따리아노, 이따리아노!"

목이 미게 외치는 로마인들의 함성이 큰 사건이라도 터진 듯 시끌했다. 양옥이 창밖으로 머리를 쑥 내밀어 거리의 동정을 살폈다. 줄지어 늘어선 차들이 일제히 경적을 울리고 트럭들이 쇠사슬 뭉치를 신고 가며 더 소란스러운 소음을 내려고 여럿이 매달려 그것을 철그렁철그렁 맞부딪치고 있었다. 어디에 그렇게 박혀있다 쏟아져 나왔는지 거리는 인파로 와글댔다. 승용차 창 밖으로 허리까지 내민 아가씨들이 초록, 하양, 빨강 세 줄이 그어진 국기를 흔들었고 차꽁무니에 매달린 빈 깡통이 한몫을 담당해 거리는 흥분의 도가니였다. 긴 세월의 문화로 얼룩진 시내는 박물관이라도 열어놓은 듯 이끼와 먼지로 찌든 조각품들로 인해 유령이라도 나올 듯했다. 이 도시에 버글대는 군상들은 영화 촬영을 하려고 임시 풀어놓은 배우들처럼 시시덕거리고 미친 듯 고래고래 소리를 질렀다. 삼색 국기를 어깨에 두른 소년들이 떼를 지어 행진을 하기도 했다. 모두가 일제히 이따리아노를 외쳐가면서 감독의 지시라도 따르듯 아주 정열적인 연기를 했다.

"왜 그런다니?"

양숙이 커튼 사이로 파고드는 따가운 햇살을 손바닥으로 막으며 묻는다.

"독일과의 축구 시합에서 이겼다나봐."

"시시한 사람들이군. 그까짓 것이 그렇게 기쁠까. 배가 부르니까 동물처럼 시시한 일에 흥분해서 지랄이야."

"언니 말씨 좀 곱게 쓸 수 없어."

"나도 그렇게 흥분해서 사랑할 고향을 가졌으면 좋겠어. 그 고향을 못 찾아 맥이 빠져 있는데 저것들이 날 약 올리지 않니."

그 옛날, 조상들이 누린 영광이 그리워 몸부림치는 이태리인들은 몇 년 만에 처음이라는 더위도 잊은 듯했다. 기막힌 더위를 견디려고 하루를 이틀로 살아가는 이곳 사람들은 한낮을 밤 삼아 푹 자고, 아침저녁에 활동하는 특이체질이건만 이날만은 일상생활의 패턴을 던져버렸다. 그 옛날, 로마의 전성기에 살고 있으며 지금 막 승전보라도 받아 든 양, 어쩔 줄 몰라 야단들이다. 우중충한 옛날의 건물 위에 세워진 조각들이 의젓하게 이런 사람들을 내려다보고 있다.

"내 고향엔 저런 웅장한 건물도 없었고 저런 기막힌 조각들은 분명 없었어. 그냥 자연이 우거진 그런 곳인데 그

무드가 참 특이했거든."

　소용돌이치는 군중들의 소요와 오래되어 우중충한 로마시의 조각들을 떠올리며 양숙이 중얼댔지만 그 누구도 그 말에 응답해주는 이는 없었다.

　그 무서운 박해를 견디어 가면서 초기 기독교인들은 이 도시의 곳곳에 영원한 흔적을 새겨놓았다. 그림과 조각을 통해 하나님의 형상을 찾아보려고 몸부림친 흔적도 있다. 성경 속의 인물들을 영원한 모습으로 형상화시킨 화가와 조각가들의 피땀 흘린 걸작들도 널려있다. 삶과 죽음의 연결점을 찾으려는 안타까움은 전 인류의 문화 속에 녹아 있지만 유독 이 지역은 그 표출이 웅장하고 섬세해서 순례지처럼 웅성거리는 도시다. 그 많은 조각과 그림을 통해서 저들은 참말 신(神)을 만났으며 참 평안과 기쁨을 누렸을까. 비둘기들이 찔끔찔끔 흘린 오물로 거뭇하게 더러워진 나체의 석상들이 풍만한 유방을 너무 자신만만하게 노출하고 있어 오히려 식상함을 불러일으킬 지경이다. 그 조각들은 돌 뭉치라 서서히 마멸되어가겠지만 물 뭉치인 인간보다 긴 생(生)을 가졌다는 평범한 진리가 양숙의 마음을 무겁게 했다. 인간이란 무엇이기에 그 짧은 삶을 이렇게 슬픈 이별 속에 몰아붙이고 그리워해가며 마음 아파해야 한단 말인가!

　밖의 소요가 가중됨에 따라 여권과 돈을 잃어버린 사람들이 계속 불어나서 대사관 안은 시장바닥처럼 붐볐다.

카타콤(Catacomb : 지하무덤) 근처가 제일 험악해서 다섯 사람이나 한 자리에서 날치기를 당해 비행기표, 여권, 돈까지 몽땅 잃었다고 울음을 터뜨리는 측도 있다. 조상은 멋진데 그 자손들은 죽일 놈들이야. 조상들이 이룩한 문화유산을 관람시키고 거기서 떨어지는 돈으로 살아가는 신세를 정확히 파악해서 신사답게 행동해야지 낯선 고장에 와서 어릿대는 관광객들의 가방을 오토바이까지 동원해서 채가다니! 이 나라도 망조가 들었어. 길가에 늘어선 상점들도 관광객만 보면 도둑놈으로 둔갑하거든. 물 한 병이 같은 지역에서 몇 배로 뛰고 새끼손가락만한 기념품이 부르는 것이 값으로 낙착되니 몹쓸 도시야. 여행자답지 않게 단정하게 넥타이를 맨 백발의 노인은 몸 전체에 훈장 티가 졸졸 흐르는 사람이었다. 그 은퇴한 교수가 학생들을 가르치듯 느릿한 말로 이렇게 불평을 털어놓으며 난감한 표정을 지었다.

"여행자 수표를 가지고 다니면 분실해도 신고해서 찾을 수 있는데 현금을 가지고 다녔나요? 현금을 가지고 다니는 얼간이는 한국인들뿐이라니까. 그 좋은 고향을 가진 한국 사람들이 왜 여기 나오면 그렇게 얼뜬지."

누운 채 노교수의 말을 경청하다가 이렇게 지껄이는 양숙을 모두 흘끔거리며 곁눈질 했다. 젖꼭지를 간신히 가린 용감한 차림의 노랑머리 여인이 그렇지 않아도 피하려 드는 그런 부류의 사람들을 향해 이렇게 오만스런 자세로 나오자 기가 찬다는 표정들이 모두의 얼굴에 또렷이 드러났다.

"그까짓 종이쪽을 믿고 이런 먼 타향에 나오기가 찜찜한 건 모두의 생각이야. 현금을 지니고 있어야 뱃속이 훈훈하니 내가 늙어서 그런가 봐."

슬그머니 부아가 치밀었으나 현금을 많이 지닌 자신이 쑥스럽게 여겨져 노교수는 어물어물 말끝을 삼킨다.

"요즘 여행자에게 바꿔주는 돈이 삼천 불이라고 들었는데 그걸 현금으로 들고 나왔단 말이에요?"

"유럽 전역과 미국을 삼 개월 걸려 늙어 죽기 전 돌아보려고 나왔는데 그게 뭐 많은가. 서른다섯 해를 대학 강단에 섰었다고. 한 번도 외유를 않고 틀어박혀 있었지. 내 과목이 외국 학위를 필요로 하는 것이 아니었으니까. 이런 내가 마지막 소원으로 여행 나온 것이 그렇게 마음에 들지 않우. 하긴 비싼 달러를 쓰자니 마음이 아프긴 했어."

"백 불도 현금으로 가지고 다니면 마음이 졸이는데 교수님이 그렇게 많이 지니셨다니 믿어지지 않아서 그래요."

까발라진 여자, 짐작컨대 창녀에서 진급해 국제결혼한 여자와 어쩌고저쩌고 말을 했다간 인격이 깎일지 모른다는 걱정에 대기실을 메운 사람들은 그들의 대화를 못 들은 척했다.

땀으로 찌든 공기를 빼내려고 창가에 선 사람들이 열심히 창문을 활짝 열어 놨지만 고리타분한 한국인 특유의 냄새가 실내를 진동시켰다.

"교수님은 평안히 유럽여행을 나오셨지만 그 달러가 어떤 것인 줄 아시우. 우리 젊은이들이 사막에서 피땀 흘려 벌어들인 돈이란 점을 아셔야 해요."

양숙의 맞은편 의자에 앉은 바짝 마른 청년이 노교수를 향해 신경질적인 반응을 보였다.

"그런 당신은 사우디아라비아에 가 있지 로마엔 왜 왔소?"

"그러니 저도 좀 돌았지요. 우물 안 개구리처럼 한국이란 땅, 그것도 중간이 딱 잘린 반쪽에 갇혀 지내기가 하답답해서 돈 벌겸 구경도 한다고 나왔다가 이 지경이 됐어요."

여권과 짐을 몽땅 잃은 사람들의 눈이 일제히 깜둥이 사촌쯤 되는 바짝 탄 청년에게 향했다. 세상만사 다 귀찮다고 짜증을 내며 펑퍼짐하게 누웠던 양숙이까지 청년을 향해 모로 누워 그의 얼굴을 응시했다. 여행 나와 잃어버린 여권과 짐 때문에 국제 고아가 돼버린 사람들이 잠시 시름을 잊고 이집트인처럼 살갗이 검은 청년에게 관심을 쏟자 머쓱해진 청년이 어깨를 으쓱했다.

"기막힌 사연이 있는 모양이군."

증오에 찬 독사의 눈처럼 희번덕이는 눈빛으로 보아 예

사 사람이 아님이 분명했다. 어쩜 이북서 넘어와 남쪽 사람들을 홀리러 다니는 수상한 사람일 수도 있다는 직감이 드는 것은 해외 나오기 전 받은 강습 내용의 영향도 있었다.

"나 같은 처지에 놓인 사람이 이 천지간에 또 한 사람이 있다면 그건 해가 서쪽에서 뜨는 이변이 일어날 거요."

청년은 이쯤 뜸을 들여놓고 입을 다물어버린다. 로마에 유학 온 미술학도일 거야. 아니면 로마 여인과 열렬히 사랑하다가 버림을 받았는데 여권까지 그 애인이 찢어버렸나 보지. 아니면 무전여행 온 철학도가 이국 여인과 하룻밤 잔 것이 불치의 성병에 걸려 호소하러 온 것일까 등등 제각기 상상을 떠올리며 청년이 입을 열기를 기다렸다. 청년의 입이 너무 무거워 실내의 진득한 더운 공기를 타고 거북살스런 침묵이 녹아들었다.

"여기 모인 사람치고 기막힌 사연 없는 사람 봤소. 모두가 스스로 슬픔의 주인공으로 내세우지만 그까짓 여권과 돈을 잃은 것은 아무것도 아니지. 나처럼 조국에서 살 수 없어 떠돌아다니는 여자에겐 고급스런 고민으로 보이는군."

양숙이 이렇게 이죽거리자 그 빈정거림에 떠밀린 청년이 떨떠름한 표정으로 말문을 열었다.

"글쎄, 미리 알았으면 주의했으련만……"

"한국 땅만 벗어나면 천국인 줄 알지만 세상은 어디 가

나 생지옥이요."

빨갛게 칠한 손톱이 마녀의 그것처럼 길게 자라 갈고리처럼 휘어져 때가 끼어 있었다. 양숙은 그런 손톱의 때를 긁어내며 세상을 다 살아버린 노녀(老女)처럼 씨부렁대니 이런 여자에게서 교훈을 듣는 것이 아니꼽다는 생각이 든 청년이 버럭 성깔을 부렸다.

"누군 나오고 싶어 나왔나. 사우디에서 일하다 보니 건강 때문에 어쩔 수 없어 나왔지."

"한국엘 가지 무엇 하러 로마에 왔소?"

나이 탓도 있겠으나 양숙은 청년을 손아래 동생 다루듯 나무랬다.

"총각이 한국 가면 재미있는 일 있답디까? 데모에 끼어 꾸룩꾸룩 외치리까. 아니면 나 죽었소. 하고 눈, 코, 귀를 틀어막고 시장바닥만 보며 장사를 하리까. 대학 나와 맘에 맞는 직장이 나서지 않으니 열사의 땅에라도 나와야지."

"그럼 여긴 눈, 코, 귀 열어놓고 네 활개 치며 돌아다니며, 여자나 돈을 마구 주무른다고 생각했나보군."

여러 날을 굶었다는 여인이 목에 퍼런 줄을 세우며 덤비자 청년은 놀라서 주춤하더니 심드렁하게 대꾸했다.

"책에서만 배운 로마를 꼭 구경해 보고 싶었어요. 이 년 만에 받은 휴가를 로마에서 보내겠다는 기쁨에 들떠서 공중을 훨훨 날아다녔다니까요. 사막의 맹한 모래 색에 절은 눈이 로마공항에 내리니 그 짙푸른 나무색에 놀라 경련을 일으키더군요. 게다가 금발의 여자를 보니 숨이 헉 헉 막혀 오고……."

여권과 돈이 든 짐을 몽땅 잃어버리고 허둥대던 여행자들은 사우디 노무자인 청년의 말에 구미가 당겨 흥미 어린 눈을 번뜩였다. 먼지와 땀으로 뿌옇게 변색된 뒷머리를 득득 긁으며 청년은 조금 창피하다는 듯 피식 웃었다. '머리는 고급인데 막노동으로 돈을 벌려고 열사에 나온 처지라! 그 주제에 로마 여인에게 반했다니 이거 웃기는군. 히야! 이거 흥미진진한 이야깃거리가 터져 나오나 보다.' 해가며 마른 침을 삼키는 측도 있었다.

"어깨까지 기른 생머리에, 뺨은 아주 맑고 투명해서 솜털까지 보였다고요. 게다가 살짝살짝 드러나는 배꼽이 비너스의 그것보다 더 잘 생겼더라니까요."

"이 친구, 하필이면 배꼽에 반해."

노교수가 쿡 웃으며 다리를 꼬고 앉자 다른 이들도 키들키들 웃기 시작했다.

"배꼽에 반해 가방까지 모두 주어버린 한국 남자란 얼마나 한심한 사람이람."

양숙이 노란 머리를 두 손으로 모아 큰 핀으로 꽂으며 여전히 청년을 놀린다.

"그렇게 순수한 사랑이었다면 소설 감이나 되지요. 당했으니 창피한 거지."

로마의 칠월은 복더위에 익은 한국인들에게도 참기 힘

든 고통이라 점잖은 노교수도 넥타이를 풀어내고 셔츠의 앞 단추 몇을 열어놓으며 헐떡인다. 이런 더위에도 모두 귀를 쫑긋 세우고 사우디에 일 나왔다가 이상한 일을 당한 청년의 사랑 이야기를 들으려고 일어서는 이조차 있었다.

"공항에 내린 나를 보더니 오래 기다리던 연인을 만났다는 듯 자연스럽게 다가와 내 목을 껴안고 입술을 빨고 뺨을 어루만지더니 음식점으로 끌고 가더군요. 남자들 세계에서 이 년을 지낸 탓에 여자의 치마만 봐도 가슴이 두근거리는데 이렇게 됐으니 끌려갈 수밖에요."

사막의 바람과 강렬한 햇볕에 그을려 전혀 한국인 같지 않은 모습의 청년이 한숨을 푸욱 쉬며 늘어놓는 이야기에 이상한 미소를 보내며 모두 귀를 기울였다.

"이태리어를 그렇게 유창하게 할 수 있다니 놀랍군. 도대체 이곳 사람들은 무슨 심보인지 내 영어를 들으면 모두 고개를 흔든다니까."

노랑머리의 여인과 말이 통한 청년의 외국어 실력에 노교수가 감탄을 금치 못했다.

"이성끼린 육체언어라는 것이 있어요. 아마 저분들이 제일 잘 터득하고 있을 걸요."

청년이 턱으로 양숙과 양옥, 두 자매를 가리키자 양숙이 발끈해서 물어뜯으려는 눈을 하고 외친다.

"저게 여기까지 나와서 날 짓밟는 건가. 색안경 쓴 한국

사람들이 꼴 보기 싫어 여기로 뛰쳐나왔는데, 네가 무언
데 그런 말을 해."

"어머, 왜들 이래. 여기까지 나와 싸우면 나라 망신이
지."

벌떡 일어나 할퀼 듯이 씨근덕이는 양숙의 양어깨를 눌
러서 억지로 의자에 앉힌 노교수가 비 오듯 쏟아지는 이
마 위의 땀을 이미 푹 젖어있는 손수건으로 찍어낸다.

"그런 너도 길거리 여인인 로마 창녀와 놀아나고 뭘 그
래."

더 대꾸를 하다가는 어떤 상스러운 말들이 그녀의 입에
서 튀어나올지 몰라 신사답게 참아준다는 으스댐으로 청
년은 외국인들처럼 어깨를 으쓱해 보였다.

그래도 받은 수모가 억울했는지 청년은 징그러운 윙크
를 양숙에게 보냈다. 그리고 꽤 많은 여자들을 건드려본
정력의 사나이임을 과시하려고 너스레를 떨기 시작했다.

"배가 고픈 참이라 못 이기는 척하고 그 금발머리를 따
라 갔지. 아는 음식이라곤 피자와 콜라뿐이라 그걸 먹겠
다고 손가락질했고 그 로마 여자는 이상한 음식들을 시키
더군. 내가 한두 여자를 경험했나, 이건 굴러들어온 떡이
구나 하며 책에서만 읽고 듣던 자유의 나라에 왔다는 이
상스런 기쁨도 일더군. 그런데 그 여자의 접시에 담긴 고
깃덩이가 설익어서 피가 줄줄 흘러나오지 않겠우. 그녀의
입과 포크가 피투성이였다고요. 어이, 징그러워. 근데 내

몹인 피자가 어찌 짠지 물을 여러 컵 들이키자, 이 여자가 씩 웃더니 술인지 무언지 모르지만 볼그레한 유리잔을 계산대에서 날아와 애교를 떨며 내 입에 대주더군. 그 더위에 얼음처럼 찬 달짝지근한 그 음료에 반해 단숨에 들이켰지 뭐야. 근데 그 다음이 캄캄해요."

"흐응! 나와 비슷하게 캄캄해졌군. 뒤란 대나무 숲에선 참새소리가 요란했고 우물가 감나무엔 노로꼬롬한 감꽃이 흐드러지게 피어 있었는데……."

양숙이 천장을 보고 반듯이 누워 이렇게 읊조리고 있고 청년은 그의 귀중한 물건들이 무엇이었는지 열거하기 시작했다. 비행기표, 여권, 그간 꼬박 모은 돈, 카메라, 값진 사진들, 일기장(이건 귀국 후에 신춘문예나 장편소설에 응모할 자료로 시시콜콜 다 기록한 것인데)이 순간에 물거품처럼 사라졌다며 너무 억울해 죽겠다는 듯 눈물을 글썽거렸다.

"아니 그럼 그 음료수가 이상했단 말이요."

"수면제인지, 최면제인지 모르지만 아주 희한한 것을 탄 것이 분명해요. 오싹 춥기에 눈을 뜨니 으슥한 골목에 대자로 누워있더군. 기가 차서! 제기랄, 엄마 뱃속에서 빠져 나올 때의 기분이 이럴까 싶더군. 내 몸에 걸친 옷을 벗겨가지 않은 것만도 고마워하며 대사관을 찾았고 두 달 동안 이렇게 국제고아가 돼 있으니, 나도 딱한 놈이야."

청년은 바짝 마른 입술을 침으로 축이고 나서 옆 사람에게 담배를 얻어 맛있게 한 모금 빨았다.

"어서 귀국해야지 왜 이러고 있우. 설마 그 노랑머리를 못 잊어 헤맨다는 뜻은 아니겠지."

노교수의 이런 질문에 사람들이 까르르 웃었다.

"처음 며칠간은 그 년을 잡아서 갈기갈기 찢어 죽일 심산이었지요. 왜 아시잖아요. 우리 조상들도 원수를 찾아 일생을 헤맨 그런 기질 말이에요. 나도 그러리라 생각했지만 여긴 로마이니 어떡해요. 그런 것이 좁은 한국 땅에서나 가능하겠지요."

"그까짓 사기꾼을 찾아 원수를 갚는다는 것도 이상하지. 어서 사우디로 가서 다시 돈을 벌어야지."

"문제는 사우디에 들어갈 수가 없어요. 우라지게 앞이 꽉 막혀버렸어요. 대사관선 여권을 금방 만들어 줬는데 무슨 심보인지 사막 놈들이 비자를 거부해요. 그 빌어먹을 유목민들이 기름 때문에 졸부가 되니까 정신 이상이 생겼나 봐요. 내가 동물원 원숭이라도 되는 줄 알고 요리조리 뜯어보고 히히덕이더니 그 도장을 꽝 누르지 않으니 참말 속이 곪아요."

"아휴! 제주도나 강원도 심산에서 기름이 펑펑 쏟아져 나온다면 사우디 같은 사막에 우리 젊은이들을 내보내지 않아도 되고 가여운 여자들이 이런 낯선 땅을 헤매고 다니지 않아도 좋으련만……."

버릇없이 축 늘어져 긴 의자에 누워있는 양숙과 너무 불안해 눈자위가 붉게 물든 청년을 번갈아 보며 노교수가 한탄했다.

"자! 여기 이거나 들어."

일자로 누웠던 양숙이 벌떡 일어나 여행 가방을 뒤져 치즈와 빵, 과자 부스러기랑 햄을 청년의 무릎 위에 쏟아 놓는다. 갑작스런 그녀의 태도에 청년은 쭈빗거리며 주위를 둘러보더니 얼른 햄조각을 입에 넣는다.

노교수의 눈에 눈물이 어른거렸고 딸을 바라보듯 다정한 눈길을 그녀에게 던졌다. 그렁이는 눈물을 감추려고 머리를 숙인 그의 눈에 샌들을 신어 노출된 자매의 발가락이 들어왔다. 엊그제 물들인 것일까. 살갗까지 봉숭아물이 들어 얼룩져 있었다.

"한국에 제 아들이 있답니다. 열세 살이지요. 유럽 전체에 내 아들만큼 잘 생긴 아이를 본 적이 없지요. 곁에 데려오려고 이렇게 수없이 대사관을 기웃거리지만 그게 안 돼요."

청년의 처지에서 양숙의 이야기로 옮겨지자 실내 분위기는 새로운 호기심으로 그득 찼다.

"한국 아이라면 여기 올 필요 없지요. 제 아빠와 같이 있는 것이 낫지요."

누군가가 이렇게 말하자 양숙이 발끈 성을 냈다.

"그 새끼가 아빠야."

발작이 일어난 듯 양숙이 온몸을 떨기 시작해서 양옥이 얼른 그녀의 몸을 감싸 안고 사람들을 향해 대변한다.

"언닌 그 아들을 미국으로 데려오려고 일부러 미군과 결혼했지요. 한국 남자와 오랜 연애 끝에 아들까지 낳았지만 근본 없는 고아를 며느리로 맞을 수 없다는 시어머니의 극성이 문제였어요. 그쪽에선 억지로 양가 규수를 데려와 결혼식을 올렸고 그 새긴 우리 언닐 버렸지 뭐에요."

"아들은 뺏지 그랬어요?"

"손이 귀한 집이라 강제로 뺏어갔어요."

한국 남자란 의지도 없이 해파리처럼 너불대는 존재란 증오심이 두 자매의 얼굴에 꽉 차 있어서 누구도 입을 열려고 하지 않았다. 납다디한 얼굴, 쪽 째진 눈, 납작한 코며 새까만 눈동자, 그곳에 앉아있는 사람들은 모두가 닮아 보였다. 이런 집단을 벗어나 문화권이 다른 사내를 남편 삼고, 과거를 이기려고 몸부림치는 그들의 안간힘이 서럽게 전해 와서 모두 떨떠름한 기분이 되었다.

"주변엔 한국인들이 많은가?"

어색한 분위기를 깨고 노교수가 물었다.

"이태리의 북부, 파도바여서 그런지 한 사람도 없어요. 베니스 옆 마을인데 이상하게도 한국인들이 찾아들지 않아요."

"전 세계, 98개국에 한국인들이 흩어져 사는데 그곳만 외지군. 아들이 사는 곳의 주소를 주구려. 내가 찾아가 아들을 만나 보지."

노교수가 수첩에 양쪽의 주소를 적어 넣었다.

"숨어서 아들의 사진을 찍어 부쳐 주시겠어요. 아무리 그 애의 자란 모습을 그려봐도 헤어질 적 모습뿐이 떠오르지 않아요."

"그러리다. 내가 약속하지. 그런데 왜 수속이 안 되지. 저쪽에서 내놓기를 거부하나보군."

"그 깜상 새끼가 원치를 않아요. 아이 공포증이라도 있는지 아기를 못 갖게 하고 데려오지도 못하게 해요. 의처증이 있는지 날 집안에 늘 가둬놓기를 좋아하지요."

"쯧쯧…… 이상한 사람이군."

양옥의 품에 안겨 양숙은 더듬더듬 그간의 일들을 늘어놨다.

벽지로 도는 군인 신분을 미국여자들은 참아내지 못한다고 했다. 벌써 세 번이나 도망가버린 미국 부인에 질린 그녀의 남편은 그 해결책으로 한국여자를 데려온 것이다. 인종하고 순종하는 기질은 한국여자뿐이란 소문이 날 정도로 인기란다. 일부에선 한국여자 선호사상까지 있다니 기막힐 일이다.

어머! 차라리 귀국해요. 어서요, 반동강이 났어도 우린 조국이 있는데 왜 이러고 있어요. 우리의 여자들이 그들의 애완용 동물인가요. 불쾌해요, 어서 귀국합시다를 연발하는 사람들 틈에서 양숙은 머리를 저으며 씁쓸하게 웃었다.

"이미 고려시대부터 한국여자들은 외국으로 끌려갔지요. 나라가 강하지 못해 여자들이 몸으로 그 수난을 받아야 했으니까요. 그러니 지금은 끌려온 것이 아니고 본인의 의사에 따라 나온 것이니 돌아가는 것도 본인의 의지에 따라 가능합니다. 같이 갑시다."

그런 흑인과 사느니 어서 정리하고 귀국하자고 종용하는 노교수의 말을 못 들은 척하고 그녀는 화제를 바꾼다.

"교수님은 짐을 몽땅 잃었으니 어떻게 귀국하지요?"

"내 걱정을 해주다니 고맙군. 이런 곳에 나와 당신들을 보니 마음이 이상해. 이산가족 찾기 열풍이 벌써 스쳐 갔는데 그런 소식도 모르고 헤매는 사람들이 있다니 이건 비극이요. 컴퓨터에 넣으면 부모님을 찾을 수 있을지 몰라요."

밖에선 폭탄이 터지듯 날카로운 아이들의 고함이 다시 한 번 더운 공기를 가른다. 이따리아노, 이따리아노! 현재의 초라함을 과거의 영화로 치장해보려고 꼬마들까지 거리로 쏟아져 나와 절규했다.

노교수가 수첩을 펴놓고 양숙의 기억을 받아쓰려고 기다렸다. 뒤란 대나무 숲에서 참새 소리가 요란했고 우물가 감나무엔 노로꼬롬한 감꽃이 흐드러지게 피어있었는데……. 그녀의 고향 추억을 몇 자 받아쓰다가 노교수는 수첩을 덮어버리고 가만히 한숨을 삼켰다.

"교수님은 돈이 한 푼도 없지요. 어서 돌아가셔야 내 아들의 사진을 찍어 부치실 텐데."

"유레일패스가 있으니 기차를 타고 아들이 있는 독일로 갈 거요."

"그러면 그렇지. 아들까지 유학 보내신 거부시군요. 그러니 외유까지 나오시지."

사우디로 못 들어가 안달이 난 청년이 이죽거리며 노교수에게 노골적인 적의를 드러냈다.

"공부하라고 박봉을 털어 유학 보냈더니 학위 따는 것을 밀어놓고 독일여자와 결혼해서 뷜즈부르그(Wurzburg)에 살고 있지, 아이도 셋이나 낳았다는군. 이거 창피해서……. 육대 독자가 대를 끊고 혼혈이 되었으니 기가 차서. 벌써 십 년이요, 관계를 끊은 지. 그래도 크리스마스엔 꾸준히 소식을 보내와 주소는 있어."

"아니 요새 사람치고 교수님 같은 분도 있어요? 세계는 한 가족이라는 걸 거부하시는 구세대군요."

양옥이 킥킥 웃으면서 주위의 동조를 구하듯 둘러본다.

"한 번도 침략을 하지 못하고 당하고만 살아온 민족이 스스로 혼혈을 자처하는 것만은 참을 수 없어. 영원토록 순수한 민족, 순수한 피로 남고 싶은데."

"고리타분하시군요. 한국의 여자들은 옛날부터 물건처럼 침략자의 보따리에 싸여 전 세계로 흩어졌지요. 필리핀, 태국, 유럽 각국, 남극, 북극, 어딜 가도 그렇게 끌려온 여인들이 묵묵히 살아가지요. 전쟁의 흔적을 안고 자

진해서 뛰어나온 나도 조국이 따뜻이 품어주었다면 왜 나왔겠어요. 어느 시대를 살든 한국의 여자란 모든 수난의 표적을 몸에 새겨야 한다니까요. 이런 슬픔을 지녔기에 아드님의 입장을 전 이해해요. 갑자기 팽개치듯 외국 땅에 버려진 유학생과 이국여인의 로맨스는 필연적이지요. 언어의 장벽과 가망 없는 공부에 시달려 자살 직전까지 간 아드님을 살려낸 여자를 더 사랑하셔야지요. 여기 오신 것은 돌아가시기 전에 아드님과 손자들을 보고 싶어 오신 것 아닌가요. 좀 솔직해 보세요."

양옥의 열띤 웅변에 노교수는 떨떠름한 얼굴로 생각에 잠긴다.

"여기 50불이 있어요. 아들 집에 십 년만에 가시면서 빈손으로 들리시겠어요? 처음 보는 손자들에게 풍선이라도 사다 주세요."

양숙이 지갑을 뒤지더니 십 불짜리 다섯 장을 꺼내 노교수의 손에 쥐어준다.

"어어! 이거 미안해서."

"우린 모두 한 피를 가진 형제들인 걸요."

그때, 마침 노교수의 여권이 새로 만들어져 나와서 그는 엉거주춤 일어나 모두에게 인사하고 나가버렸다. 꼭 아들의 사진을 찍어 부쳐달라는 양숙의 부탁에 손을 한번 흔들어 주었을 뿐이었다.

"이봐요, 사우디 비자 기다리는 분, 사우디 측에서 절대로 비자를 줄 수 없다는 연락이 왔어요. 최선을 다했지만 어쩔 수 없군요. 어서 귀국하세요."

양숙이 서류를 채우다가 화를 버럭 냈던 그 다혈질의 대사관 직원이 청년에게 소리친다.

"못 갑니다. 빈손으로 어떻게 돌아갑니까. 사막에서 보낸 이 년을 공탕칠 수 없어요. 무엇이라도 메워야지."

"그럼 잃어버린 돈을 나더러 변상하라는 억지인가. 거지처럼 어슬렁이는 꼴이 한국의 이미지를 흐리는 줄 알아요."

"귀국할 비행기표 값도 없는데 걸어가란 말입니까?"

"아휴! 하루 이틀도 아니고 매일 쏟아지는 국제고아들의 푯값을 우리가 어찌 다 감당하라고 이래요."

"흥! 누가 자기더러 돈 달라고 했나."

청년은 입을 삐쭉 내밀며 어깨를 축 늘어뜨린다.

"안양숙 씨"

"네."

"서류를 다 채워도 아들이 오는 문제는 이곳 소관이 아니라는군요. 내가 이곳 일에 익숙지 못한 풋내기라 절차를 몰랐어요. 댁의 남편에게 초청장을 써달라고 해요. 그 사람이 해결할 거예요."

"그 자식이 아이 말만 나오면 딴청을 피워요. 우리 대사관서 내 말만 듣고 해줄 수 없어요. 제발 제 소원이에요."

양숙이 두 손을 싹싹 비비며 애원했다.

"서류상으론 아들과 댁이 모자 관계임을 증명할 수 없어 불가능해요."

"그럼 어쩌지, 아아!"

양숙이 의자에 털썩 주저앉더니 철부지 시골 아낙처럼 껵껵 울어 젖힌다.

"언니, 왜 이래. 그 애가 여기 와도 언니에겐 짐이야. 그 앤 이런 엄마가 있다는 것도 까맣게 잊었을 텐데."

"헤어질 때 내 치맛자락을 찢어지게 붙잡고 운 아이야. 날 잊을 리가 없어. 미국에 데려다 공부시킬 거야. 내가 탄 택시를 따라오며 울부짖던 그 애를 아아……."

"벌써 십 년 전 일이야. 아이는 언니를 잊고 계모를 친엄마로 알고 행복하게 자라고 있는데 왜 언니가 먹칠을 하려고 이래."

"내가 그 애의 엄마인데 왜 먹칠을 해. 왜 내가 그 검둥이와 결혼한 줄 알아. 그 앨 데려올 방법은 그 길뿐이 없었기 때문이야."

"아무튼 형부가 반대하니 어째요. 잊어버려요, 아이는."

"잊어버리라고? 미쳤구나, 날 죽으라고 하는 말이냐."

별안간 양숙이 눈을 뒤집고 입에 거품을 물고 흐느적인다.

"언니야! 왜 이래, 우리 언니야."

대사관 안의 그 많던 사람들은 여권을 받았거나 신청해

놓고 어느새 다 빠져나가고 청년만이 남아 있다.

"물을 가져와요. 발을 높여야 해요. 아이쿠! 이걸 어쩌지. 그렇게 굶었으니 죽으려고 환장했지. 이 더위에 땀을 이렇게 흘리고, 흑흑……."

청년이 물을 가져와 얼굴에 뿌리고 손발을 씻기자 비틀리던 몸이 멎었다.

"여기 두고 가면 언니는 죽어버릴 거야. 데리고 독일로 가야겠어. 거긴 이런 처지의 여자들이 많이 모여 사니까 위로를 받을 거야."

경기에서 깨어나 축 처져 허공을 응시하는 양숙의 귀에 대고 양옥이 악을 썼다.

"그까짓 아들이 뭐고 옛날 태어난 곳의 대나무 숲과 감꽃이 어쨌다는 거야. 독일로 갑시다. 내 남편은 형부보다는 더 인간적이야. 한 달만 나하고 있어 봐."

양옥이 짐과 가방을 한 손에 거머쥐고 언니의 어깨 밑에 손을 넣어 일어나려 했다. 그러나 몸을 못 가누는 언니의 무게에 눌려 털썩 주저앉았다. 초점 없이 허공에 고정시킨 눈망울로 점점 경직돼가는 양숙을 끌고 독일까지 갈 일이 까마득했다. 대사관의 한구석에 버려진 짐처럼 혼자 앉아있는 청년을 두고 나가는 것도 마음 아파진 양옥이 청년을 손짓으로 불렀다.

"귀국할 여비가 없다고 했지요."

"네."

"언니를 도와서 독일 하나우(Hanau)까지 가주지 않겠어요. 거긴 우리처럼 국제결혼한 여자들이 모여 살지요."

양옥이 언니의 머리를 벽에 기대어 놓고 샌들의 끈을 매며 말했다.

"한국여자들이 많이 모여 사는 곳에 간다고 비행기 값이 나오나요."

"그렇다고 여기서 혼자 거지처럼 헤매겠어요? 다음 주에 힐더즈란 국경 근처의 산속으로 수양회를 떠나요. 우리처럼 외로운 여자들을 위해 한국에서 목사님들과 유명한 가수와 배우가 온다는군요. 언니도 거기 가서 김치도 먹고 일주일간 한국인과 섞여 살다보면 곧 일어날 거예요. 마음의 병이니까요. 거기까지 함께 가서 지내다 귀국하세요. 언니를 부축해준 수고비로 비행기 값을 드리지요."

로마에 닿자마자 가방을 잃어버린 탓에 구경은커녕 거지처럼 헤매는 지경이니 독일이라도 보고 가자는 마음과 비행기 값이 나온다는 기쁨에 그는 대꾸도 않고 양숙을 들쳐 업었다. 내리쬐는 남국의 열기가 아스팔트를 엿처럼 진득진득 늘어나게 했다.

"힐더즈까지 몇 명이나 가지요?"

"군인 버스 두 대가 가니 백 명이 넘어요."

"그렇게 국제결혼한 여자들이 많아요?"

양옥은 대답을 않고 지나는 택시를 잡으려고 손을 흔들

며 달려갔다. 독일에 닿을 때까지 세 사람은 암울한 표정을 짓고 말이 없었다.

힐더즈(Hilders)로 갈 차는 미군 전용의 칙칙한 국방색 버스였다. 군인 아파트에서 꾸역꾸역 나오는 한국 여자들의 양손에 짐이 들려 있었다. 일주일간 덮을 담요, 세면도구, 이 더위에 수시로 갈아입을 옷들, 간식이랑 물병, 주렁주렁 따라붙은 아이들의 짐까지 줄을 이어 꼭 피난민들의 대열 같았다.

2미터도 더 됨직한 키에 가슴이 떡 벌어진 흑인 병사가 껌을 질경질경 씹으며 차에 오른다. 먹물 같은 살갗 위에 이 더위에도 입어야 하는 국방색 유니폼은 그럴 수 없이 음험해 보였다. 일주일 떨어져 있는 것이 못내 아쉬워 이 병사는 아내와 두 아이를 따라 버스 안까지 들어와 서성댄다. 사내에 비해 기차게 작은 아내는 한국 여인들 중에 세워도 쏙 들어갈 그런 키여서 남편 옆에 서면 겨우 허리를 넘어선다. 아내는 한국말로 여보여보를 부르며 윙크했고 사내도 그 시커먼 얼굴에 미소를 떠올리며 여보라고 대답했다. 여보라는 한국어가 국제어로 통용되는 버스 안에 양숙과 양옥은 나란히 운전석 뒤에 자리를 잡고 창밖을 내다봤다.

흑인 아빠가 통로를 막고 있어 눈살을 찌푸리는 사람들이 있는 탓에 그의 자녀들은 어서 내리라고 빠이빠이 하며 손을 흔들었다. 아이들의 뺨에 키스를 하고 아내를 향해 여보를 속삭인 후 흑인 병사는 버스를 내렸다.

"아유! 더워 죽겠네. 저 자식 뭐가 그리워 저렇게 멈칫대지. 아이 지긋지긋해. 어서 가, 이 깜상아."

아내가 남편을 향해 이렇게 한국어로 지껄이자 창밖의 사내는 아내의 입 움직임이 사랑의 표현인 줄 알고 여보를 외치며 하얀 이를 내놓고 벌죽벌죽 웃는다.

행복해지려고, 또 행복해 보이려고 몸부림치는 이들의 짓거리가 너무 짠해서 양숙이 손수건을 꺼내 눈가를 닦았다. 이 큰 지구덩이가 모두 인간에게 허용된 장소인데 꼭한 고장, 대나무 숲이 있고 감나무가 있는 우물곁일 필요가 있을까. 저렇게 모두들 태어난 곳을 떠나와서 행복하게 살려고 몸부림치고 있지 아니한가. 버스 안은 한국 엄마를 닮지 않은 노란 머리의 딸을 안거나 파란 눈의 아들을 안고 흥겨워하는 여인들로 떠들썩했다. 손바닥까지 검은 아이를 안고도 조금도 부끄러워하지 않는 엄마들의 짧고 어색한 영어와 아이들의 유창한 영어가 헝클어져 새로운 문화가 이뤄지고 있었다. 버스가 떠나려고 시동을 걸고 붕붕대건만 백인 병사에게 대롱대롱 매달린 여자를 기다리느라고 햇볕에 달구어진 차안은 화통 같았다. 아유! 비극이야 비극. 저 많은 한국 여자들이 언제 한국을 빠져나와 이렇게 남의 땅에서 살림을 차렸지. 이걸 한국 남자인 내가 혼자 보자니 모든 죄가 내게 있는 것 같군. 청년은 이런 생각에 잠겨 그들을 외면하느라고 눈을 감아버렸다. '소설감이군.' 해가면서…….

버스가 교회의 수양지인 국경, 힐더즈로 접어들자 전나무들이 미끈한 줄기를 싱싱한 무처럼 쭉쭉 뻗어 장관을 이루었다. 독일도 한국처럼 비극을 안아 동서로 금을 그어놓고 마주 대치하고 있었던 나라이다.

하나, 둘, 서로 위로받으려고 교회로 모여온 그들이 그간 배운 노래를 가만가만 부르기 시작했다.

내게 바다 같은 사랑
내게 바다 같은 사랑
내게 바다 같은 사랑
넘치네, 할렐루야!

내게 강 같은 평화
내게 강 같은 평화
내게 강 같은 평화
넘치네, 할렐루야!

노래의 가사에 취해 조용히 눈물을 닦는 어머니의 무릎 위에서 아이들은 모두 잠이 들었고 해는 산봉우리에 걸려 있었다. 운전을 하는 흑인 병사와 지도를 보며 길을 안내하던 백인 병사가 여인들의 슬픈 얼굴과 조용하게 가만가

만 부르는 노래가 싫어 라디오의 볼륨을 최대한으로 높였
다. 록큰롤이 귀청을 찢게 울려 나오며 간간이 내지르는
괴성과 짐승처럼 헐떡이는 음률이 여인들이 부르는 노래
와 불협화음을 이뤄 버스 안이 빠개져나갈 듯했다.

언어가 다르고 외양이 다른 사람을 남편으로 삼고 사는
것도 서러운데 일 년에 한 번 나가는 여행에 끼어든 그들
의 시끄러운 음악이 이상한 대결임을 불러일으켜 여자들
은 악을 쓰며 노래를 부르기 시작했다. 목소리로 라디오
를 당해내기 힘드니까 누군가가 손뼉을 치기 시작했다.
그러자 너도나도 모두 손바닥이 부르트도록 힘을 다해 몸
까지 흔들고 손뼉을 쳐가며 합창을 했다. 운전대를 잡은
병사도 이에 질세라 궁둥이와 몸을 흔들어가며 라디오에
맞춰 고래고래 악을 썼다.

양옥의 어깨에 기대어 간신히 몸을 추스르던 양숙이 이
런 왁자함에 놀라 눈을 뜨더니 금세 노래를 배워 함께 부
르기 시작했다. 어디서 그런 힘이 솟아나는지 그녀의 뺨
이 볼그레하게 물들고 이마 위로 퍼런 실핏줄이 드러날
정도로 소리 높여 노래를 불렀다. 미군이 켜놓고 대결해
오는 록큰롤에 진다면 그것이 곧 자신들의 인생이 끝나는
것인 양, 사뭇 결사적으로 불러댔다. 운전석 뒤의 청년도
손뼉을 쳐가며 악을 쓰고 노래를 불러 이따금 앞의 운전
병사가 그를 뒤돌아 봤다.

성적으로 너무 문란하고 복권을 사는 일이 삶의 소망이

돼버린 이국의 남편들. 우유, 빵, 고기로 뱃가죽이 두꺼워 가면서도 멍청히 앉아 스포츠를 보며 소일하는 남편의 문화에 비해 그들의 문화는 더 윗자리에 있기에 절대로 질 수 없다는 듯 여자들은 한 덩어리가 돼서 도전했다. 여자들의 지칠 줄 모르는 기세에 더럭 겁이 난 미군 운전병사는 눈을 드글드글 굴리며 버스 안을 훑어보더니 한 번 씨 이익 웃고 라디오를 꺼버렸다.

산길에서 잠시 비틀대던 버스는 다시 궤도에 올라 차츰 속력을 내기 시작했다. 사랑이 바다처럼 평화가 강처럼 양숙의 마음속으로 밀려 들어와 가슴이 뜨거워진 그녀는 소리 없이 눈물을 펑펑 쏟기 시작했다. 전나무 숲 옆으로 펼쳐져 물결치는 밀밭 너머로 대나무 숲과 감나무가 보이고 사각 돌우물도 보이는 듯해서 그녀는 눈을 비벼가며 달리는 차창 밖으로 눈길을 돌렸다. ✣

사람 정신의 이중성, 생각은 이것이었다가 저것이 되기도 한다. 사람 마음
이란 아주 알 수가 없는 것이다. 마음속에 사랑도 있고 미움도 있다. 그 질
량의 법칙으로 빚어진 일들, 사람을 죽이고 살리기까지 한다. 그 앙금을 말
하는 이 소설은 '사람 마음을 잘 그린 그림'으로 평가받아 마땅하다.

양금

꼽추 할머니의 딸이니, 첩 할머니의 딸이라고 하면 으레 우리 집안에선 고모를 두고 하는 말인 줄 다 알고 있다. 게다가 어머니는 고모를 아주 못 생기고 행실이 바르지 못한 여자라는 편견을 은연 중에 우리에게 심어주어서 우리 형제들은 어려서부터 어른이 된 지금까지 하나뿐인 아버지의 배다른 여동생을 좋지 않은 사람으로 몰아붙이고, 슬그머니 가족사에서 빼내버렸다. 내가 여섯 살 적에 헤어진 분이니, 마흔일곱 해가 지난 지금 아무리 머리를 쥐어짜도 고모의 얼굴은 윤곽조차 내 머리에 잡히질 않았다. 한국 전쟁의 험악한 풍파 속에서 가족들의 옛 모습을 담은 사진들이 전부 박살이 나버린 터라 뿌리 없는 집안처럼 할아버지나 할머니, 아버지의 총각 사진이나 어머니의 처녀 시절 사진을 위시해서 우리 형제들의 돌사진은 물론 어릴 적 모습을 담은 단 한 장의 사진도 없었기에, 고모의 흔적도 윗사람들이 들려주지 않으면 찾아 볼 수가 없었다. 흑백사진이라고 남은 것은 전쟁이 지나고 찍은 것들이라, 전쟁 전에 함께 살았다던 고모에 대한 기억은 자연히 가물가물 했다. 더구나 단 한 분뿐인 아버지의 혈육에 대해 어머니는 매섭도록 차버리기 때문에 미국이나 유럽에 이민 가버린 친척처럼 아주 싹 옆으로 밀어놓고, 그렇게 우린 긴 세월을 살아왔다. 그래서 고모네하고 우리는 대한민국이란 같은 땅덩어리에 살면서도 서로 만나질 않았다. 어쩌다가 장남인 내가 아버지 친척이 한 분도 없는 것이 섭하다며 고모 이야기를 할라치면, 어머니는 본처 소생이 아닌 첩 할머니의 딸을 찾아 무엇하느냐고 언성을 높여서 한마디도 못하고 머쓱히 물러앉는 것이 고작이었다.

그런 고모가 느닷없이 우리 집에 유령처럼 나타났다. 요 며칠째 걸려오는 이상한 전화를 받고 어머니는 전화통에 대고 실성한 사람처럼 고함을 치거나 욕을 해서 그 점잖고 너그러운 시어머니가 아주 천하고 쌍스러운 여자처럼 행동하더라고 아내가 귀엣말로 전해주며 호기심이 발동하는지 눈을 반짝이곤 했다. 아내가 전해주는 토막난 말들을 주워 모아 보니, 분명히 어머니 밑에 시누이가 되는 고모에게서 걸려온 전화임에 틀림 없었다. 결혼 25년이 지나도록 한 번도 본 적이 없는 시고모가 갑자기 불쑥 나타나서 전화를 해오니, 아내 편에선 이 집안의 내력에 대해 의심할 것이란 이상한 걱정도 치밀어 나는 아내 앞에서 괜히 서먹해 눈치를 보게 되었다. 이산가족의 만남이 안겨주는 눈물 짜는 극적인 장면 없이 고모를 아내에게 설명해 주기가 우리 모자에겐 무척 난감한 일이었다. 그것도 산천이 변한다는 40여 년이 지나 만나는 것이니, 국이나 끓이고, 불고기를 구워 놓고 해후상봉을 즐기자는 그런 제안이 아니라 아주 거창한 조건을 들고나오는 모양인지, 어머니는 무척 곤혹스러운 표정을 감추지 못했다. 어머니와 고모 사이의 문제이니, 서열이 다른 내가 끼어들 것도 못되어서 그저 멀찍이 서서 지켜볼 뿐이었다. 그러나 문제는 날마다 그런 전화가 걸려오니, 견디다 못한 어머니는 요 며칠간 식사도 거르고, 한숨을 쉬며 머리를 싸매고 누워 아예 입을 다물어버린지라 아들인 내 입장에 어떤 조건인지 알아서 해결해드려야 할 지경에 이른 것이다. 두 분 다 이제 죽음을 앞둔 분들이니, 전화 내용이래야 기껏 만나 보자느니, 아니면 고모가 가난뱅이가 되어 불행해졌으니, 돈을 좀 보태달라는 정도의 내용이 아니겠는가. 이 집안이 성공했다고 고모가 믿는 것은 내가 가끔 텔레비전에 얼굴을 비치는 유명인이 되어있어 그럴 수도 있었다. 하여 나는 용기를 내서 어머니 방으로 들어갔다.

"어머니, 요즘 이상한 전화 걸려온다면서요?"

이렇게 서두를 꺼내자 어머니는 끄응 신음을 토하며 나

를 등지고 벽을 향해 누워버렸다. 이미 고모에게서 온 전화임을 알고 있는 나는 핵심으로 들어갔다.

"아버지의 단 하나뿐인 혈육인데, 저도 고모를 만나고 싶어요."

"쓸데없는 소리 마라. 괘씸하게 이제 나서는 걸 보면 여전히 소갈딱지 없는 여자야."

전쟁으로 남편을 잃고 혼자 손에 넘겨진 세 아들들을 길러내는 동안 그 당시 떵떵거리며 살았다는 고모가 코빼기도 내밀지 않았다가 이제 자식들이 성공해서 살만해지니까 슬슬 접근해 오니, 화가 날만도 했다. 입장을 바꿔놓고 생각해도 그런 시누이가 고까울 것은 자명한 일이다.

"그래도 아버지의 동생인데, 뭘 원하시는지 장남인 제가 알면 안되나요?"

"네 할머니도 전쟁 통에 죽어 무덤이 없고, 네 아버지도 어디서 어떻게 죽어버렸는지 시체도 못 찾았는데, 이장을 해가란다. 고 배라먹을 년이."

"누굴 이장해 가라는 말씀이에요?"

"누구긴 누구냐, 네 할아버지지."

"그럼 잘 됐네요. 어머니 돌아가시면 가족묘로 쓰려고 산을 사두었으니, 할아버지부터 모시면 얼마나 좋아요."

사실 한식날이나 추석에 성묘 갈 산소가 없다는 것이 자식들 앞에서 내력 없는 집안이란 말을 들을까 봐 이따금 겁도 났고, 또 나 자신도 친구들이 성묘 간다고 설치는 걸 보면 어린애처럼 슬그머니 부럽기도 해서 이렇게 말했다. 그러자 어머니는 나를 향해 돌아눕더니, 역정을 내며 고함에 가까운 소리로,

"할아버지뿐만 아니라 뻔뻔스럽게도 첩 할머니랑 합장해서 이장해 가라니까 우습지."

나도 이 부분에선 충격을 받아 잠시 말문이 막혔다. 할아버지를 모셔오면 이 집안의 내력이 나까지 3대를 이루고, 내 아들에선 4대가 되니 내심 참 잘 됐다는 나름대로의 계산을 했었는데, 첩 할머니를 모셔와야 한다니 나도 당황했다. 우리 피가 전혀 섞이지 아니한 첩 할머니의 무덤을 해마다 아이들을 데리고 찾아가서 성묘를 하며 증조할아버지의 어두운 면을 상기해 내서 그 장본인인 첩 할머니에 대한 이야기를 해줄 일이 난감했기 때문이다. 더구나 증조할아버지와 첩 증조할머니는 함께 누워 있고, 친증조할머니 묘가 없으니 이 일을 놓고 아이들이 따지고 나오면 일일이 비참했던 과거를 들춰야 하는 고역을 어떻게 감당하며, 나 스스로도 묘지를 찾을 적마다 정든 할머니 대신 첩 할머니가 떡 버티고 누워 있는 것을 참을 수 있을지 자신이 없었다.

"할아버지만 모셔오지요."

"나도 그렇게 주장했는데, 저쪽 조건이 두 분을 함께 이장해 가라니, 이런 억지가 어디 있니. 마치 우리가 짐을 지금까지 안겨주었으니, 이제 고만 가져가 달라는 식으로

말이야."

"저쪽에서 원하시는 조건으로 이장해 오지요."

나는 어머니의 마음을 확실하게 떠보려고 대수롭지 않은 일처럼 이렇게 말해버렸다.

"아니 너 정신 있는 아이냐. 할아버지를 빼앗아가서 외롭게 사시다가 한을 품고 돌아가신 할머니를 생각해 봐라. 그리고 네 아버지도 얼마나 첩 할머니를 미워했는데 그러니. 살아생전 저희들끼리 잘 살며 단물 다 빼먹고 나서 이제 죽어 소용없는 육신을 땅에 묻어놓고 이장해 가라니, 고런 밴댕이 소갈딱지가 어디 있니."

"그럼 이장을 안 하면 되지 뭘 그렇게 심기를 끓이십니까."

"그뿐인 줄 아니. 나이 들어 힘드니, 집이랑 농사지을 땅을 사달라는구나. 옛날부터 여자가 좀 모자란다고 생각은 했지만, 도대체 상식도 없는 수작이지 뭐냐."

이 대목에 이르러서 어머니는 화를 못 참겠는지 벌떡 일어나 앉았다. 나도 너무 의외의 제안이라 잠시 어리벙벙해서 입을 열지 못했다.

하긴 첩에게 남편을 빼앗기고 혼자 힘으로 길러낸 외아들이 직장을 잡고 며느리를 맞아 손자들을 셋이나 얻어 살만하니, 전쟁이 나서 친척들은 다 학살당하고 눈에 넣어도 아프지 않게 기르며 의지하고 살아온 아들이 행방불명이 되자 할머니는 시름시름 앓다가 유언 한마디 없이 돌아가셨다. 이런 시어머니를 어머니는 홑이불에 두르르 말아 지게에 얹어지고 가서 손수 묻어버리지 않았던가. 전쟁 중이라 야산에 묘를 썼는데, 주인이 나타나 이장해 가라고 야단이었다. 산 사람이 살 집도 없는 피난살이에 죽은 사람 집까지 어떻게 마련하느냐고 어머니는 눈물을 흘리며 할머니 뼈를 화장해서 강에 뿌린 지 벌써 마흔다섯 해가 지나갔다. 게다가 아버지의 무덤도 없는 처지가 아닌가. 이북으로 끌려가다가 두고 가는 가족을 잊지 못해 달리는 트럭에서 뛰어내려 두어 발자국 도망치다 미아리고개 어디쯤에서 총에 맞아 죽었다는 소문을 바람결에 듣고 어머니는 미아리고개 주변과 개울가를 풀 한 포기까지 헤치며 뒤졌으나 이미 그 일대는 깨끗이 정비되어서 정상을 되찾은 뒤였으니, 바람처럼 흔적도 없이 아버지는 사라져버린 셈이다. 아버지의 시신을 찾지 못했으니, 나도 죽으면 무덤을 쓰지 말고 할머니처럼 화장을 하든지 아버지처럼 아무 데나 묻어버려 너희들이 찾아올 필요가 없다고 이미 유언을 해 놓은 터에 고모가 불쑥 전화로 할아버지와 첩 할머니의 묘를 이장해 가라고 제의해 왔으니, 어머니의 마음이 어떤지 나는 헤아릴 수 있었다.

사실 꼽추 할머니의 딸인 고모와 처음부터 그렇게 인연을 끊고 산 것이 아니었다. 할아버지의 집도 컸고, 논밭도 있어 제법 잘 살아가는 형편이라 아들 셋을 데리고 혼자 된 어머니는 도움을 청하러 여러 번 시골에 내려갔던 모양이다. 그러나 번번이 빈손으로 돌아와서 밤새 숨죽이며 눈물을 흘렸던 어머니를 나는 아직도 기억하고 있다. 시집을 네 번이나 간 쌍스러운 주제에 누가 잘 되나 어디 두고 보자고 어머니는 이를 갈았고, 피는 못 속인다며 첩 할머니의 딸이 별 수 있겠느냐고 흉을 봤었다.

내가 아는 고모는 딸도 없이 아들이 딱 하나인데, 네 번이나 결혼을 했는데도 남편이 없다고 했다. 이혼을 한 것인지 아니면 팔자가 기구해서 사별을 한 것인지 알 수 없지만, 고모는 첩 할머니 소생이라 정상인으로 살 수 없었고, 우리와는 다른 인생을 살아야 하는 별스런 여자일 것이라고 막연히 생각해 왔었다. 우리의 그런 속 생각을 짐작했는지 고모도 우리와 연락을 끊었고, 두 집안은 따로따로 삶을 살아왔는데, 이제 와서 이장을 해라, 집이랑 땅이랑 사내라고 우리를 빚꾸러기 취급하니, 도통 내막을 알 수 없었다.

전화는 매일 걸려오고, 어쩔 수 없이 어린이날 사무실이 쉬는 날을 이용해 나는 아내나 어머니에게 비밀로 하고 고모를 찾아 나섰다. 내가 아는 것은 장흥에 고모가 산다는 것뿐이지만 일생을 그 지방을 뜨지 않고 살았으니, 고모 이름인 신간난이를 대고 아버지의 본적지를 댄다면 모르는 사람이 없을 것이란 막연한 계산만을 하고 나선 참이었다. 식구들에겐 휴일이라 친구들이랑 여행을 간다고 새벽부터 호들갑을 떨면서 간편한 차림으로 나섰다. 칠순을 넘긴 고모이니, 그 나이에 문제가 되는 것은 돈일 터이라, 현금 백만 원을 챙겨 가방 밑바닥에 숨겨 넣고, 내가 꾸미고 있는 효성스러운 짓에 나도 감격해서 가슴을 활짝 폈다. 얼른 고모라는 분을 만나 피차 빚진 것이 없으니, 일생 고생하며 혼자 손에 자식을 셋이나 길러낸 어머니를 괴롭히는 전활랑 고만두고 이 돈을 받아 급한 것을 해결하라는 내 나름대로의 계산을 하며 고속버스에 올랐다.

고모가 살던 집은 뒤란이 넓어 옥잠화와 꽈리가 지천이었고, 가지색 갓을 많이 심어 노란 꽃이 그득했었다. 돌절구에 살이 오른 붉은 고추와 멸치젓을 듬뿍 넣고 찧어 버무린 갓김치를 흰 쌀밥 위에 척척 얹어 먹던 어린 시절이 어른이 된 지금도 또렷이 머리에 남아 있었다. 이따금 이런 김치를 먹으려고 토박이 전라도 음식점엘 들렀으나 어딜 가도 옛날의 그런 맛을 찾을 길이 없었다. 버스는 장흥을 향해 달리고 혀끝에서 살아난 여섯 살의 입맛이 침샘을 자극해서 입안 가득 군침이 돌았다. 고모를 만나면 갓김치를 담아 달라고 해야지 생각하며, 침을 꼴깍 삼켰다. 40줄의 전형적인 도시인이 고향을 찾아가며 갓김치 맛을 그리워하다니! 어쨌든 고향의 한 귀퉁이가 이런 식으로 살아있다는 점에 나는 감격했다.

생각했던 것보다 커진 장흥리라 어디를 가야 고모 집인

지 감을 잡을 수가 없었다. 옛 본적지 주소를 들고 동회를 찾아다니다가 해가 뉘엿이 기운 뒤에야 도심지에서 뚝 떨어져 인가 없는 산밑에 자리잡은 고모집을 찾아냈다. 이렇게 사람들과 떨어져 덜렁 외따로이 있는 집에서 사는 이유를 모르겠으나 돌을 조금 쌓아 담의 형체를 이룬 가운데에 달걀의 노른자처럼 들어앉은 초가지붕이 옆으로 넘어지려고 빼까당 했다. 그것도 몇 해 동안 지붕을 갈지 않아서 이엉의 사이사이에 잡풀들이 자랐고, 어떤 것은 꽃을 피워 벌써 열매를 맺고 있었다. 대문도 없는 초가집 앞에 선 나는 한참을 망설였다. 얼굴도 희미한 고모를 만나서 우선 무슨 말을 먼저 해야 할지 몰라 당혹스러웠다. 그러나 버스 안에서 군침 돌게 했던 갓김치를 생각하며 마당으로 들어섰다. 돌절구 안에 고인 물에 머리가 큰 장구벌레들이 드글드글 했다. 다져진 마당이련만, 너무 손을 대지 않아서인지 한 포기의 무꽃이 마당 한가운데 뿌리를 박고 맘껏 곁가지를 펴서 보라색 꽃이 탐스러웠고, 더러는 아기 고추 형상의 씨 집을 매달고 있었다. 네모나게 돌을 두른 우물가에 섰다. 사람 살아가는 체취가 스며 있질 않았다. 두레박도 깨져 있어 그것으로는 도저히 물을 길을 수 없을 지경이고 우물 안을 들여다보니 구정물이어서 식수로 사용할 수 있을까 의심이 갈 정도였다. 흙벽이 닳아서 군데군데 구멍이 뚫려 있었고, 진흙 속에 얼기설기 박은 대나무 발이 해골처럼 앙상한 마디를 드러내고 있었다. 지붕처럼 15도 각도로 기운 문 옆엔 쥬스 깡통에 담긴 선인장이 놓여있었다. 사막에서 자라는 식물이라 그런지 돌보지 않는데도 잘 자라 무청처럼 싱싱했다. 고모는 꽃을 무척 좋아한다고 언젠가 어머니에게서 들은 적이 있었다. 도시에서는 벌써 자취를 감춘 검정 코고무신이 봉당에 놓여있었다. 더 생각해 볼 것도 없이 고모는 너무 가난해서 배가 고파 그렇게 오래 소식을 끊고 지냈던 어머니에게 전화를 걸었던 것이 분명했다.

썩어서 지네나 노래기가 진을 치고 있을 초가지붕을 뜯어내고 양철지붕이라도 얹으려면 얼마나 돈이 들까. 새 지붕을 허물어져 가는 흙벽이 지탱해낼 수 있을까. 그렇다면 시멘트 블록을 사서 먼저 벽을 쌓고 그 위에 지붕을 얹는다면 아마 백만 원으론 어림없는 일이 아닐까. 온돌은 온전할까. 무엇을 때고 사시는 것일까. 늙어서 나무를 못해 연탄을 땐다면 가스가 위험할 것이고…… 나는 엉뚱하게 이런 생각을 하며 정신없이 멀거니 서 있었다.

탱자 울타리 쪽에서 인기척이 났다. 슬그머니 들어와 주인 몰래 허물어져 가는 집을 관찰하는 것이 민망해서 크응 큰 기침을 했다.

"거 뉘시오?"

"네, 서울서 내려온 사람입니다."

"서울서 누굴 찾아왔소?"

"신간난 씨라고 제 고모 되시는 분을 찾아왔습니다."

"이게 동철이 아닌가. 어메메! 내 새끼, 내 새끼가 기어이 여길 찾아왔당께."

고모는 나를 껴안고 꺼이꺼이 울기 시작했다.

"여긴 뜨거우니, 안으로 들어가서 절 받으세요, 고모님."

내 입에서는 고모님이란 말이 아주 자연스럽게 나왔다. 이상하게도 나를 잡아끄는 고모의 눈빛 때문일까. 아직 진액이 마르지 않은 고모의 눈은 그윽한 빛을 발해 그 눈앞에서 감히 서투른 몸놀림을 할 수가 없었다. 검게 탄 얼굴에 그물처럼 퍼진 주름살과 열악한 생활 속에서 몸에 밴 가난의 냄새가 고모를 여든도 더 넘는 노파로 보이게 했다. 조카를 만난 기쁨에 겨워 껴안고 울어대는 고모에 비해 내 쪽에선 처음 얼마간 섬뜩했으나 끈끈하게 나를 사로잡는 '내 새끼'라는 울음 섞인 목소리에서 핏줄에 얽힌 정을 속일 수 없는지 내 눈에도 눈물이 핑그르르 돌았다.

"고모님, 아드님은 어디 가버리고 이렇게 혼자 사세요?"

"으응, 다 커서 떠나버렸어."

고모는 아들 이야기가 나오자 말끝을 흐린다. 나는 고모에게 큰 절을 한 뒤에 찬찬히 방안을 훑어봤다. 신문지를 바른 벽이 세월에 삭아서 누렇게 뜨다 못해 형언키 어려운 요상한 빛을 뿜어냈고, 방과 연이어 있는 부엌의 검정 무쇠솥엔 먼지가 뽀얗게 내려앉아 있었다. 방 한구석에 밀어놓은 상보를 들치니, 누렇게 익은 부추김치가 너무 시어져서 부르르 끓어올랐고, 마른 멸치 대가리와 까만 멸치똥이 한 귀퉁이가 잘려나간 둥근 상 위에 몇 개 놓여 있었다.

"식사를 제때 해 잡수셔야 해요."

"누가 있어야 밥을 하지."

고모는 내가 선물로 내어놓은 6년근(根) 마른 인삼을 감격해서 쓰다듬으며 이렇게 말했다.

"그래도 식사는 제때 해 잡수셔야지요."

"무슨 재미가 있어야 밥을 하지."

나는 워낙 직장에서나 집에서 두리뭉실이로 허허거려 성품이 좋다고 소문 난 사람이다. 어릴 적 고생 탓도 있지만 도시에서 성공하느라고 튀어나온 정수리를 너무 얻어맞아 수더분해져서 퀴퀴한 냄새가 고인 방을 후딱 뛰어나오지 못하고 요모조모 살펴본 뒤에 머무적거리며 빠져나왔다. 이런 환경에 살면서도 형형한 눈을 지닌 고모에게 무엇인가를 해주고 싶어 안달이 났으니, 내가 생각해도 참으로 기이했다. 우선 마당에 자란 풀들을 뽑아내기 시작했다. 마을에 내려가 동그란 플래스틱 통을 사다 두레박을 만들어 물을 퍼서 장독 위에 찌든 때를 닦아냈다. 꺼벙하게 자라 보기 흉한 나무들도 전지가위를 사다 다듬는다고 부산을 떠는 동안 긴긴 여름 해가 어느새 기울어서 땅거미가 내려앉았다.

"배고프지, 아이쿠구! 내 새끼야."

고모는 나를 졸졸 따라다니며 이런 말만 되풀이할 뿐 밥 지을 생각을 하지 않았다. 나는 사랑에 들뜬 사람처럼 마을에 뛰어 내려가 쌀·돼지고기·두부·미원까지 사들고 와서 밥을 짓기 시작했다. 어린 시절 어머니가 장사 나가 제 때 돌아오지 못하면 동생들이 먹을 밥을 짓기 위해 이런 짓을 수없이 해 봤기에 아주 능숙하게 쌀을 씻어 안치고 찌개거리를 다듬었다.

　　"오메메! 내 새끼 착한 것. 이거 고모라는 것이 밥도 못 해주고 흑흑……. 이렇게 사는 일에 너무 익숙해서 널 위해 무얼 해야 할지 모르겠구나."

　　고모는 손 하나 까딱하지 않고 그저 따라 다니며 훌쩍거렸다. 이 분이 노망이 난 것일까. 눈에서 풍기는 자애롭고 평화로운 분위기로 봐서는 근접하기 어려운 그 무엇이 도사리고 있는데……. 아주 잘난 아들을 하나 두었다고 들었는데, 며느리랑 손자들은 다 어디 가버리고 이렇게 노인을 버려두는 것일까. 손은 돼지고기를 썰면서 고모를 관찰하느라고 마음이 바빴다. 열 시가 넘어서야 고모와 저녁상을 가운데 두고 마주 앉았다. '옥산 휴게소'에서 가락국수 한 그릇 먹은 것이 전부인 데다 고모네를 찾느라고 헤맸고, 또 지저분한 집을 치우느라고 하지 않던 노동을 한 끝에 저녁거리를 사러 마을을 몇 번 오갔고 밥까지 지었더니, 어찌 밥맛이 나는지 다섯 공깃밥을 숨돌릴 겨를 없이 씹지도 않고 삼켰다. 고모는 이런 나를 대견스럽게 바라보며 간신히 한 공깃밥을 깨지락거렸을 뿐 식사가 끝난 뒤에도 펀들거리고 앉아 어디에 혼을 빼앗긴 사람처럼 무슨 생각을 하는지 상 치울 기미도 없었다. 물 한 그릇을 떠다 먹지 못하는 남편이라고 구시렁거리는 아내가 이 꼴을 보면 어떤 얼굴을 할까 하는 생각을 하며 상을 들고 나가 우물가에서 설거지를 했다. 반달 빛에 어림짐작으로 대강 그릇을 닦아서 들고 들어오니, 너무 피곤이 몰려와서 물먹은 솜처럼 몸이 밑으로 가라앉았다. 인삼과 돈을 건네주고 시내로 나가 여관에라도 들어가 잘 걸 내가 이거 무슨 바람이 불어 밥하고, 청소하고, 이 야단일까 하는 생각을 하면서도 고모의 몰락한 집과 삶에 대한 궁금증이 발동했고, 게다가 고고한 고모의 눈빛에 끌려 벌떡 일어설 수 없었다.

"새끼들 오면 깔아주려고 한 번도 덮지 않은 새 이불이다."

고모는 농에서 이불을 꺼내 깔기 시작했다. 곰팡이 냄새가 밴 이불이지만 옛날에 잘 살았음을 알 수 있는 색동이불이다. 나는 너무 졸음이 와서 고모가 펴 놓은 이불 위에 벌렁 누웠다. 장마철도 아닌데 이불에 습기가 고여 있어 곰팡내가 코를 자극했고, 살이 닿은 부분이 기분 나쁘게 눅눅해서 끈적거렸다. 내가 눕자 고모도 내 옆에 이불을 펴고 나란히 눕더니, 호롱불을 껐다.

"아야, 자냐?"

"아니요."

"어머니는 건강하시냐?"

"네."

"언니는 성격이 나빠서 더 고생을 하는 거야."

"그게 무슨 말씀이지요?"

고모의 평안한 눈빛에 비해 자녀들이 성공해서 모두가 효도를 하는 데도 항상 짜증이 얼굴에 눌어붙어 있고, 만사에 불평을 늘어놓는 어머니를 생각하니, 조금 마음이 켕겼다. 하지만 고모가 이장 문제를 놓고 이러나 싶어 조금 토라진 음성으로 무뚝뚝하게 받아 넘겼다.

"언니는 날 미워하는데, 그건 순전히 오해야. 난 언니를 사랑하고 지금도 너희들을 무척 사랑하고 있는데……."

"무슨 오해를 했겠어요."

나는 어머니가 언제나 고모를 두고 첩의 딸이니, 광대뼈가 튀어나온 걸 보면 팔자가 드센 여자라 살림을 못해 노년에 거덜 날 여자라느니, 더구나 피가 더러워 바닥 인생을 살아야 한다는 등등 고모를 깔아뭉개는 말만 들어와서 오해라는 말을 듣자 가슴이 철렁해 가만히 누워 있었다.

"내가 죽기 전에 네게 전해주고 싶은 것이 많다. 넌 사랑이 많은 아이니, 이해해 주리란 생각이 든다. 사실 내 맘 속에 넣어 가려고 했는데……. 코끝에 호흡이 붙어 있을 날도 얼마 남지 않아서 실은 자꾸 전화를 건 것이다.

변호사가 되었으니, 법적인 것이 어떤가 한 번 따져 보고 오해가 없도록 언니에게 내 말을 전해다오. 죽음을 앞둔 사람들끼리니, 내 전화를 받고 언니가 꼭 내려올 줄 알았는데……."

고모는 어머니가 내려오지 않은 것이 못내 서운한지 말끝을 흐렸다. 그럼 어머니가 말하는 그런 외적인 사연이 아니라 숨겨진 무슨 비밀이 있단 말인가. 나는 잔뜩 긴장해서 귀를 곤두세웠다.

"나는 아무 잘못이 없다. 오빠가 하라는 대로 한 것뿐이고, 그러다 보니 그것이 내 인생을 지탱시켜 준 것뿐이야."

"무슨 일을 했는데요."

고모는 한숨을 길게 쉬고 한참 뜸을 들이더니, 긴 사연을 늘어놨다.

제비들이 강남에서 돌아와 집을 짓는 봄이었다. 유부남을 만나 간난이를 밴 여자는 부자 친정에서 쫓겨났고, 간난 아버지도 집에서 나와 상당히 어렵게 살아가고 있었다. 친정에선 딸이 낳은 외손녀 간난이가 시집갈 나이가 되자 어쩔 수 없이 집을 지어주게 되었다. 본래 있던 고가를 헐어내고 그 터 위에 아주 돈을 많이 들여 방이 넷에 대청마루도 제법 큰 전형적인 한옥을 짓는 데 목수가 넷이나 동원되었고, 꼬박 넉 달이 걸려 동네 사람들이 부러워하는 고래등 같은 기와집을 세운 것이다. 이런 집에 들어와 행복하게 살던 어느 날 간난 어머니가 고추를 말리려고 헛간에 두르르 말아 뉘어 놓은 멍석을 드는데, 어찌 무거운지 그냥 마당에 내던져버렸더니, 멍석이 풀리면서 그 가운데 있던 구렁이 한 마리가 느릿느릿 우물가로 기어가는 것이 아닌가. 집안의 구렁이는 어느 집에나 있어 수호신이라고들 했다. 이 구렁이가 사람 눈에 띄면 집안에 변고가 있을 징조라고 믿고 있던 간난 어머니는 너무 불안해서 잠을 이룰 수가 없었다. 아니나 다를까 걱정이 현실로 나타나기 시작했다. 간난이 아버지의 목 뒤에 콩알만한 종기가 나더니, 그것이 메추리알 크기로 자라고, 나중엔 달걀 크기로 되더니, 머리 전체로 퍼져가기 시작했다. 집안에 우환이 이렇게 서서히 끼어갈 즈음 간난이가 마루에 앉아 버선을 깁고 있을 때 무엇인가가 무릎 위로 뚝 떨어지는 것이었다. 깜짝 놀라 정신을 차리고 보니, 장정 팔뚝 굵기의 검은 구렁이가 그녀의 치마폭에 안겨 있는 것이 아닌가. 너무 놀라 외마디 소리를 지르고 기절한 뒤부터 간난이도 시름시름 앓기 시작했다. 간난이 어머니도 따라 앓기 시작하더니, 고열에 시달린 얼마 뒤에 척추가 불그러져 꼽추가 되어버렸다. 게다가 아버지 머리 종기는 너무 지독해 할 수 없이 서울에서 전문학교를 다니다 집에 들른 간난이의 배다른 오빠, 본처의 하나뿐인 아들이 첩을 얻어 가출한 아버지에게 주사를 놓으러 매일 간난이 집엘 드나들었다. 의사도 수술하길 꺼릴 정도로 종기가 커져서 죽느냐 사느냐 하는 판국에 오빠는 간난이에게 이런 부탁을 했다.

"간난아, 아주 불쌍한 여자가 하나 있는데, 이 근처에 방을 하나 얻어주지 않으런."

"그 여자가 누군데?"

"친구의 애인인데, 임신을 해서 부모에게 쫓겨났어."

"그럼 남자 집으로 들어가면 되지않아."

"남자에겐 본처가 있거든."

"근데 왜 오빠가 그런 여자를 돌봐야 하지."

"그 정도의 편의도 못 봐주면 어디 친구냐."

순간 간난이는 자신의 어머니와 너무 흡사한 일을 당한 이 여자를 돕고 싶다는 마음이 뭉클 일어났다.

만삭의 여자를 오빠가 간난이네로 데려온 것은 그다음 날이었다. 방을 구할 수 없어 애 밴 여자는 그녀의 집에 거할 수밖에 없었다. 꼽추가 된 어머니에 머리에 종기가 얼굴까지 퍼져 죽음을 기다리는 아버지, 오늘내일 해산을 기다리는 불쌍한 여자 사이에서 열아홉 살의 간난이는 정신을 차릴 수가 없었다. 그런 어느 날 느닷없이 올케언니가 아이를 업고 들어섰다. 방에 있는 여인이 아이를 낳으려고 몸을 비틀고 있어 겁이 난 간난이는 이웃 노파를 불러서 아이를 받게 하려고 마악 대문을 나서다 올케언니와 마주친 것이다. 아들 동철이를 업고 서 있는 언니의 눈엔 분노에 이글거리는 무서운 빛이 번뜩였다.

"여기 그 여자가 와 있지?"

"언니, 어쩐 일로 여길 왔어요?"

시어머니를 버린 시아버지를 미워해서 올케는 일 년에 단 한 번 생일상을 차리려고 들르는 것이 고작이었다. 그런데 갑자기 들이닥친 때아닌 방문에 놀란 간난이는 반갑기도 하고 의아해서 그저 멀뚱히 올케언니를 바랄 볼 뿐이었다.

"내가 소문을 다 듣고 왔다. 동철애비가 첩년을 얻어 애를 배니까 데려다 놓을 곳이 첩 어머니 집뿐이 더 있겠나."

"언니, 무언가 잘 못 안 거예요. 이 집에 있는 여자는 오빠의 친구가 건드려 잘못해서 애를 밴 여자라고 했어요."

"짜고서 날 속이지 마."

올케언니는 애를 낳느라고 신음하는 여인이 있는 방문을 우악스럽게 열어젖혔고, 산고를 겪으면서도 여자는 터져 나오는 신음을 삼키며 호랑이에 쫓기는 산토끼처럼 몸을 떨었다. 올케언니는 기어이 이런 여자를 끌어내서 대문 밖에 팽개쳤고, 그래도 분이 풀리지 않아 저주를 퍼부으면서 몸부림쳤다. 그 뒤부터 올케와 시누이 사이는 영 벌어졌으며, 단 한 번의 변명도 허락하지 않고 일방적으로 올케언니는 간난이를 깔아뭉겠다.

구렁이가 나오는 집은 간난이네를 병들게 했고, 혈육 간에 불화를 가져왔다. 동네 사람들은 구렁이 소굴을 허물고 집을 지어서 폐가가 될 것이라고 수군거렸다. 이런 소문을 뒷받침이라도 하려는 듯 큰 구렁이뿐만 아니라 자잘한 새끼 구렁이들까지 수채나 뒤란, 마당, 어디에나 출몰해서 동네 아이들도 무서워하는 폐가가 돼버렸다.

"그럼 그 여자가 제 아버지의 여자였나요?"

50여 년 전에 아버지가 사랑했던 어느 여자와 어머니의 질투를 들으며 웃음이 나왔다. 까맣게 잊었던 아버지가 별안간 살아서 이 누추한 방안에 자리를 잡으니, 새삼 오랜 세월 그렇게도 그리워했던 아버지와 연결된 끈이 마음속에서 팽팽히 당겨지고 있지 아니한가!

"아버지의 애인이었지."

"히야! 제 아버지도 바람을 피웠다니."

"네 아버지는 미남이었다. 여자들이 줄줄 따라다녔어."

"그 여자는 나중에 어떻게 되었나요."

이제 와서 배다른 동생을 찾는 것이 아닌가 하는 호기심도 있어 나는 솜처럼 나른한 몸을 고모 쪽으로 누이며 귀를 기울였다.

"아들을 낳았지. 대문 밖에 쫓겨나자 이웃이 숨겨 주었고, 애를 낳은 그 여자는 사흘을 누워 있다가 아이를 버리고 자취를 감추었지."

나는 아찔했다. 그럼 내 동생 중 하나가 어머니가 낳은 아이가 아니고 첩 어머니의 소생일 수도 있다. 나는 마른 침을 삼키며 고모의 말에 신경을 곤두세웠다.

"그 아이가 지금 살아 있나요?"

내 질문에 고모는 벌떡 일어나 앉더니, 강렬하게 손사래를 쳤다.

"죽었어. 바로 다음 날 죽어버렸어. 살아서 무엇하게."

고모는 겁에 질린 눈을 하고 단호하게 잘라 말했다. 아아! 아버지 시대의 복잡한 이야기가 죽음으로 결국 끝이 났다는 결론에 이르니 갑자기 잠이 밀려왔다.

"네 아버지가 진짜 사랑했던 여자란다. 아주 어릴 적부터."

아버지 없이 혼자 고생하며 산 어머니는 아버지의 사랑을 듬뿍 받은 탓에 그렇게 엄청난 희생을 자식들을 위해 바칠 수 있었다고 믿어온 내게 고모의 말은 크나큰 충격이었다.

"그 여자와 결혼하지 어쩌자고 아버지는 제 어머니와 결혼하셨나요?"

"동네 이장 딸인데, 아주 예쁜 여자였어. 오빠와는 초등학교 때부터 친했는데, 여자 집에서 오빠를 탐탁하게 여기지 않았어. 그래서 오빠와의 사이가 더 두터워지기 전에 다른 곳으로 시집을 보내버린 거지. 근데 시집가서 아이를 하나 낳고 혼자 돼 친정에 와 있는 걸 오빠가 건드린 거야. 이 여자도 죽은 남편보다 오빠를 더 좋아했던 터라 유부남과 과부의 만남은 기막히게 뜨거웠고, 아기를 배자 우리집에 데려온 것이지."

"그 여자가 아직도 살아 있나요?"

"아무도 모르는 먼 곳으로 가버렸어."

아주 쭈그렁 바가지가 되었을 아버지의 애인이 그나마 먼 곳으로 가버렸다니, 할머니의 품에 안겨 옛날 이야기를 듣는 것처럼 전혀 현실감이 잡히질 않았다. 무엇이 두려운지 고모는 뒷산이 있음직한 쪽을 가리키며 목소리를 낮췄다. 아아! 이 부분에서 모든 것이 결론이 났구나 생각하니, 더 이상 들을 것이 없어지고 졸음이 밀려왔다.

"네 아버지는 이 바닥에서 소문난 미남이었다. 동철이 네가 아버지의 반만 닮았어도 미남이란 말을 들었을 터인데……. 그 여자가 난 아들은 오빠를 빼박은 얼굴이었어."

"그렇게도 아버지가 잘 생긴 분이었나요?"

"그럼."

"누구나 추억 속에 살아있는 분은 잘 생겼다고 해요."

"사진을 보면 너도 내 말이 맞다는 걸 알게다."

"아버지 사진이 남아 있나요?"

"그럼. 총각 시절의 사진이랑 결혼사진을 다 가지고 있지."

나는 벌떡 일어나 앉았다. 세상에 다 쓰러져가는 집에 나의 아버지와 어머니의 옛 모습이 담긴 사진이 보관되어 있다니, 얼마나 놀라운 일인가! 손때가 묻은 3층 장이나 5대나 6대를 써서 길이 든 뒤주를 가진 이웃을 만나면 얼마나 부러워했던가. 젊은 날의 부모님 사진이 단 한 장 없는 집안의 아들이란 사실이 늘 나를 주눅들게 했었는데…… 고모는 내가 눈에 띄도록 흥분해서 관심을 보이자 신이 나는지 호롱불 심지를 높이고 그을음이 나지 않도록 바람기가 가지 않는 곳에 등을 밀어놓고는 고리짝을 들척이기 시작했다. 얼마를 그렇게 뒤지다가 고모는 내게 사진 석 장을 넘겨 주었다. 머리를 밤송이처럼 깎은 아버지가 세운 깃을 단 교복을 입고 빙긋이 웃는 사진이었다. 다른 하나는 사각모를 쓰고 기타를 들고 찍은 총각 사진으로 그 당시 첨단을 걸었음직한 멋을 부린 모습이었다. 나머지 하나는 얼굴이 크게 부각되어서 윤곽을 뚜렷이 잡을 수 있는 사진으로 어머니에 비해 쌍꺼풀 눈에 넓은 이마, 짙은 눈썹이 아주 야무져 보이는 아버지는 코도 서양 사람처럼 날카롭게 서 있어 이지적인 인상을 풍겼다. 나는 사진을 시간이 가는 줄도 모르고 계속 들여다봤다. 어머니가 그렇게 미워하던 고모가 이런 것들을 간직하고 있다니! 이건 정말 기적이었다.

"네 돌사진도 있다."

"내가 죽기 전에 이 모든 것을 전부 돌려주고 싶었다. 너희는 대처로 나가 전쟁을 겪으며 몹쓸 세상을 살아가느라고 이런 걸 보관하지 못했을 것이다."

"어서 보고 싶어요. 세상에, 제 돌사진이 남아 있다니."

나는 너무 놀라서 흥분을 감출 수가 없었다. 고모가 내 돌사진을 찾느라고 여기저기를 뒤지는 동안 참지를 못하고 고모 곁에 바짝 붙어 앉아 내가 여기 왔을 적에 고모가 한 것처럼 입을 벌리고 멍청하게 그녀의 손놀림을 지켜봤다.

"내가 얼마나 자주 네 사진을 꺼내놓고 보는 줄 아느냐?"

아아! 고모의 머릿속에 나는 살아서 고향에 남아 있었다니! 주체할 수 없는 감동이 나를 사로잡아 오줌이 찔끔 나왔다. 고모의 손놀림이 어찌나 굼뜬지 나는 참을 수가 없어 입맛을 다셨다. 고모가 혹시 내 돌사진을 쓰레기로 버렸으면 어쩌나 하는 걱정을 했고, 진작 여길 찾아와 고모도 돌보고 이런 사진들을 찾아갈 걸 하는 후회도 되었다.

"옛다. 여기 있다. 요거 봐라 얼마나 살이 오르고 예쁜가."

고모가 내게 보여준 4x6배 판 크기의 사진 속에서 돌을 넘긴 아기는 처음 보는 사진기에 놀랐는지 사팔눈을 뜨고 있었다. 앞에서 어른들이 얼마나 얼렀으면 입을 헤에 벌린 것이 정말 웃기는 모습이었다. 납작한 얼굴에 머리숱이 적어 이마는 훌렁 까졌고 쌍가마 근처에 머리털이 몇 개 뿔 난 것처럼 위를 향해 곤두서 있었다.

"고모, 이게 정말 나예요?"

"그럼 너지, 누구겠니."

"저 같지가 않아요."

나는 내 나이도 잊고 고모 곁에 앉아 어린애처럼 시시덕거렸다. 마치 타임머신을 타고 몇십 년 전으로 돌아간 듯했다.

"여기 있는 사진을 봐라. 돌날 내가 널 안고 찍은 거다."

가운데 가르마를 타서 윤이 나게 머리를 빗은 고모가 허리까지 내려온 저고리를 입고 조금 전에 본 사진의 아기를 안고 있었다. 고모의 얼굴은 비록 광대뼈가 나왔을 망정 갸름한 타원형인 데다 아주 영악한 티가 넘쳐 흐르는 고운 아가씨였다. 갑자기 고모가 아주 가깝게 느껴졌다. 왜 이런 고모를 이렇게 오랫동안 잊고 살았단 말인가. 아버지를 아는 사람이요, 아버지의 동생이 아닌가. 더구나 나의 꼬마 시절을 완벽하게 기억하며 전쟁을 치르는 역사의 뒤안길에 숨어서 가족의 사진을 간직해온 유일한 증언자가 아닌가. 이런 생각에 이르자 나는 죄책감에 사로잡혀 내 돌사진을 들고 멍멍히 앉아 있었다.

"여기 네 어머니 사진도 있다. 바로 요 사진을 중매쟁이가 가져 왔었지. 어떠냐? 그 시절 여자치고 굉장한 차림이지?"

고모가 내민 사진 속의 처녀는 열여덟이나 아홉의 여자였다. 전신을 담은 사진 속의 어머니는 '창경원'에 놀러가서 동물을 배경으로 활짝 웃고 있었다. 새까만 가죽 구두는 가운데 줄을 단 학생화였고, 복스럽게 생긴 얼굴에

서 어머니의 현재 모습이 살짝 엿보였다.

"여기 이 사진은 네 아버지가 일본에 유학 가 있을 적에 책상에 붙여놓고 매일 봤다는 사진인데……."

고모의 손에 있는 사진은 어머니가 첫아이인 나를 안고 뺨을 내 볼에 살짝 대고 있는 것이었다. 내가 그것을 고모의 손에서 뺏으려 하자 고모는 완강하게 거부했다. 파리 똥까지 깔려있는 빛바랜 사진을 고모는 다이어반지라도 되는 양 내놓으려 들지 않았다. 내가 그 사진을 탐하는 걸 보자 고모는 천천히 입을 열었다.

"나는 곧 죽을 사람이여. 지금까지 살아온 것은 이 사진들을 50여 년간 보관했다가 언니에게 인계하려는 것이었지. 이제 네가 왔으니, 다 가져가야겠지만, 이것만은 내 관속에 넣어 줄 수 없겠니? 오빠가 어딜 가든 꼭 품고 다니던 사진이고, 이때가 내 인생에서 제일 행복했었지."

고모는 유언을 하고 있는 것일까. 하필이면 조카에게 그것도 오랜 세월 떨어져 있어서 정이 들지 않은 나에게 말이다.

시골의 새벽 한기로 인해서 잠을 깬 나는 고모의 자리가 비어있는 것을 보고 밖으로 나갔다. 아침을 짓는 것일까. 부엌을 봐도 고모는 없고, 마당에도 없었다. 뒤란 텃밭으로 가니, 고모는 부추를 낫으로 베고 있었다.

"그렇게 많이 잘라서 뭣하시게요?"

"으응, 내다 팔려고."

속으로 아이쿠 이 분이 조반 지을 생각을 않고 엉뚱하게 다른 일을 하는 것이 걱정이 되었으나 도대체 무얼 하려나 하고 지켜보았다. 대소쿠리에 넘치게 담은 부추를 아침 열 시가 되도록 단을 묶어내느라고 꿈지럭거렸다. 양 손을 펴서 둥글게 안을 크기로 묶은 부추가 열 단이 나왔다. 어제 저녁처럼 밥을 지을까 생각하다가 모시고 나가 잘 대접하려고 떠날 준비를 하고는 묵묵히 기다렸다.

"아드님이 전혀 여길 들르지 않나 보지요?"

"아! 아들은……."

고모는 말끝을 잇지 못하고 여자아이의 긴 머리를 가지런히 해서 빗듯이 부추를 손가락으로 쓰다듬어 단정하게 묶어 밑동에 물을 먹여서 세워놓았다.

"이장하려면 무덤의 위치를 알아둬야 할 것이 아닌가요?"

이 말에 고모는 흘끔 나를 쳐다보고 별 반응이 없었다.

"집과 땅을 사달라셨다면서요?"

"으응."

"이 근처에 그럴만한 물건이라도 나와 있나요? 고모님이 거할 곳이라면 얼마면 살 수가 있을까요?"

"오백만 원이 있으면 돼."

"어딘지 제가 가보고 사면 안될까요? 옛날에 어머니가 고모에게 진 빚이 그만큼인가요?"

이 질문에 고모가 입을 다물었다.

당당하게 집과 땅을 요구했다는 어머니의 분냄을 떠올리며 그 내막을 더 캐보려고 집요하게 이것저것을 물어보자 고모는 마지못해 입을 열었다.

"다 지난 일인데……. 너를 보니 그걸 달라고 한 것이 창피하구나. 끝까지 내가 해결해야지. 부끄럽게 살아온 이 못난 고모가 조카에게 짐을 지울 수가 있겠나."

"그래도 제가 알면 안될까요?"

"아니야, 아니야. 그럴 맘이 없어졌어."

고모는 머리를 세차게 흔들었다.

"구렁이가 나온다는 집은 어떻게 하셨어요?"

"그 집은 전쟁 때 폭삭 내려앉고 거기에 교회가 들어섰지."

"교회가 들어섰다면 요지인데, 그 돈을 다 어떻게 하시고 이렇게 어렵게 살아가시나요?"

"구렁이집이 오빠를 해친 거야. 오빠 아들을 낳은 첫사랑 여잘 잊지 못해 전쟁 때 여길 들렀다가 여자 집안이 지주로 몰리자 함께 당했어. 그것도 하필이면 그 식구들이 내 집에 숨어 있다가 죽창에 찔려 모두 비참하게 죽었지. 그 구렁이가 참 대단한 놈이었어. 오빠를 죽인 것을 마지막으로 구렁이가 집에서 사라졌는데, 나는 그 집이 어찌나 싫었던지! 굿을 해도 살아있던 구렁이가 언제 나타날지 몰라 전전긍긍하다가 교회에 넘겨주었어. 교회가 구렁이를 이긴 셈이지, 아주 큰 교회로 자랐거든."

"그럼 제 아버지가 여기서 돌아가셨단 말인가요?"

행방을 모른다던 아버지의 소식에 접하자 나는 숨이 막혔다. 이런 나를 그윽히 보며 고모는 무겁게 머리를 주억거렸다.

"그럼 어머니께 말씀드리지 왜 숨기셨어요?"

"구렁이 나오는 집이라고 항상 미워했는데, 일을 당했으니 어쩌겠어. 더구나 나 때문에 그리고 구렁이가 나오는 집 때문에 언니가 불행해진 마당에 차마 알릴 수가 없었지. 그 여자 사이에서 난 아들을……."

아들이란 대목이 나오자 나는 고모의 말을 꺾었다. 이미 아까 죽었다고 하지 않았던가.

"아버지의 무덤이 여기 있나요? 그래서 이장해 가라고 했군요."

"이제 곧 죽을 마당에 내가 더 숨겨 무엇하겠니? 그러나 어머니에겐 비밀로 해라. 언닌 워낙 성깔이 거세서 너희들을 성공시켰으니, 이 집안으로 봐선 감사해야지. 오빠가 사랑했던 여자를 만나러 가족을 버리고 여기 내려왔다가 구렁이 나오는 집에서 죽임을 당한 이야기를 들었다면 너희들을 이렇게 길렀겠니. 억울해서 가슴만 쳤을 거야. 모두 모르는 것이 약이다."

"교회 근처에라도 작은 집을 하나 사드릴까요?"

나는 아내 몰래 들어놓은 5년짜리 적금이 다음 달 만기

이니, 찾아서 내 이름으로 고향집을 사 놓을 요량으로 이렇게 물었다.

"집을 사서 뭘 하게. 5백만 원이 필요해서 그러니, 내게 좀 꾸어줄래."

"그 돈을 어디에 쓰려고 그래요?"

대답을 하지 않고 고모는 부들부들 떨면서 부추 다발들이 담긴 대바구니를 보자기로 똬리를 틀어 머리에 얹고 무겁게 들어 올렸다. 나는 고모의 뒤를 따라 30분을 걸어서 장터로 나갔다. 도매금으로 한 묶음에 5백 원씩 넘기니, 고모의 손에 쥐어진 것은 고작 5천 원이었다. 고모는 내가 옆에 있는 것도 잊었는지 시장을 벗어나서 급히 걷기 시작했다. 나는 고모를 잃을까 봐 바짝 붙어서서 걸었다. 고모는 우체국으로 가서 늘 그래왔는지 왼쪽 끝자리에 앉은 얼굴이 갸름한 여직원에게 그 돈을 내밀었다. 그녀도 묵계가 되어있는 듯 돈을 받아서 무엇인가 열심히 적었다. 나는 하도 신기해서 목을 늘이고 보니, 누구에겐가 송금을 하고 있는 것이 분명했다. 그제야 제 정신이 돌아왔는지 고모는 나를 보고 조금 미안한지 피식 웃어주었다. 점심을 들기엔 이른 시간이지만 조반을 거른 터라 고모의 손을 이끌고 고급 음식점으로 들어가려 했으나 고모는 완강하게 머리를 흔들더니, 시장바닥 한 귀퉁이에 자리 잡은 노동자들의 밥집으로 나를 끌고 갔다. 단골인지 밥주인은 고모를 보고 반색을 했다. 보리밥에 순댓국이

나오고, 기다란 나무 상 위엔 짠 맛만 나는 김치와 고구마 줄기 나물·고추조림 등등 머슴 상처럼 푸짐했다.

"에구구! 그 징그러운 새끼를 못 잊어 오늘도 또 돈을 부친 거요."

육순이 가까운 밥집 주인이 혀를 차며 측은하게 고모를 흘겨본다. 누가 뭐라든 고모는 대꾸를 않고 열심히 상추 쌈에 보리밥을 얹어 입에 넣는다.

"이봐요. 그런 새끼는 잊어버려요. 자네가 지성으로 집을 교회에 바쳐가며 이날까지 돌봐도 제 정신이 돌아오지 않는 녀석을 이젠 팽개치라고. 어린 나이에 제 아비 죽는 끔찍한 꼴을 본 놈이 온전하겠소. 쯧쯧……. 시집 가서도 병신 조카 새끼 때문에 번번이 쫓겨났으면 그때 진작 버렸어야지. 오빠가 죄로 낳아 놓은 새끼를 돌보느라고 좋은 시절 다 바치고, 이제 마지막으로 기도원 사람들이 또 속이는 거야. 5백만 원만 있으면 고친답디까. 그 이상한 병을."

"아니, 무슨 소리를 하는 거야, 이 사람아! 사람을 잘못 보고 헛말을 하는군."

고모는 밥집 주인에게 눈을 흘기며 나무랐다. 나는 밥집 주인이 하는 말을 못 들은 척하고 사고파는 일로 붐비는 시장 한가운데로 시선을 돌렸으나 가슴은 놀란 토끼처럼 쿵덕쿵덕 뛰었다. 고모의 장례식에 꼭 와서 지정한 사진을 관속에 넣어드리겠다며 사진을 깡그리 빼내서 가방에 챙겨 넣은 나는 어머니와 의논해서 집과 땅을 사드리고 이장 문제도 해결하겠으며, 고모가 섭하지 않게 사진들을 다시 만들어 보내드리겠다는 약속도 했다. 5백만 원은 아예 못들은 척 넘기고 내가 하고픈 말만을 늘어놓은 셈이다.

그 뒤 나도 어머니처럼 고모를 피하게 되었다. 아예 소식을 무 토막 자르듯이 툭 끊어버린 것이다. 고모 쪽에서도 전화를 끊어서 두 집 사이엔 그 전처럼 잔잔한 물이 고였다. 내가 입을 열면 어머니의 마음을 아프게 해드릴 것이 겁이 났고, 또 나에게 넘겨질 짐이 무서웠던 것이다. 정신질환을 앓고 있는 배다른 남동생을 이제 와서 어쩌란 말인가. 역사 속에 꼬리를 감춘 사건들이 이제 자리를 잡은 내 일상사로 숨이 막히게 파고드는 것이 역겨웠으며, 현재의 내겐 빛바랜 사진으로 족했기 때문이다.

고모네를 다녀온 지 반년이 흘렀다. 변한 것이 있다면 내가 어머니보다 더 세게 고모를 첩 할머니의 딸로 몰아붙이며 어머니 편을 들어 당당하게 살아갈 즈음 고모 동네 이장에게서 부고가 날아들었다. 고모가 임종 시 유일한 친척이라고 애타게 내 이름을 부르며 전화번호를 내놓았단다. 마지막 가는 길이라 미움이 가셨는지 어머니도 선선히 나를 따라나서서 우리 모자가 시골에 오니, 구렁이가 출몰했던 집터에 세워진 교회에서 고모의 장례식 설교가 울려 나오고 있었다.

……적신으로 왔다가 적신으로 가는 인생을 너무나 잘 증명하고 가신 분……. 소망을 가지고 하늘나라를 봤으며, 상대방의 사랑을 기대하지 않고 사랑할 줄 아는 분이셨던 신간난 권사님은…….

목사의 장례 설교가 지루하게 시간을 끌었고, 에서 제서 흐느끼는 소리가 들려왔다. 고모와 약속했던 사진을 관 속에 넣어주려고 안주머니에 챙겨 넣고 왔으면서도 나는 눈을 질끈 감고 꼼짝하질 않았다 우리가 왔을 땐 이미 입관이 끝난 뒤라 어쩔 수 없지 않느냐고 변명을 하면서 말이다. 죽은 사람은 말을 못할 것이며, 땅속에서 사진이 필요 없을 것이기 때문이다.

그러나 내게 아직도 남은 수수께끼는 무서운 질고의 짐을 지고 살아가면서도 평온하게 반짝이며 맑았던 고모의 눈과 혀를 제어했던 무서운 힘이었다. 어쨌든 나는 우리 가족의 뿌리를 담은 사진으로 족했기 때문에 하관 예배가 끝난 뒤 서둘러 하산했다. 제일 늦게까지 냉담한 표정을 지으며 무덤가에 남아 있던 어머니가 마침내 소리 죽여 우는 것을 먼발치로 보며 나는 결심했다. 이제 내 가정에 겨우 고인 맑은 물을 구정물로 만들지 않으려면 입을 다물고 살아야 하리라. 나는 이빨 사이로 침을 찍 뱉으며 고모의 무덤을 등졌다. ✤

이건숙 문학전집 1
팔월병

1쇄 발행일 | 2021년 07월 07일

지은이 | 이건숙
펴낸이 | 윤영수
펴낸곳 | 문학나무
편집 기획 | 03085 서울 종로구 동숭4나길 28-1 예일하우스 301호
이메일 | mhnmoo@hanmail.net

출판등록 | 제312-2011-000064호 1991. 1. 5.
영업 마케팅부 | 전화 | 02-302-1250, 팩스 | 02-302-1251
ⓒ이건숙, 2021

값 15,000원
잘못된 책은 바꾸어 드립니다
지은이와 협의로 인지는 생략합니다
무단 전재 및 복제를 금합니다
ISBN 979-11-5629-125-1 03810